HUIT BATTEMENTS D'AILES

De la même auteure

Ladies' Taste (Hugo Roman, 2015)
Ladies' Secret (Hugo Roman, 2015)
Si on nous l'avait dit (JC Lattès, Collection emoi, 2016)
C'est toi le chat (Pygmalion, 2017)
Hello (Pygmalion, 2018)
Asphyxie (Pygmalion, 2018)
Vies de chien (Pygmalion, 2019) – Prix littéraire de la SCC 2019
Emmenez-moi (recueil, Charleston, 2020) – Nouvelle « Mauvaise Fille »
La Révérence de l'éléphant (Charleston, 2021)

10, place des Cinq-Martyrs-du-Lycée-Buffon
75015 Paris – France
www.editionscharleston.fr

ISBN : 978-2-36812-728-5

Maquette : Patrick Leleux PAO

Charleston s'engage pour une fabrication écoresponsable ! Amoureux des livres, nous sommes soucieux de l'impact de notre passion et choisissons nos imprimeurs avec la plus grande attention pour que nos ouvrages soient imprimés sur du papier issu de forêts gérées durablement.

Pour suivre notre actualité, rejoignez-nous sur Facebook (Éditions.Charleston), sur Twitter (@LillyCharleston) et sur Instagram (@LillyCharleston) !

Les lectrices et les lecteurs ont aimé !

« Ce récit est un véritable coup de cœur. Poignant, bouleversant et magistral ! »
Pascale, de @entredeuxpages

« Dans ce livre écrit avec justesse et réalisme, Laura Trompette aborde des thèmes durs, mais ceux-ci sont maîtrisés avec une somptuosité incroyable. Bien plus qu'une fiction, c'est un message pour nous faire réagir. Une vraie claque, on en ressort les larmes aux yeux. »
Tom, de @book_by_tom_

« Un roman fort avec des héroïnes puissantes, sensibles, vraies et profondément humaines. L'autrice a un sens du détail qui donne littéralement vie à ses personnages, qu'on a l'impression de connaître. Si vous aimez les livres de Laetitia Colombani comme *La Tresse* ou *Les Victorieuses*, ce roman-ci est fait pour vous ! »
Camille, de @leschamoureux

« Je découvre la plume de l'auteure et j'ai eu un coup de foudre. Il y a quelque chose de fusionnel entre ces personnages féminins et nous, lecteurs. »
Joanna, de @joanna_in_books_wonderland

« Gros coup de cœur pour ce roman choral qui, à travers les histoires de huit femmes, met en lumière un vrai problème de société. Je ne suis pas près de les oublier. »
Stéphanie, de @steffdepikiti

« Un vibrant hommage à la femme. Un bijou, à lire. Prenez votre envol vers ce roman ! »
François, de @livraisondemots

« Ce livre est une magnifique surprise. C'est un sujet que j'avais peur d'aborder à travers les livres, ici mis en scène de manière originale et incroyable. La construction est maîtrisée, les histoires sont émouvantes et percutantes. »
Manon, de @manonlitaussi

« C'est un texte touchant, qui vous prend aux tripes. Les mots de Laura Trompette sont empreints de justesse et de réalisme. Elle ne passe pas par quatre chemins et n'hésite pas à bousculer le lecteur. »
Laura, de @laurasreadings

« Un véritable coup de cœur et un futur chef d'œuvre. »
Frédéric, de @fred_paris_18

« Le vrai roman féministe, celui qui me fait me questionner, celui qui me chamboule, celui qui me brise le cœur et celui qui me redonne de l'espoir. Un coup de cœur que je vous conseille vivement. »
Angélique, de @mme_chacha_lit

« Un merveilleux roman, parfait pour éveiller les consciences. »
Sophie, de @ducafeetdeslivres

« Une lecture marquante, percutante et engagée qui fait passer le lecteur par toutes les émotions : la tristesse, la joie, l'empathie, la colère… et qui nous bouleverse un peu plus à la fin de chaque chapitre. »
Mélany, de @readingbook___

Laura Trompette

HUIT BATTEMENTS D'AILES

Roman

CHARLESTON

« Chaque femme contient un secret : un accent,
un geste, un silence. »
Courrier Sud, Antoine de Saint-Exupéry

« La liberté consiste moins à faire sa volonté
qu'à ne pas être soumis à celle d'autrui. »
Jean-Jacques Rousseau

« La vérité est comme un puzzle, à ceci près que
le nombre d'éléments qui la constituent n'est pas connu
à l'avance. Or elle ne peut apparaître qu'une fois que
tous les morceaux de la mosaïque ont été assemblés. »
Sebastian Fitzek

À Patrick Guérinet, the wind beneath my wings.

Avril 2020

Au moins 4,5 milliards de personnes dans 110 pays ou territoires sont contraintes ou incitées par leurs autorités à rester confinées chez elles pour lutter contre la propagation du virus.

Une hausse sans précédent des violences conjugales, des appels d'urgence et des féminicides est constatée dans le monde entier, avec une constante aggravation des chiffres recensés.

Le trafic Internet mondial a déjà augmenté de 70 % dans les régions où les politiques de confinement sont à leur apogée.

PROLOGUE

— 110, QUELLE EST VOTRE URGENCE ? demande une voix masculine.

— Bonjour, je vous appelle pour vous signaler des violences conjugales. Il faut que vous veniez vite !

— Vous êtes la victime, madame ?

— Non, c'est chez mes voisins, enfin, les voisins de mon compagnon avec lequel je suis venue vivre pendant le confinement.

— Je vais commencer par prendre votre nom…

— Ida Hofman.

— Et que se passe-t-il avec vos voisins ?

— Le type tape sa femme, j'ai vraiment peur pour elle.

— Vous les avez entendus depuis votre domicile ?

— Oui, ça m'empêche de dormir et je ne sais pas quoi faire. C'est tous les jours et toutes les nuits cette semaine. C'est de pire en pire, je crois.

— Vous croyez ?

— Bah, je ne suis pas dans l'appartement avec eux, donc j'entends des bribes, à travers les murs ou dans le couloir.

— Vous sortez sur le palier pour les écouter ?

— Non, mais quand je vais promener le chien ou faire des courses, je passe devant leur porte et le bruit arrive à mes oreilles.

— Vous êtes dérangée par le boucan qu'ils font, vous voulez dire ?

— Non, je suis inquiète pour la vie de cette femme.

— Comment pouvez-vous savoir qu'il la frappe ?

— Parce que j'entends des coups et des cris. J'entends des objets qui tombent aussi.

— Ça pourrait être autre chose, donc ? Vous imaginez que ce sont des coups, mais vous n'en êtes pas certaine ?

— Pourquoi vous dites ça ? Je vous dis que…

— J'essaie juste de comprendre, madame. Vous n'avez aucune preuve, vous faites une déduction…

— Je pense qu'il faut que vous envoyiez une équipe pour vérifier, non ?

— Vous vous rendez bien compte qu'on ne peut pas se déplacer pour un pressentiment. On n'a pas les effectifs pour ça. Si votre voisine a un problème, elle peut nous appeler elle-même.

— Mais enfin, comment voulez-vous qu'elle vous contacte alors qu'elle est enfermée avec son mari ?

— Si elle a besoin d'aide, elle peut nous joindre quand elle veut pour nous expliquer la situation.

— Et si elle n'est pas en état de vous téléphoner ? Si elle ne peut pas sortir ?

— Vous avez des photographies qui pourraient prouver son état ? Des vidéos ?

— Vous avez besoin de voir du sang pour protéger une femme en danger ?

— Ce n'est pas ce que je vous ai dit, madame. Je suis désolé, mais je vais devoir libérer la ligne.

— Pardon ?

— On a beaucoup d'appels et je crois qu'on a fait le tour du sujet.

— Et vous les traitez tous comme ça, les appels ?

— Ida Hofman, c'est bien ça votre nom ?

— Oui.

— Madame Hofman, je ne peux pas vous le dire autrement : il nous faut plus d'éléments pour agir. On ne peut pas s'occuper des crises de couple, vous comprenez ? Donc, si vous avez plus d'éléments, rappelez-nous.

— C'est ça…

— Comment s'appellent vos voisins ?

— Il y a écrit « Keller » sur leur boîte aux lettres, j'ai vérifié.

— Eh bien je vous invite à rester vigilante et à dire à Mme Keller qu'en cas de danger imminent, elle peut nous joindre à n'importe quelle heure.

— En cas de danger imminent ? Quand ce sera trop tard, vous voulez dire ?

— Ce sont les termes de la procédure.

— C'est ça, au revoir. Et je ne vous remercie pas pour votre service.

Ida raccroche la première, excédée. Elle sent l'impuissance qui monte en elle. Que faire désormais ? L'indifférence tue, elle l'a vu dans des campagnes de prévention. Chaque année, les féminicides continuent sans que les mentalités n'évoluent. Et l'Allemagne n'est franchement pas exemplaire en la matière.

Elle se balance nerveusement sur sa chaise, les mains crispées sur les accoudoirs. Elle a envie de jeter son portable au sol, mais se retient. Elle doit garder son calme et trouver une autre solution. Son compagnon ne veut pas qu'elle s'en mêle directement, il dit que c'est dangereux.

Elle refuse de capituler. Quelqu'un finira bien par l'entendre !

1.

Magali Dubois, France

00 h GMT / 02 h sur l'A10

LA RARETÉ DES PHARES dans la nuit tranche avec la multitude d'informations. La radio est bavarde, mais l'autoroute silencieuse. Ce néant est effrayant. Un peu comme la journaliste dans le poste, finalement. Elle se donne de l'importance, avec son phrasé et son ton appris à l'école, mais elle ne rassure pas plus qu'elle ne distrait. Elle débite des mots. Depuis la cabine de son camion, Magali Dubois, elle, débite des kilomètres. Petite ligne blanche après petite ligne blanche, elle avance, au volant de son poids lourd plein à ras bord, et elle écoute cette logorrhée qui a le mérite de la garder éveillée.

Le virus imprègne toutes les conversations, tous les discours, tous les médias. On compte le nombre de cas, de morts et de lits occupés en réanimation. On jauge la saturation des hôpitaux, on fait des bilans journaliers et des pronostics. On se bat pour ou contre des protocoles de traitement, sur les plateaux télévisés, sur Internet et dans les hautes sphères politiques.

Au fil des minutes, elle apprend que le Président des États-Unis suggère l'injection de désinfectant dans les poumons et l'exposition aux ultraviolets pour soigner les malades. Que les défenseurs de la cause animale fustigent la Chine pour sa préconisation de remèdes à base de bile d'ours. Que des Français ont tenté d'imiter les Italiens qui dansent sur leur balcon, et que d'autres Français ont trouvé ça con. Magali n'aime pas danser, alors elle s'en fout de ce débat-là. Que vient-il faire entre le suicide d'une infirmière en Espagne et le calvaire des femmes battues enfermées avec leur bourreau ? Puis, la journaliste parle de l'Inde et des bidonvilles. Pas de vrai confinement pour les pauvres, juste la misère à ciel ouvert.

Magali peste ; personne ne l'entend. Elle n'est pas de celles qui jurent et s'emportent, mais, à l'abri des oreilles des autres, elle s'autorise une sorte de grogne à voix haute. Elle qui a toujours aimé voir le paysage défiler n'est pas mécontente que la France s'intéresse à ses voisins et que le journal de la nuit fasse le point sur ailleurs. Mais cette boucle médiatique, ce ton du scandale, ce jeu de la peur, cette façon de regarder les autres juste pour comparer les chiffres et les juxtaposer sur les écrans, elle les déplore. Les fenêtres s'ouvrent sur le monde simplement parce que, pour la première fois depuis longtemps, l'ennemi est commun. Le virus ne fait pas la différence entre le dénuement et l'opulence. Il se répand partout, mais il n'a pas les mêmes conséquences pour tous, c'est un fait. À l'égard de ceux dont les besoins vitaux sont insatisfaits, les mesures prises récemment par les gouvernements sont un accélérateur de détresse. Or, dans les commentaires des journalistes, elle n'entend qu'un misérabilisme qui sonne faux, une course à l'audience.

Magali a faim, déjà. Elle a pourtant mangé il y a trois heures et demie, avant de repartir. Depuis plusieurs semaines, elle a remarqué que la faim était vicieuse : elle se fait sentir par anticipation. Son corps sait qu'il sera dur de trouver un repas quelque part sur ce trajet, alors il réclame son dû à l'avance. Elle se surprend même à envier le distributeur de croquettes de son chat. Au moins, lui, il mange à heure fixe.

Les arbres, ombres noueuses sur les bas-côtés, se dévoilent sous les feux et disparaissent dans la nuit épaisse. À cet instant, dans ce désert de bitume, elle pourrait rouler à cheval sur les deux voies sans en être inquiétée. Elle n'a croisé que deux véhicules en quinze minutes. Les communautés des applications d'aide à la conduite sont aux abonnés absents. La probabilité d'accident entre automobilistes est nulle ou presque. C'est le risque de collision avec un animal qui la préoccupe davantage. La nature a repris ses droits à grande vitesse et les animaux sortent du bois. Il y a quatre jours, un collègue s'est pris une biche sur l'A61. Elle a déboulé sous ses roues et, même en pilant, il n'a pas pu l'éviter. Évidemment, elle n'a pas fait vaciller le camion, mais ce n'est jamais agréable d'ôter une vie.

Alors que ses yeux verts en amande ne quittent pas l'horizon d'asphalte, Magali bouge un peu sur son siège, pour décaler les points d'appui. Sa courte queue-de-cheval brune suit le mouvement de balancier et redevient statique. Ses mains, pleines de bagues en argent, se déplacent sur le volant pour lutter contre la monotonie. Elle a les nerfs en pelote, mais le corps solide et les gestes précis.

Sa solitude résonne contre les vitres comme un écho lancinant. Si seulement elle avait une cibi, elle pourrait parler avec quelques collègues. Mais non, elle est condamnée à écouter – sans droit de réponse – ceux qui bavassent dans son poste. À deux heures vingt du matin, elle ne peut appeler personne pour assouvir son besoin grandissant d'échanges humains. Pas même Alix. Surtout pas Alix. Elle ne veut pas l'effrayer, ni avec ses horaires ni avec des effusions prématurées. Elles n'en sont pas là, pas du tout.

Les pointillés s'égrènent et ses pensées s'amoncellent. Les trente-deux tonnes, en ce moment, elle a l'impression de les traîner à la seule force de ses bras. Elle continue de sillonner les routes pour approvisionner les centrales d'achats, parce qu'elle fait partie du premier maillon de la chaîne alimentaire. Elle participe au cercle vicieux. Plus les gens craignent une pénurie, plus ils stockent. Plus ils stockent, plus les centrales achètent en grandes quantités. Et plus les centrales commandent, plus les chauffeurs routiers se voient confier des missions.

Elle change de station. Des ondes plus musicales ne lui feront pas de mal. Puis elle s'essuie le front, d'un revers de main. Il fait chaud pour une nuit d'avril, mais pas assez pour transpirer. Ce qui fait perler le haut de son visage, ce n'est pas la température, c'est le contexte dans lequel elle doit travailler.

Hier, quand elle est arrivée à Rungis depuis Nantes avant de prendre la route pour Niort, ils étaient dix-sept, agglutinés dans une salle d'attente. Ils patientaient pour avoir un quai, sans aucun accès aux sanitaires, ne serait-ce que pour se laver les mains, et sans masques, qu'ils livrent aux soignants mais auxquels, eux, n'ont pas le droit. Magali ne comprend pas. Elle a l'impression d'être au front, elle aussi. Sur un autre front, certes, mais un qui compte. Prendre des risques pour nourrir le pays, ce n'est pas comme prendre des risques pour soigner les malades, mais c'est quelque chose. Alors, la protestation enfle et elle espère que les mesures vont suivre.

Le mois dernier, elle était fière de participer à l'effort de crise. Elle se sentait valorisée d'être utile. Elle avait l'impression que son métier paraissait moins ballot, puisqu'il faisait partie des « essentiels ». Des milliers de kilomètres plus tard, elle a bien remarqué l'ostracisation. Le manque de considération. Le manque de protection, comme un aveu. Elle a chargé son camion avec ses gants de manutention, mais la personne qui a touché le transpalette et la marchandise avant elle : avait-elle des gants ? Et ce type de gants, est-ce suffisant ?

Soudain, elle est happée par la voix de Hayley Davis à la radio. Une voix reconnaissable, grave, à la fois puissante et pleine de fêlures. Magali a appris l'anglais sur le tard, elle ne comprend pas tout, mais elle saisit le principal. La substance. Ce texte parle d'un flambeau d'espoir. C'est en fait un trio, avec la chanteuse Lady G et le chanteur De Nasheer. C'est beau. Ça remplit l'habitacle. La petite histoire finale, racontée par un animateur, ne gâche rien. Cette chanson, les trois artistes l'ont écrite et enregistrée à distance, chacun chez soi, de l'Angleterre aux États-Unis. Les bénéfices sont intégralement reversés aux hôpitaux dans le besoin. Les gens d'en haut, les stars, donnent aussi de leur temps, voire de leur argent. C'est satisfaisant, même s'ils n'ont pas à mettre leur vie en danger pour ça, contrairement aux gens d'en bas.

Sous la lune et devant les longues heures de route à parcourir, Magali chasse la faim qui revient. Pour avaler du goudron en continu et sans faillir, il faut occuper son esprit, tout en restant concentrée. *Une quiche bretonne, une crêpe salée, du Curé Nantais avec du bon pain chaud, une tranche de brioche vendéenne...* Faire défiler tous les plats qu'elle mangerait bien alors que les stations-service et les restaurants à emporter sont fermés devient vite une mauvaise idée. Le paquet de gâteaux dans son sac est hors de portée. Et, sur une partie de son trajet, les parkings comme les aires de repos sont, eux aussi, clos.

Elle prend une grande respiration, une respiration qui sent la vanille suspendue au rétroviseur, et elle pense à tous ceux qui sont plus malheureux. L'efficacité de cet exercice est infaillible. Elle l'applique depuis l'adolescence. Depuis qu'elle a compris qu'elle n'aimait pas les garçons et que ça ne lui faciliterait pas la vie à la campagne. À cette époque, il fallait trouver pire pour trouver la force. Et, aujourd'hui, le pire est partout. Il est en Équateur, où les cadavres jonchent les rues des petites villes. Il est en Italie, où la population âgée est décimée. Il est dans les Ehpad, là où la dignité des anciens est niée, au profit de leur sécurité. Il est dans les chambres de réanimation, où certains partent sous les visages masqués d'inconnus, sans avoir revu leurs proches. Il est chez ces proches à qui l'on interdit les adieux. Il est dans les cœurs de ces inconnus, qui s'alourdissent de tous les départs et qui portent le chagrin qu'on leur a confié. À qui ces soignants peuvent-ils le confier à leur tour ? Le pire est aussi et surtout dans le ventre de ceux qui ne mangent pas ou peu, et qui mourront de faim plus vite, le virus ayant mis un coup d'arrêt aux aides internationales et aux moyens les plus élémentaires de gagner quelques sous à la journée pour se nourrir. Il est, enfin, chez ceux qui ont déjà dû fermer une dernière fois la porte de leur commerce ou de leur restaurant, parce qu'ils ne pouvaient pas essuyer une crise de plus. Ils avaient survécu aux deux années de manifestations et de grèves, mais ils se savaient perdus face à la cessation complète d'activité, aux charges qui s'accumulent et à la pandémie incontrôlable. Ou incontrôlée.

Magali a un travail, des parents à la retraite et protégés chez eux dans leur village de Loire-Atlantique, un frère qui pourra à nouveau s'occuper de ses chevaux à partir d'aujourd'hui, un colocataire qui ne craint rien parce qu'il n'est pas humain, et aucun ami dans une chambre où tout est blanc, insipide, désinfecté. Alors, elle se dit qu'elle va bien. Elle sourit même, pour accompagner la pensée.

Sur l'A10, enfin, elle aperçoit un collègue. Les chauffeurs ne manquent plus une occasion de se saluer en se doublant. C'est comme si les mesures de distanciation les avaient rapprochés. Comme s'il y avait une urgence à faire partie d'un tout pour pallier la frustration. Arrivée à sa hauteur, elle tourne la tête et lève la main. L'autre chauffeur en fait autant. Puis, il lui tend un pouce levé, qu'elle aperçoit juste avant de reposer les yeux sur la route. Que voulait-il dire ? Qu'elle est courageuse, en pleine nuit ? Qu'elle est courageuse parce qu'elle est une femme ? Qu'elle double comme une chef ? Ou que c'est bien d'être là, tout simplement ?

Un peu plus loin, elle en rencontre deux autres, coup sur coup. La prochaine jonction n'est pas loin, le péage non plus. C'est la croisée des chemins. Mais il n'y a pas une femme à l'horizon. Sa profession est de celles que l'on qualifie de masculines. Pourtant, ces dernières années, elle a vu une bonne poignée de femmes rejoindre les rangs.

Seulement, en ce moment, ces femmes-là doivent, pour la plupart, garder leurs enfants.

À trois heures moins dix, elle se gare juste après le péage, sur la seule place disponible, un mouchoir de poche. Elle avait noté avant de repartir de Niort, qu'ici après Bordeaux, elle pourrait peut-être faire un stop. Pas pour se soulager la vessie ni pour papoter, mais au moins pour se dégourdir les jambes, sortir sa Thermos, boire un jus encore chaud et manger un gâteau protéiné.

Les mains se lèvent encore quand elle descend de son camion.

— Salut, lui lance, d'une voix forte, un des chauffeurs arrêtés.

— Bonsoir… ou bonjour, on ne sait plus trop à cette heure-là, répond-elle en criant elle aussi.

— On va dire bonsoir ! s'égosille un autre chauffeur. Une nouvelle journée, ça commence avec le soleil !

— Belle image ! conclut-elle.

Elle aimerait s'approcher, mais elle n'en fait rien. Ce n'est pas qu'elle a peur, mais plutôt que les autres ont peur d'elle. Jamais elle n'aurait pensé recevoir une lettre anonyme lui demandant de déménager pour éviter de contaminer son village. Jamais elle n'aurait pensé qu'on pourrait lui reprocher d'être au charbon pour nourrir le pays. Les phrases qu'on lui a imposées tournent dans sa tête comme une mauvaise chanson dont on ne parvient pas à oublier les paroles. Elles ont ravivé un sombre souvenir d'adolescence, celui de l'exclusion.

Chère madame,
Vous faites beaucoup parler les gens ces jours-ci. Votre profession nomade inquiète les habitants, dont je fais partie. Par la présente, je viens faire appel à votre bon sens : en des temps troublés comme ceux que l'on vit, vous êtes un danger pour nous tous, ici. Pourriez-vous vous loger ailleurs, pour quelques semaines au moins ?

Ou dormir dans votre camion ? Ça semblerait plus adéquat que de risquer de tuer vos aînés.
Merci pour votre compréhension.

Elle a trouvé ça injuste, et ça l'a mise en colère. Puis elle en a parlé avec sa mère. Toutes deux ont convenu que la peur, c'est souvent irrationnel. Il en va donc de même pour les comportements qui en découlent. L'humain craint ce qu'il ne connaît pas et ce qui ne lui ressemble pas. C'est comme ça.

Bien sûr, elle ne déménagera pas de son appartement, mais, si la rogne s'est apaisée, le sentiment de rejet demeure. Pour une fois qu'elle recevait autre chose qu'une facture ou de la publicité, pour une fois que l'écriture était manuscrite ; elle avait tristement nourri l'espoir que l'on avait quelque chose de beau à lui dire. Quelque chose qui ne la remettrait pas, à nouveau et pour une raison différente, au ban de la société.

Le goût du gâteau, saveur noisette, trempé dans le café met un peu de douceur dans cette coupure. Manger en pleine nuit, ce n'est pas l'idéal, mais dans les circonstances actuelles, ça n'a aucune importance. Elle doit se sustenter assez pour ne pas être obsédée par le prochain vrai repas, mais pas trop, pour ne pas provoquer l'état de somnolence propre à la digestion.

Soudain, elle sent une goutte et une autre tombe dans sa tasse. La pluie arrive et l'incite à remonter sur son siège. Il est trois heures, le temps est compté. Rafraîchie et rassasiée, elle peut désormais rouler jusqu'au lever du soleil. Elle prendra sa prochaine pause aux alentours de Carcassonne.

Avant de démarrer, elle regarde une photo d'Alix. C'est à elle qu'elle préfère penser en ce moment. À cette rencontre virtuelle qui pourrait donner un sens au chaos du réel. Se seraient-elles inscrites sur cette application si elles n'éprouvaient pas le poids du vide ? Si les privations liées au virus n'avaient pas anéanti toutes les parades à la solitude ? Magali connaît la réponse. En revanche, elle

ignore la suite, ce qui est aussi excitant que terrifiant. Ça fait si longtemps qu'elle n'a pas eu quelqu'un à l'horizon, si longtemps qu'elle cherchait des reliquats d'émotions à travers le rétroviseur. Alix pourrait tout changer.

En tournant la clef, elle remarque une odeur particulière dans la cabine. Serait-ce l'odeur du parfum d'Alix, qu'elle est en train d'imaginer ?

Elle a à peine parcouru quelques mètres, qu'un mouvement attire son attention, derrière les sièges, sur la banquette côté passager. Peut-être est-elle moins réveillée qu'elle ne le pense, malgré la caféine ingurgitée ou peut-être a-t-elle les sens brouillés. Pour en avoir le cœur net, et parce qu'il n'y a personne sur la route, elle ralentit et glisse son bras à l'arrière. Sa main rencontre un corps. Elle tressaille.

— Pardon, madame, pardon, dit une voix féminine.

— Qui êtes-vous ?

Expéditeur : Ida Hofman

Destinataire : Anke Gärtner

Envoyé : à 00:50 (heure allemande)

Objet : Comment aider une femme battue ?

Bonsoir Anke,

Je me permets de vous écrire à l'adresse qui était indiquée sur le compte Instagram « WSY WBY WLY », parce que je ne sais pas qui contacter et qu'avec vos deux collègues, vous semblez très actives sur tous les sujets qui touchent les droits des femmes. Je cherche des réponses sur Internet depuis des heures pour aider une voisine en danger et je suis tombée sur vous. Je vous explique : je suis confinée chez mon ami et j'entends des scènes immondes dans l'appartement d'à côté. Il y a un homme qui tabasse sa femme.

J'ai appelé le 110 hier, mais ils m'ont dit qu'ils n'avaient pas le temps et que je n'avais pas de preuves. Le policier avait l'air apathique, c'était sidérant.

Je ne peux pas faire comme si je ne savais pas. Donc, ce soir, je suis sortie dans le couloir pour filmer leur porte d'entrée et capter le son. Je vous mets en pièce jointe la vidéo, pour que vous ayez une idée de l'horreur qui se joue là.

Que puis-je faire ? Pouvez-vous m'aider à l'aider ?

Par avance, merci pour votre réponse. Savoir que des femmes comme vous se battent depuis des années pour en secourir d'autres me donne de l'espoir.

Ida

2.

Lucia Rossi, Italie

01 h GMT / 03 h à Rome

Lucia Rossi a l'habitude d'être réveillée en pleine nuit. À quatre-vingt-onze ans, voilà bien longtemps qu'elle ne dort plus au même rythme que la majorité des gens. Lorsqu'elle était enfant, elle aurait rêvé d'avoir la liberté de s'assoupir, mais elle devait garder les vaches de son père. Plus tard, elle aurait tout donné pour un réveil tardif ou une nuit précoce, mais elle avait un mari exigeant et une tribu à materner. Aujourd'hui, alors qu'elle n'a que ça à faire, son sommeil est parcellaire, irrégulier, en décalage.

Il y a quelques années, elle regardait les programmes de nuit à la télévision. Désormais, elle trouve qu'ils parlent tous trop vite. Elle peine à les comprendre et c'est désagréable. Pire, elle leur en veut de n'avoir aucun égard pour les oreilles de la population vieillissante dont elle fait partie. Sans compter qu'ils bavassent pour ne rien dire d'intéressant.

Souvent, dans son lit une place, sous sa couette rose et blanche, elle lit à la lumière de sa lampe ancienne en laiton et en verre. Plutôt des romans, écrits en gros caractères et pas trop lourds à porter. En ce moment, elle a du mal à se concentrer. Elle est assaillie par un flux de pensées.

Elle pense à ce monde qui se délite et aux événements qu'elle n'aurait jamais imaginé vivre. À ses petits et ses arrière-petits-enfants, confrontés à une crise sanitaire et économique sans précédent pour eux et à l'aube de leur vie pour certains. Elle pense à la solitude qu'elle a chérie en quittant son époux, Giovanni, et qu'elle en vient à détester. Jadis, cet appartement rien qu'à elle avait été une forme de libération inédite : elle avait préféré un nid modeste sans mari qu'un palace avec lui. Il est maintenant une prison qu'elle aurait aimé davantage habitée. Aussi, lorsqu'elle a choisi de s'installer à Rome, en pleine ville, pour être au plus près du mouvement de la jeunesse et d'une partie de sa descendance, elle ne croyait pas regretter un jour son ancien jardin. Celui de la maison dans laquelle elle a élevé Alessandra et Aldo. Il lui donnait tant de difficultés à l'époque. Cette année, il aurait néanmoins changé les couleurs de son isolement. Le printemps a toujours été sa saison préférée. Une saison de plantations et de récoltes, synonyme de renaissance. Une saison où l'on ne se terre pas chez soi.

Lucia se redresse dans son lit, attrape le verre d'eau sur sa table de nuit et boit lentement quelques gorgées pour faire passer la quinte de toux qui vient de la reprendre. Depuis une dizaine d'années, alors qu'elle n'a jamais fumé, elle tousse, par intermittence, mais tous les jours. Elle s'en est accommodée ; on s'accommode de tout. Elle n'a jamais eu la rébellion au cœur. À quoi bon combattre ce qu'on ne peut pas changer ? Toute sa vie a été régie par cette question rhétorique. Elle s'est battue, bien sûr, mais pour des causes qui n'étaient pas perdues d'avance. Elle a fait de son mieux pour maintenir à flot sa mercerie, pour donner à ses enfants une bonne éducation et leur rendre la tendresse qu'ils lui offraient, elle qui ne l'avait jamais connue. Elle a aussi fait de son mieux pour supporter son mari, ses emportements, son intransigeance, ses accusations et sa froideur. Elle s'est battue pour survivre. Et elle lui a survécu. Qu'il repose désormais en paix ou non, elle est débarrassée de l'ombre qu'il a si longtemps fait planer sur elle.

Lucia a appris à vivre dans le présent. À son âge, on ne peut pas faire de pronostics sur demain et on doit s'alléger du poids d'hier. Son présent, ce sont ses petits-enfants qui le rendent vivant. Son fils a eu trois garçons, sa fille a eu trois filles. Et eux-mêmes ont étendu sa lignée de cinq arrière-petits-enfants. Autant de personnalités et de rêves, de joies et de peines, de villes et de paysages, de voix et de visages qu'elle suit avec intérêt et assiduité. Ce sont eux qui lui ont offert un ordinateur et lui ont installé un réseau social. Elle a eu bien du mal à en comprendre les rouages, avant d'accepter que c'était une fenêtre sur les vies qu'elle préfère. Des vies disséminées entre l'Italie et l'Angleterre.

Lasse de tourner en rond, elle met ses lunettes, attrape son téléphone et décide de faire défiler les dernières photos, vidéos et autres statuts de celles et ceux qu'elle suit justement sur ce réseau. Grâce à son fils et à ses explications, elle a élargi son cercle virtuel depuis quelques semaines : elle s'est abonnée à des tas d'artistes, à des associations, à des groupes de parole qu'elle lit avec délectation, et à des pages d'archives qui lui remémorent un ancien temps. Calée contre l'oreiller, elle regarde la vidéo partagée par Matteo, l'un de ses petits-fils : une compilation d'images d'animaux qui ont envahi les villes.

— C'est beau, ça ! dit-elle à haute voix.

Elle sourit devant les chèvres qui boulottent les espaces verts d'une commune au Royaume-Uni, et se met à glousser devant la suite : un cougar arpentant un trottoir de Santiago, des canards qui font leur comédie à Paris, un dauphin acrobate dans le port de Cagliari ou encore un sanglier qui slalome sur une route d'Espagne.

— Toujours en train de râler ! lance-t-elle en réponse à ceux qui ponctuent la vidéo de réflexions idiotes, jugeant que les animaux risquent de faire des dégâts dans les villes.

Après avoir passé trois minutes délicieuses, elle entreprend d'écrire un commentaire, pour signifier son passage et son approbation, mais elle s'emmêle les pinceaux et ferme tout par inadvertance.

— Ce n'est pas possible, bon Dieu ! Ça ne fonctionne jamais ce machin !

Déterminée, elle rouvre l'application avec la ferme intention de commenter. Et, quelques secondes plus tard, c'est fait. Un joli smiley doigt d'honneur est désormais publié sous la vidéo de son petit-fils, à la place du pouce levé qu'elle était persuadée d'avoir sélectionné.

— Oh non, c'est pas vrai !

Elle n'a aucune idée de la marche à suivre pour effacer un message comme celui-là. Elle a déjà eu bien des difficultés à saisir comment le poster en premier lieu. Elle se liquéfie, puis finit par reposer son téléphone. Il est préférable de ne plus y penser. Tout le monde comprendra qu'elle s'est trompée.

Prise de palpitations, raisonnables mais déplaisantes, elle se résout à prendre sa tension, comme presque toutes les nuits. C'est une routine qu'elle a adoptée, sur ordre de son médecin, depuis que son hypertension est devenue un vrai sujet de préoccupation. 17,5/8. Voilà qui est beaucoup. Mieux que les 19/10 d'il y a trois jours, moins bien que les 15/7 autour desquels elle semblait se stabiliser en décembre et en janvier.

Lucia n'est pas femme à se révolter ou à se morfondre, mais il y a une chose qu'elle a gagnée sur le tard et qu'elle n'était pas prête à reperdre : sa liberté. Son libre arbitre et sa famille, c'est ce qu'elle a de plus précieux. Enfin, ce qu'elle avait, avant que le monde ne se mette à tourner à l'envers. Selon sa fille, Alessandra, ces nombres à nouveau trop élevés ne sont pas étrangers à ce sentiment de dépossession, dont la violence la bouleverse.

Par ailleurs, il y a les nombres qui sont trop bas. De l'autre côté de son hypertension, et des médicaments qui la contrôlent, se trouvent son insuffisance rénale et ses résultats de clairance, inférieurs au minimum acceptable.

Lucia chasse les comptes de son esprit. Le déclin est inéluctable et lui accorder de l'importance est idiot.

Comme le sommeil ne revient pas, elle décide de se lever pour aller remplir son verre d'eau. Le contact de la moquette sous ses pieds est doux, réconfortant. Elle enfile sa robe de chambre au motif fleuri, et traverse son appartement vers la cuisine. Près de l'interrupteur du couloir, elle s'arrête devant son armoire vitrée dans laquelle reposent tous les cailloux, les pierres, les minéraux, plus ou moins précieux, qu'elle a longtemps collectionnés. Des souvenirs issus de ses voyages dédiés à l'observation et au ramassage de roches et de cristaux. Les regarder lui fait esquisser un sourire. Elle a bien vécu, quand même. Elle a tardivement profité d'ici et d'ailleurs, mais elle en a profité malgré tout. Et cela, personne ne le lui volera.

Le carrelage de la cuisine, bien moins accueillant que la moquette, la pousse à ne pas s'y éterniser. À un peu plus de 3 heures du matin, verre à la main, elle se dirige vers les cartons qui jonchent le sol de son salon. L'envie de les exhumer la reprend. Elle les a remontés de la cave il y a deux jours et, depuis, elle cherche à l'intérieur la vie qui lui manque. Ce sont les reliques de son déménagement et les vestiges de la maison, récupérés après le décès de son mari. Des boîtes qu'elle a déjà ouvertes, d'autres qu'elle redécouvre pour la première fois en quinze ou vingt-cinq ans.

Peut-être qu'en les fouillant un moment, le sommeil la regagnera ? Elle s'assoit sur son gros fauteuil couleur crème, et pose un carton sur ses genoux. Plutôt léger, il est rempli de photographies, en couleurs et en noir et blanc.

Elle a connu les deux et ça ne la rajeunit pas. Certaines sont en vrac, mais la majorité est classée dans des albums. Elle saisit celui consacré aux jeunes années de ses petites-filles et tourne les pages plastifiées avec des sentiments dissonants. La joie de retrouver les sourires francs de l'innocence enfantine, mêlée à l'amertume qui soudain revient. L'amertume de les voir dans les bras d'un grand-père qui, à peu près à cette époque, répandait son fiel aux oreilles de toute la famille.

Des scènes envahissent son esprit. Des scènes à deux vitesses. Noël 1997 prend le pas sur les autres. Ce jour-là, alors qu'Alessandra et Cameron, son gendre anglais, étaient de passage en Italie pour les fêtes, l'une de ses petites-filles, Chiara, lui avait dit : « Nonna, c'est vrai que tu es une voleuse ? » Elle en était restée interdite. Toute l'eau de son corps amoncelée et retenue dans ses yeux, elle n'avait su quoi rétorquer. Témoin du malaise, Alessandra avait demandé une explication à sa fille. « C'est Nonno qui me l'a dit », avait répondu Chiara, avec un mélange de gêne et d'espièglerie. Le cœur de Lucia s'était fendu. Comment pouvait-il polluer les cerveaux de leurs petits-enfants, par simple vengeance, parce qu'elle lui avait enfin échappé ? Ernesto, le frère cadet de son mari – un gros bonhomme dépourvu d'élégance –, avait alors fait diversion en déclarant qu'à cet âge-là, les enfants entendent ce qui leur plaît d'entendre. Et la fête avait repris son cours, sans que personne ne revienne sur le sujet. Comme une ardoise que l'on efface. Cette ardoise de Noël, Lucia avait jeté un voile dessus sans jamais oublier ni le bruit de la craie ni les traces qu'elle avait laissées.

Elle referme l'album et le carton qui le contenait, en attrape un autre, plus lourd, plein de petits jouets. À travers eux, elle ne réveille que de belles émotions souterraines. Le premier tracteur miniature d'Aldo, le Rubik's Cube d'Alessandra. Même s'ils ont respectivement soixante-cinq et soixante-deux ans, ils n'en restent pas moins ses bébés. Et ces objets la raccrochent à eux. Une toupie, de vieilles figurines, des Lego, des billes, des poupées, et un ours éventré. Elle se souvient bien de ce dernier. Alessandra ne le lâchait jamais. Elle l'a trimballé partout pendant des années, et quand elle est devenue trop âgée pour ça, elle le cachait, mais ne s'en séparait pas. Puis elle l'a offert à sa première fille, qui l'a gardé moins longtemps. Lucia est presque étonnée de le trouver là. Elle l'aurait plus facilement imaginé dans le grenier ou la cave d'Alessandra.

Machinalement, elle met les doigts dans les trous béants de son ventre mou, en repensant à tous les décors dans lesquels elle a vu cet ours brun. La chambre d'Alessandra, la table du salon, la pelouse du jardin, l'arrière de la Fiat 500, les berges du Tibre, la file d'attente du Colisée, le petit panier du vélo, le pied d'un citronnier... L'énumération mentale s'interrompt lorsque l'index de Lucia heurte une matière étrangère. Du papier. Elle parvient à l'extirper sans trop de difficulté. Il est plié en huit. Et lorsque le morceau de feuille jauni retrouve sa forme, elle découvre un mot dessus. Un prénom. Ernesto, écrit en majuscules et rayé de plusieurs traits horizontaux. En replongeant ses doigts dans l'ours, elle cherche d'autres papiers qui lui permettraient de comprendre la signification du premier, mais elle ne trouve rien. Étrange. Ernesto lui a toujours semblé médiocre et négligeable. Pas le genre d'homme dont on a envie d'écrire le prénom. Contrairement à Giovanni, il n'avait ni sautes d'humeur ni grandes envolées. Juste une forme de fausse bonhomie, un peu plate et vaguement agaçante.

Décidément, les hommes de cette famille s'imposent à elle, même lorsqu'elle essaie de les éviter. Elle pose le carton et bâille enfin. Il est l'heure de retrouver son oreiller. Quand on tourne en rond dans son lit, en sortir pour aller se heurter aux autres pièces à une heure incongrue est souvent la meilleure façon de se réjouir en y retournant. Revenir au confort et à la chaleur des draps est plus agréable que d'y rester éveillée trop longtemps.

Allongée, Lucia s'interroge en repensant à sa soirée : est-ce le verre de plus de limoncello qui l'a incitée à festoyer au balcon ? D'ordinaire, elle s'autorise un apéritif trois fois par semaine, et se limite à un centimètre. Hier soir, elle en a pris deux. Elle regardait les voisins, ceux de son immeuble et de celui d'en face, auxquels elle n'avait jamais tellement prêté attention avant ces dernières semaines. Avant qu'ils deviennent sa seule source de distraction, son seul lien quotidien avec autrui. Avant que les drapeaux italiens se mettent à tournoyer aux fenêtres des habitations.

Elle les regardait en mesurant sa chance de ne pas être dans un mouroir, cloîtrée dans une chambre. Et soudain, elle s'est mise à bouger les poignets au rythme de la musique qu'ils diffusaient à l'extérieur, à tour de rôle. Ce nouveau mode de convivialité, elle l'a d'abord observé avec curiosité le mois dernier. Puis, elle s'est surprise à l'espérer. Les fins de journée sans musique sont devenues mornes. Il y a ceux qui poussent la chansonnette, ceux qui jouent les animateurs de bal ou les DJ selon leur âge, et ceux qui dansent, seuls ou à deux.

Lucia a toujours aimé chanter. En cuisinant, en se promenant avec les enfants, en faisant l'inventaire à la mercerie à l'époque, en passant le balai ou en prenant sa douche. Sans avoir de grand talent pour cela, elle sait placer quelques notes ici et là. Cette évasion lui a longtemps été d'un grand secours, pour les journées plus difficiles.

En dehors de son cercle très privé, en revanche, elle est plutôt de celles qui ne se donnent jamais en spectacle. Hier soir, pourtant, lorsque la famille du balcon adjacent l'a interpellée pour qu'elle participe à la chorale improvisée sur « La solitudine » de Laura Pausini, elle s'est lancée. Accrochée à la rambarde latérale, elle s'est redressée, pour libérer la colonne d'air, et elle a laissé le son sortir. La solitude, elle avait à la fois envie et besoin de l'exprimer, comme tout le monde.

— Tu as une belle voix ! lui a dit la petite fille d'à côté.

— Je te renvoie le compliment ! a-t-elle répondu à l'enfant, d'environ dix ans.

— On en chante une autre ?

— Laquelle ?
— « Sarà perché ti amo ! »
— D'accord.

Lorsqu'elles ont entonné la chanson de Ricchi e Poveri, la foule pendue au balcon s'est progressivement mise en sourdine. Les gens ont commencé à les filmer, toutes les deux. Réunies par la musique, à un peu plus d'un mètre de distance. Un moment d'une grande humanité. Un moment dont le souvenir conduira certainement Lucia vers une autre moitié de nuit sereine. Les yeux fermés, elle passe une main sous son oreiller, et se laisse glisser.

Expéditeur : Kirsten Keller

Destinataire : Marieke Şimşek

Envoyé : à 03:30 (heure allemande)

Tu me manques tellement, maman. Je sais que tu ne peux plus lire mes messages, mais je n'ai jamais effacé ton numéro. J'espère que tu lis, depuis ton nuage. Donne-moi ta force, envoie-moi un signe. J'aimerais tant me blottir dans tes bras, retrouver les sensations de mon enfance. Je n'aurais sûrement jamais osé te dire tout ça si tu étais encore là. Mais, de loin, j'y arrive. J'ai besoin de te parler, sans que personne ne le sache. J'aimerais que tu mettes une poche de glace sur mes hématomes et de la pommade sur mon cœur.

Je t'aime, maman, et ça me fait du bien de te l'écrire, au cas où tu peux le voir, derrière mon épaule.

3.

Judy Reynolds, États-Unis

02 h GMT / 21 h à Washington DC

« On sait aujourd'hui que les températures météorologiques, le désinfectant et le soleil ont des effets sur ce virus. Donc, maintenant que j'y réfléchis, je me dis que s'injecter de l'antiseptique, pour nettoyer les poumons, ça pourrait sembler assez logique, non ? Tout comme s'exposer le plus possible aux ultraviolets ! Il faut, bien sûr, que les médecins confirment la pertinence de cette idée, mais ça me paraît être une bonne piste à suivre. »

Depuis des heures, cette tirade du Président 45 est sur toutes les lèvres, infuse la presse et, bientôt, lorsque le soleil se sera levé à l'Est, elle sera connue du monde entier.

Judy Reynolds en a conscience, mais elle n'a jamais craint le théâtre de l'absurde, partie intégrante de cette administration singulière. Elle sait le rendre légitime et en souligner l'aspect comique. Le spectacle et la provocation sont pour le Président 45 à la fois une marque de fabrique et une manière de faire parler de lui. Il a appris à l'usage qu'ainsi coule l'encre ; à la faveur des remous.

Judy est habituée, depuis des années déjà, à vanter les mérites de cette méthode et de cet homme. Femme de presse et commentatrice politique qualifiée, c'est en s'érigeant en fervente supportrice de 45, et en ne laissant aucun doute sur la force de son éloquence, qu'elle a pu se hisser, le mois dernier, au poste le plus éminent qu'elle pouvait espérer : celui d'attachée de presse de la Maison-Blanche. Dans son sillage, elle s'est propulsée au sommet. Et elle sera bientôt la deuxième personne la plus visible de cette administration républicaine. Cela vaut tout l'or du monde.

Dans son bureau de l'aile ouest, exactement à mi-chemin entre le bureau ovale et la salle de briefing, elle lit les actualités, répond à des mails et prend des notes, presque simultanément. Lunettes vissées sur ses yeux maquillés, arborant deux franges de faux cils, elle est concentrée. Cahiers noircis, classeur étiqueté, ordinateur allumé, smartphone bruyant, dossiers empilés et coupures de presse jonchent le bois de son plan de travail. Sous l'éclairage jaune d'une lampe vintage – qu'elle a héritée de sa grand-mère et installée là –, Judy s'affaire. Elle est l'outil le plus puissant de la pièce. Et elle jongle avec tous les autres.

À ceux qui, depuis des heures, inondent la boîte mail du service communication en demandant quelle sera la prochaine folie du Président 45 et les prochaines pirouettes du bureau de presse pour défendre l'indéfendable, elle aimerait dire comme il est grisant de répondre à cette question. De vivre en équilibre, sur un fil, au-dessus de la masse qui aboie. Toutefois, parce qu'elle ne peut rentrer dans ce jeu-là, elle se contente d'agir sans sourciller, avec la maîtrise et le sang-froid que chacun, ici, lui connaît. On la respecte pour ça : quoi qu'elle pense, elle sourit, elle se tient droite, et elle contrôle chaque mot prononcé.

En étroite collaboration avec Ben Collins, le directeur de la communication, et avec leurs bureaux respectifs qui grouillent de petites mains, elle a envoyé des orateurs, du corps politique et médical, pour s'exprimer sur les chaînes d'information. Triés sur le volet, ils parleront d'une seule voix, pour servir la Maison-Blanche. Ben et Judy ont également rédigé les tweets qui déferlent sur les différents comptes officiels. Et désormais, elle surveille les effets de leur dernier communiqué de presse. Sa mission principale de la soirée est de faire comprendre aux offusqués que, bien sûr, 45 plaisantait. Toute personne tentée de prendre au premier degré ce qui ne pouvait être qu'une boutade pour détendre l'atmosphère, ferait fausse route. Comment d'aucuns pourraient considérer que le Président suggérait vraiment de s'injecter du désinfectant ?

Le message est clair : il faut raison garder, reprendre son sérieux et remettre les vrais débats au centre des discussions. La *task force* de la Maison-Blanche travaille d'arrache-pied sur ce virus et sur les mesures qui lui sont liées. Les médias et la population doivent se concentrer sur cette parole d'évangile. Ils leur répéteront donc autant que nécessaire.

Le téléphone de Judy sonne, clignote et vibre en même temps. Quand on est à son poste, on ne peut pas se permettre de manquer un appel. C'est Ben, pour la dixième fois en trois heures.

— Tu as vu le Docteur Haphen sur CNN ? lui demande-t-il.

— Oui, il était parfait, non ?

— Excellent ! Très habile !

— C'est exactement ce qu'il fallait faire : légitimer la question des UV et du désinfectant, tout en invitant à ne rien tenter par soi-même et à se tourner vers son médecin.

— Malin et efficace. Mais Kooper et ses acolytes ne vont pas lâcher le morceau tout de suite…

— À suivre… Fox News n'a pas réagi pour l'instant. Et, de toute façon, dans trois jours, il y aura autre chose.

— On va quand même espérer que personne n'ingère ou ne s'injecte du désinfectant d'ici là, dit Ben dans un sourire que Judy perçoit à distance.

— Que Dieu t'entende ! Enfin, à ce stade, on n'y serait pour rien.

— Oui, ils martèlent tous que ce n'est pas une consigne et qu'il ne faut pas chercher à l'appliquer, donc il n'y a aucune raison que quelqu'un tente l'expérience.

— Franchement, toute cette histoire prouve surtout qu'on réfléchit à chaque option, qu'on ne laisse aucune piste de côté pour venir à bout de ce virus.

— C'est une manière positive de voir les choses…

— C'est la seule qui vaille.

Après avoir raccroché, Judy replonge son regard vert sur l'écran de l'ordinateur. Elle touche par alternance ses cheveux blonds et son col de tailleur immaculé, comme on accompagne une réflexion de gestes répétitifs. C'est une mercenaire, et rien ne peut la faire flancher. La défiance et l'adversité ont toujours été des moteurs dans sa vie. Aujourd'hui encore, elle se nourrit de la critique, qu'il s'agisse de ceux qui la conspuent pour son physique séduisant, forcément antinomique avec une supposée intelligence, ou de ceux qui tentent de dénoncer la forme pour balayer le fond de leur politique. Ils n'ont rien compris. Ils ne sont sûrement pas diplômés de Harvard ou d'Oxford, eux. Ils sont, au mieux, faibles ; au pire, viciés et néfastes. Elle, elle a la certitude d'être bonne, compétente, et dans le droit chemin. Celui de Jésus-Christ. Celui du populisme auquel elle a prêté allégeance. Celui qui lui permet d'aider les patriotes dans le besoin. Celui du Président ayant le courage de bouger les lignes. Celui d'un mouvement politique audacieux, qui redonne aux États-Unis ses lettres de noblesse. Le droit chemin qui refuse les dérives du monde progressiste. Elle exècre le désordre de ce monde-là, pour lequel étouffer un enfant dans son germe, refuser les armes de défense dues aux citoyens américains, placer la vie animale au même niveau que la vie humaine, nier le divin, défier la police, bafouer la normalité sexuelle, encourager l'euthanasie et prôner le mélange des races sont des signes d'évolution. Elle n'y voit que des signes de perdition.

Judy s'est toujours battue. Pour ses convictions, pour être la meilleure, pour avancer, pour être vue. Elle s'est même battue pour sa vie. Comme sa mère avant elle, en tant que porteuse du gêne BRCA2 favorisant le cancer du sein, elle n'a pas reculé devant la double mastectomie. Tout a commencé un matin d'hiver. Elle s'est palpé les seins au réveil, elle le faisait chaque jour. Un bras levé, puis l'autre. Et ce matin-là, dans la chaleur de la pièce qui tranchait avec la neige dehors, elle a été traversée par un frisson. Elle a senti une masse. Elle a eu peur, une fois encore. Peur d'être malade, peur de ne pas avoir le temps de devenir maman, peur que la mort la sépare de Clayton. Ce matin-là, elle a décidé que la peur, pernicieuse, ne viendrait plus gâcher ni les premières heures du jour, ni aucune de ses journées tout court. Elle a écouté les statistiques et elle a décidé que si cette grosseur se révélait bénigne, elle ferait en sorte de ne plus jamais avoir à se poser la question. Et ce fut le cas. Alors, elle a pris les devants et en a assumé les conséquences. Elle a choisi la sûreté face au risque. Aussi, elle a refusé de s'apitoyer sur le sort réservé à cette part de sa féminité. Pour Judy, être femme, c'est être mère et épouse. Ce n'est pas avoir des seins d'origine.

La politique est un sport de combat et un champion doit se départir de tout sentiment tel que la peur ou l'hésitation. Le scandale, en revanche, alimente la notoriété, lorsqu'il est contrôlé. Judy, comme le Président 45, a l'ADN des gagnants. Ceux qui savent dissimuler leurs doutes en affichant une confiance en eux inébranlable. Ceux qui soulèvent les foules et ne reculent pas devant leurs détracteurs. Ceux qui transforment leur besoin d'affection et d'admiration en une volonté de fer. Ceux qui savent utiliser les armes de l'adversaire pour le mettre à terre si c'est nécessaire.

À trente-cinq ans, elle se considère comme un modèle de réussite. Elle a une envergure professionnelle indéniable, une star du baseball pour époux et un fils de deux ans dont elle chérit l'existence. Un coup d'œil à l'horloge murale lui indique qu'il est 21 h 30 : elle ne rentrera pas chez elle avant minuit, comme très souvent, mais elle tient à passer quelques minutes au téléphone avec son mari. Elle peut travailler jusqu'à dix-huit ou vingt heures par jour et dégager, malgré tout, un espace pour les siens, même de loin.

Ses doigts aux ongles vernis d'un rose brillant – qui ne concurrence pas l'éclat des diamants qu'elle porte à l'annulaire – pianotent sur l'écran pour cliquer sur le numéro qu'elle préfère. Celui de Clayton.

— Allô !

— Bonsoir mon amour.

— Salut chérie. Comment tu vas ? Tu t'en sors ?

— Oui, ça va. On fait ce qu'il faut.

— Il y est allé un peu fort, là, quand même, non ?

— Il cherche des solutions et il se laisse porter par ses idées qui fusent, tu le connais… Mais parle-moi plutôt de Liam !

— Ne t'inquiète pas pour lui. Il dort paisiblement avec son doudou imprégné de ton parfum.

— Il me manque tellement.

— Tu nous manques aussi.

— C'est la radio que j'entends derrière toi ?

— Oui, ils passent encore la nouvelle chanson d'Hayley Davis, Lady G et De Nasheer…

— Une belle bande, ces trois-là ! Le reflet parfait des démocrates. Ils se prennent pour les nombrils du monde, comme si la musique allait le sauver, ce monde. Tu ne veux pas éteindre ?

— Si, si, ne bouge pas… Voilà.

— Merci, mon amour. Comment s'est passée ta journée, à toi ?

— Je ne vais pas t'ennuyer avec ça, mais j'ai connu mieux.

— Tu ne m'ennuies pas, j'ai quelques minutes, raconte-moi…

— Eh ben, comme si être privé de matchs ne suffisait pas, j'ai un coéquipier accusé d'agression sexuelle.

— Non ! Qui ?

— Bobby.

— Décidément, ça n'arrête pas. C'est devenu une mode ou quoi ? s'agace Judy en faisant claquer ses talons sur le sol.

— Il faut croire. Il est dévasté.

— J'imagine. Il dit qu'il est innocent ?

— Bien sûr ! La fille en question est une serveuse d'un club où on avait fêté la victoire, il y a six ans.

— Toujours les mêmes... Encore une paumée en quête de célébrité ! Les femmes se pavanent devant lui, il n'a jamais eu besoin de les forcer.

— Exactement. Enfin, ça va faire grand bruit.

— Ça se tassera, ne t'en fais pas. Tu te souviens du nombre d'accusations contre 45 ? Qui en parle encore aujourd'hui ? Ou plutôt : qui écoute-t-on encore ? Il faut juste communiquer correctement et laisser la police faire son travail.

— Tu as sûrement raison. À force de les entendre crier au loup pour rien, on ne sait plus quand les croire en plus.

— C'est terrible. Il faut que j'y retourne, mon cœur. On se rappelle demain ?

— Ou ce soir, quand tu rentres ?

— Je vais finir très tard encore.

— OK. Tes parents t'embrassent, au fait. Je les ai eus tout à l'heure.

— Je vais leur écrire un message. À plus tard, chéri.

— Bon courage ! Et n'oublie pas, tu es une guerrière !

— Je sais, dit Judy dans un sourire satisfait, avant de reposer son téléphone sur le bureau.

Pour un instant, cette conversation la pousse à convoquer le souvenir de cette odeur, trop loin d'elle. L'odeur de la peau et des cheveux de son fils. Elle a conscience qu'en Floride, dans leur maison, il est plus en sécurité que dans son appartement de fonction à Washington. Confiné là-bas, avec son mari qui ne peut plus jouer, il ne risque pas d'attraper quoi que ce soit. Judy ne pourrait pas lui assurer la même tranquillité. Elle est contrainte de passer l'essentiel de son temps à la Maison-Blanche et de côtoyer l'équipe, avant de rentrer chez elle juste pour dormir. Elle préfère le savoir à distance que de faire face à l'angoisse que génèrerait sa compagnie ici. Et, quand son absence devient trop lourde, elle se réfugie dans le territoire intime de ses pensées. Elle le respire dans sa tête.

La redondance des courriels et des articles qui s'égrènent devant son regard las l'épuise, mais elle ne capitulera pas. Ceux qui la sous-estiment le font à leurs risques et périls. Un peu plus tôt dans la soirée, il a été décidé que le lendemain, c'est elle qui monterait sur l'estrade, pour la première fois. Après quelques semaines à ce poste, et de nombreux débats internes depuis cet après-midi, le Président 45 accepte de lui faire confiance et de la laisser répondre aux questions des journalistes. L'événement du jour n'y est pas étranger, mais qu'importe le moyen, elle se concentre sur le résultat. Si cette tirade – que certains qualifient de bourde, d'autres d'erreur grave, et qu'ils tentent de vendre comme un sarcasme – a été son sésame pour la salle de briefing, alors vive cette tirade !

Demain, c'est elle que l'on verra partout, pendant et après la conférence de presse que l'Amérique regarde comme un feuilleton. Elle ne se contentera plus d'être derrière les mots qui communiquent et expliquent les décisions du chef d'État au grand public, elle sera aussi la voix et le visage que l'on retient.

En attendant, qu'ils s'amusent donc à répéter en chœur que le Président 45 avait prédit en février la fin de l'épidémie pour le mois d'avril ! Qu'ils persistent à se moquer de lui et de ceux qui l'entourent ! Cela ne la contrarie pas. Elle est imperméable à ces rengaines-là. Imperméable aux tentatives de destruction. Ce sont même elles qui l'ont, sans le savoir, aidée à se construire. Ce sont elles qui lui ont donné ce champ libre, cette place de défenseuse à occuper. Aujourd'hui encore, la fureur médiatique contre 45 a servi ses intérêts. Plus ils le détestent, plus ils hurlent leur colère, plus il aura besoin d'elle, de sa féminité, et de son art oratoire pour le supporter, le réhabiliter.

Tout en touchant la croix qu'elle porte autour du cou, Judy se replonge dans les vraies thématiques du moment. Au cœur de son classeur étiqueté, elle connaît les priorités. Les siennes, et celles des journalistes. La fin du financement de l'OMS – trop proche de Pékin –, les 4,4 millions de nouveaux chômeurs en une semaine, le programme d'aide financière aux petites entreprises et aux hôpitaux matraqués par la pandémie, les relations internationales tendues et les avancées de la *task force.* Une seule nuit la sépare désormais du podium et, demain, elle sera prête.

À 21 h 59, elle reçoit un mail qui contraste avec tous les autres. Il est anonyme. Le titre lui glace le sang : « Tu te souviens de l'été 2013 ? »

Expéditeur : Shobha Didi

Destinataire : ONG Sanrakshit Bachpan*

Envoyé : à 08:40 (heure de New Delhi)

Objet : Des nouvelles des provisions.

Bonjour,

Je voulais savoir où vous en étiez pour l'approvisionnement ? Les stocks de riz, de haricots, et de tout en général, diminuent vite. Vous avez pu vous organiser pour la prochaine livraison ?

Merci par avance pour les nouvelles. Les quarante enfants mangent plus que d'habitude parce qu'ils s'ennuient sans l'école.

Bonne journée,

Shobha Didi

Expéditeur : ONG Sanrakshit Bachpan

Destinataire : Shobha Didi

Envoyé : à 08:58 (heure de New Delhi)

Objet : (RE) Des nouvelles des provisions.

Bonjour, ça va prendre un peu plus de temps que prévu, il ne faut pas augmenter les rations. Tout est lent en ce moment. Soyez patients. On vous tient au courant.

Bon courage !

Dev

* Enfance Protégée, en hindi.

4.

Numéro 9072, Chine

03 h GMT / 11 h dans la province de Yunnan

DANS L'ARRIÈRE-SALLE d'une ferme particulière, la lumière blafarde de l'ampoule unique forme un cercle jaune-orangé au plafond. Sous cet éclairage, une vingtaine de cages rouillées sont alignées, de part et d'autre de la pièce. Ces cages, aux barreaux résistants, sont surélevées à environ un mètre du sol. On les appelle des cages d'écrasement.

Il émane d'elles toute la tristesse du monde, cachée, à l'abri des regards.

À l'intérieur survivent des ours Lune, confinés dans un espace trop petit pour leur corps. Privés de la clarté du jour et de tout mouvement naturel, ils sont ici soumis à une industrie méconnue : l'extraction de leur bile, dont l'utilisation est multiple dans la médecine traditionnelle chinoise. Et ces jours-ci, la demande est en hausse. Outre sa vente pour l'élaboration de remèdes destinés à accroître la virilité, à traiter les infections du foie, ou à guérir les hémorroïdes, se répand l'idée selon laquelle cette bile pourrait avoir des propriétés thérapeutiques pour lutter contre le virus qui a envahi la planète ces derniers mois.

Une croyance lucrative pour les uns, destructrice pour les autres.

Dans la première cage de la ligne de gauche, étendu sur le ventre, le numéro 9072 semble absent de son propre corps. Pour cette femelle de douze ans, c'est l'heure du prélèvement. Un corset métallique de dix kilogrammes lui enserre le bas-ventre. Ses griffes s'accrochent à peine aux barreaux. Le regard vide et les membres en souffrance, elle ne se débat pas. Elle est immobilisée, aplatie. Tandis qu'un homme masqué relie le cathéter – implanté à vif dans sa vésicule biliaire il y a plus de dix ans – à un tuyau en caoutchouc permettant de sécuriser l'extraction, elle sent l'écoulement. Le goutte à goutte. Son précieux liquide se vide dans une poche retenue par une boîte en fer rubigineuse. C'est à la fois douloureux, gênant et paralysant.

Tel est son quotidien, deux fois par jour depuis plus d'une décennie. Jusqu'à la récolte des cent millilitres.

Face à son oppresseur, ses deux cents kilos ne servent à rien. Dans ce pénitencier, sa force est mise sous cloche, comme son intégrité. Voilà bien longtemps qu'elle n'est plus qu'un contenant que l'on vide de son contenu. Sa bile vaut environ vingt-quatre mille dollars le kilo, alors qu'elle ne vaut rien du tout. À tel point qu'on a déplacé l'un de ses organes, comme on jouerait sous le capot d'une voiture. Sa vésicule biliaire a atterri plus bas dans son abdomen, pour l'éloigner de sa gueule et préserver les mains de son tortionnaire d'un éventuel assaut.

Si elle doit son nom au croissant de lune blanc sur son poitrail, elle est née sous une mauvaise étoile.

La liberté, elle ne l'aura connue que quelques mois, dans la forêt montagneuse, humide et escarpée, où sa mère lui a donné la vie. Au Japon, à deux mille mètres d'altitude. À cette époque, après avoir passé l'hiver dans la tanière familiale, elle avait appris à grimper aux arbres, à escalader les roches et à dormir dans les fourches des branches. Elle avait suivi l'exemple maternel et s'était initiée à la vie d'ours sauvage avec un mélange d'appréhension et d'exaltation. Turbulente mais pas téméraire, elle ne ressentait pas d'urgence à aller plus haut et plus loin. Elle ne savait pas que les minutes d'exploration et de découverte étaient alors comptées. Elle ignorait qu'elle n'aurait ni le temps de s'abreuver de lait jusqu'au terme du sevrage ni le temps d'apprécier d'autres saveurs. Le goût des fruits, des baies, des glands, des racines, des tubercules, des pousses et du bambou lui est resté inconnu. Un jour, avant qu'elle ne soit grande et forte, elle a vu sa mère tomber sous ses yeux et sous les balles des hommes venus les chercher, ses frères et elle. Jetés dans les premières cages d'une longue série, ils ont quitté la nature et l'allégresse du quotidien pour se diriger vers l'horreur. Elle n'a jamais revu ses frères. Elle n'a plus jamais frôlé les poils d'un plantigrade ou foulé l'herbe touffue et la terre tendre.

À partir de ce jour-là, elle est devenue comme un fantôme coincé entre deux mondes. Ni morte ni vivante.

Pour cette ourse noire d'Asie, dont l'ouïe, la vue et l'odorat étaient initialement si bien développés, cette prison est un enfer. Ses sens sont soumis à une routine désolante. Et toute la résistance dont elle fait preuve n'a d'autre effet que de prolonger son calvaire. Elle existe, mais ne vit plus. La brutalité ambiante, la constante puanteur, l'obscurité imposée et le jour sans fin qu'elle éprouve depuis sa capture ont érodé le souvenir de sa mère et de la douceur de naître.

Elle n'est qu'une martyre parmi des milliers d'autres, dans un pays qui n'est pas le sien. Une martyre aux prises avec la folie.

Alors que l'homme masqué s'affaire sur une voisine, elle tente de se redresser dans son espace exigu, désormais décompressé. Ses coussinets sont craquelés par toutes ces années à piétiner la même matière froide et irritante ; les longues pièces de métal, rigides et droites comme des « i ». Ses pattes la portent difficilement. Affamée et déshydratée – pour que sa bile soit plus concentrée – elle sait que la bouillie infâme qu'on lui donne ne viendra pas la soulager avant des heures. Depuis le lait, elle n'a rien connu d'autre que ce goût de maïs et d'eau ; cette maigre portion journalière qui l'aide à survivre. En l'attendant, elle retourne à son unique activité : lutter contre l'enfermement. Elle mord les barreaux, de ses dents pourries et sciées par la récurrence de cette attaque inefficace. Malgré son application à y mettre toute la force qui lui reste, ils ne plient jamais.

La colère, la frustration et l'anxiété n'ont pas encore eu raison d'elle. Ces sentiments sont peut-être même ceux grâce auxquels elle n'abandonne pas. Ils l'animent. Les subir, c'est être là. Être là, c'est pouvoir essayer quelque chose. Tenter de s'échapper, tenter de changer la scène qui se rejoue inlassablement devant elle, tenter de faire passer son message. Elle est révulsée par cet endroit et, aussi infime que soit son champ d'action, elle ne s'avoue pas vaincue. Contrairement à sa congénère, dans la cage qui lui fait face, elle a toutes ses pattes. On ne l'a pas mutilée. Ni lorsqu'elle était oursonne, ni plus tard pour revendre des morceaux d'elle dans le but de fabriquer du vin d'ours.

On ne l'a amputée que de sa dignité.

Parce que ses dents la font souffrir, elle marque une pause et change de mouvement. Elle se frotte désormais à sa cellule métallique. Vers le haut, vers le bas. Vers la gauche, vers la droite. Avec une forme de fureur contenue. Ses grandes oreilles rondes jadis très poilues, ont, comme le reste de son corps, perdu de leur superbe. Les frottements répétitifs dans son combat vain contre cet étau et l'affaiblissement de son système immunitaire ont fait tomber une partie de son pelage noirâtre à reflets bruns. Et, ici, rien ne pousse ni ne repousse.

Numéro 9072 est rabougrie par l'arthrose, a le ventre gonflé des êtres mal nourris et un trou béant incapable de guérir, mais la résilience dans les veines. Elle n'a pas le choix. Lorsqu'elle ne dort pas, ne mange pas et n'est pas prélevée, elle ne peut rien faire d'autre que de lutter. Lutter contre l'impuissance, par tous les moyens.

Si elle avait conscience que son espèce était au bord de l'extinction, à cause de cette industrie, de la chasse et de la déforestation, peut-être abandonnerait-elle ? Mais comment abandonner ? Il faudrait arrêter de boire et de manger. Consentir à mourir. Celles et ceux qui travaillent ici la laisseraient-ils faire ? Personne ne l'aiderait à partir. Pas tant qu'elle a du jus à donner. Ils ne la tueront que lorsqu'elle sera jugée inexploitable, comme ils ont tué les autres sous ses yeux.

Le grommellement d'un ours voisin se fait entendre dans la pièce. Il gronde de peur et de souffrance. Elle le sait et elle lui répond. Il y a moins de communication que de mimétisme dans ce son qui perce le bruit ambiant des cliquetis métalliques, du bourdonnement de la pompe et des voix humaines.

Numéro 9072 se met à tourner sur elle-même, en se contorsionnant. Se mouvoir est une épreuve constante. L'ours d'à côté, quant à lui, saute frénétiquement à quatre pattes, comme si son poids pouvait venir à bout des barreaux du dessous. Ces attitudes n'ont jamais fait sursauter les hommes et les femmes masqués. Ils ont toujours été hermétiques aux manifestations du désespoir. Ils sont comme désincarnés par l'habitude de la cruauté. Elle le ressent, mais elle insiste, comme les autres. Elle appelle à l'aide, encore et encore. Ils sont si proches d'elle physiquement, ils sont son unique paysage.

Et, aujourd'hui, les minutes passant, elle sent flotter dans l'air quelque chose de différent.

Elle cesse de bouger. Elle se couche, elle observe. Elle se lèche les pattes pour les humidifier un peu et se soulager. Puis elle balaie de ses petits yeux ronds la partie de la pièce qui leur est accessible. Elle renifle. Elle scrute.

C'est infime, mais c'est perceptible. Il y a dans l'agissement des bourreaux, dans leur intonation et dans leurs gestes, un élément nouveau. Ce jour est dissemblable des milliers de jours précédents. La cadence modifiée des rituels quotidiens, l'apparition d'un homme inconnu à l'instant, le fait que quelqu'un soit en train de retirer les panneaux obstruant les fenêtres : autant de détails, peut-être insignifiants, mais notables.

Quelque chose se joue, ici et maintenant. Il n'y a pas eu de prélèvement sur les deux ours les plus mal en point dans son champ de vision, ceux qui sont couchés en permanence et ne se meuvent presque plus, ceux qui sont déformés.

L'homme qui a extrait sa bile plus tôt revient vers elle. Son corps se tend. Il n'a ni gamelle ni tuyau dans les mains. Il tient un outil qu'elle ne reconnaît pas. Elle se recroqueville au fond de la cage, mais elle ne peut lui échapper. Elle voudrait disparaître, ou tout casser. À la place de quoi, sous l'effet de la pression, elle s'écrase, à plat ventre. Elle sent chacun des gestes de l'homme, mais ne peut pas réagir.

Ce qu'il est en train de lui extirper ne lui appartient pas, contrairement à toutes les fois précédentes. C'est le corps étranger qu'on lui avait implanté il y a si longtemps : le cathéter. Celui qui laissera derrière lui une large plaie purulente, des fistules infectées et des abcès abdominaux. Elle subit la manipulation, sans la comprendre. Elle n'a jamais rien compris de toute façon.

Aujourd'hui, simplement, l'atmosphère est singulière. Et, quand on a passé sa vie quelque part, on discerne tout ce qui rompt avec l'ordinaire et l'inflexible mécanique.

La lumière qui pénètre soudain dans l'espace est extraordinaire, par exemple. La vraie lumière du jour. Numéro 9072 la sent sur sa truffe. Ça lui donne même chaud. Et, progressivement, à mesure qu'elle reprend possession de son être, départi du corset métallique, cela l'apaise. Ici, tout n'a toujours été qu'agressions. Cette lueur éclaire les ténèbres. Elle est éthérée, mais elle lui parvient. Elle imprègne l'espace. Elle offre des sensations oubliées à l'ourse qui ferme les yeux un instant.

En les rouvrant, elle voit l'homme masqué retirer le cathéter et le corset de l'animal à trois pattes en face. Puis, à tous les autres, au fur et à mesure. Ceux qui résistent ont le droit au coup du bâton pointu, au contact duquel ils perdent la maîtrise de leurs membres avant l'écrasement.

Elle s'agite à nouveau. Le caractère inhabituel de leurs actions fait monter en elle un stress différent. Sa vulnérabilité l'a rendue poreuse à leur comportement. Elle s'inquiète.

Que vont-ils faire à présent ? Que se passe-t-il ?

Expéditeur : Judy Reynolds

Destinataire : anonymous2013@gmail.com

Envoyé : à 22:49 (heure de Washington)

Objet : (RE) « Tu te souviens de l'été 2013 ? »

L'anonymat a toujours moins de poids, parce qu'il est lâche.

Cette affaire a été classée et ces sous-entendus sont aussi grotesques qu'incompréhensibles.

Ma boîte mail étant surveillée par les meilleurs ingénieurs informatique, ces menaces ne peuvent porter préjudice qu'à la personne qui se cache derrière elles.

Expéditeur : anonymous2013@gmail.com

Destinataire : Judy Reynolds

Envoyé : à 21:59 (heure de Washington)

Objet : « Tu te souviens de l'été 2013 ? »

Tu y penses parfois ? Ça t'empêche de dormir la nuit ? Abby Carter est morte à cause de toi, à cause de tes mensonges. Comment peut-on à ce point vouloir réussir ? Au point de pousser quelqu'un au suicide ? Au point de coucher avec un professeur marié et de défendre l'indéfendable ?

Ton arrivée à la Maison-Blanche sous cette présidence te va comme un gant. Tu es pourrie jusqu'à la moelle, mais tu as toujours obtenu ce que tu voulais, par tous les moyens.

Tu as oublié un détail : pour être invulnérable, il faut n'avoir rien à perdre. Au plus haut poste de ta carrière, mère et épouse, tu es donc plus fragile que jamais.

Et tu vas payer. Pour elle, pour sa famille, pour toutes les autres qui souffrent à cause de femmes comme toi et d'hommes comme lui. Il est mort, mais, toi, tu vis encore.

Démissionne avant de monter sur l'estrade et je disparaîtrai.

Reste sous la lumière, avide de pouvoir, et je te détruirai.

Il n'est jamais trop tard pour faire acte de repentance. À toi de jouer.

5.

Rafaella Ekele, Espagne

04 h GMT / 06 h à La Pobla de Vallbona

DANS CE QU'ON APPELLE EN ESPAGNE un grenier duplex, et qui ressemble plus à un petit appartement terrasse, Rafaella Ekele s'éveille sous les toits et avec les notes de « I Say a Little Prayer » d'Aretha Franklin. Le soleil dort encore, mais la musique emplit l'espace d'une autre forme de chaleur. Le son monte progressivement sur les enceintes programmées pour cela, et Rafaella s'étire. Elle touche machinalement le foulard vert et jaune qui lui enserre les cheveux, puis se met à la verticale. Elle n'aime pas traîner au lit, son temps est précieux. Dans une heure et quart, elle se mettra en route pour l'hôpital de Lliria. Et elle a beaucoup à faire avant ça.

Après avoir allumé les lumières et ouvert les fenêtres pour renouveler l'air intérieur, elle retend le poster de Martin Luther King sur le mur crème, lassée de le voir s'affaisser entre les poutres, derrière son canapé-lit. La plupart des Blancs de sa génération ne le reconnaîtraient sûrement pas, mais à vingt-cinq ans, elle, elle connaît par cœur les traits de son visage. Comme ceux de Nina Simone, dont elle collectionne les vinyles. Deux figures emblématiques de la lutte pour les droits civiques qui tapissent son lieu de vie et son cœur. Deux mentors dont les œuvres et les actions passées ont inspiré les siennes, venant conforter ses engagements, au fil du temps.

Dans son coin cuisine aux pierres apparentes, de petits paniers en osier côtoient des bocaux en verre sur les meubles en bois. Rafaella lance la machine à café et prépare une tranche de pain grillé, tartinée de beurre de cacahuète. Elle la dégustera avant de partir, à l'étage du dessus, lorsque le jour se sera levé. Lorsque la montagne sera visible dans le paysage et que les oiseaux amorceront leur chant journalier. Au préalable, elle a une douche à prendre, et un rituel capillaire matinal auquel elle doit se consacrer.

Face au miroir embué de la salle de bains, elle défait son foulard, puis son chignon haut. Libérés du carcan qu'elle leur impose la nuit, ses cheveux retrouvent leur aise. Elle les ébouriffe et s'attelle à séparer les bouclettes à l'aide de son peigne. Elle les démêle et les remet en forme. Elle applique ensuite de l'aloe vera et un soupçon d'huile de carotte pour les hydrater, puis les recoiffe, en chignon bas et sur le côté cette fois, afin de faciliter le port de son équipement de protection individuelle à l'hôpital. En d'autres temps, elle aurait porté fièrement leur fougue naturelle, mais, en ce moment, ce serait une complication supplémentaire.

Elle enfile un jean brut et un pull jaune, achetés d'occasion sur une application, et prend le temps d'apprécier son reflet dans le miroir. Elle repense un instant à l'époque lointaine où elle nouait un sweat sur sa taille, pour dissimuler la cambrure qu'elle chérit aujourd'hui. Au collège, elle n'aimait pas être au centre de l'attention. Elle voulait à tout prix éviter les railleries, ou pire, la sexualisation de son corps d'adolescente. Elle se souvient du poids des mots et des regards. Elle s'en souvient en souriant, parce qu'elle s'en est affranchie depuis bien longtemps.

Elle a mûri tôt, au lycée. Comme tous les enfants qui perdent un parent sûrement. Elle a vu sa mère prendre soin de son père jusqu'au terme de la maladie qui l'a emporté. Elle a admiré sa dévotion, comme on admire les saintes. Elle a souffert avec elle, avec lui. Elle a affronté les soirées, les matinées et les week-ends, devenus bien plus sombres que les journées d'école. L'altération pernicieuse du corps et de l'esprit d'un homme qu'elle pensait invincible, la solidité apparente d'un frère qu'elle entendait pleurer la nuit, l'évanouissement de la candeur qu'elle n'aurait plus, l'épuisement d'une femme qui ne vivait que pour lui et pour eux. Mois après mois, Rafaella a tout remis en perspective.

Influencée par la bravoure de sa mère, et résolue à honorer son père – parti en moins de deux ans –, c'est à cette période que sa vocation lui est apparue. Elle a su qu'elle consacrerait sa vie à soigner les autres, à les accompagner dans leurs combats, et à porter les siens.

Rafaella mène, en quelque sorte, deux vies parallèles et complémentaires. Jeune infirmière une grande partie de la semaine, et militante sur Internet le reste du temps. Elle panse des plaies, soulage des âmes et des corps. Elle participe à un mouvement ; médical d'un côté, activiste de l'autre. Elle est en congruence avec elle-même, à travers ses deux identités : celle que l'on peut lire sur ses papiers officiels et celle sous laquelle d'autres la suivent ; Afro-Feminista Chica. Elle a choisi ce pseudonyme il y a sept ans, lorsqu'elle a décidé de créer son blog. Elle venait de regarder le célèbre discours de Chimamanda Ngozi Adichie, dont elle a lu tous les livres traduits depuis. Elle avait bu ses paroles, revisitant par là même des souvenirs douloureux d'adolescence. *La negrita guapa !* disaient-ils sur son passage, lorsqu'ils la voulaient visible. D'autres jours, elle semblait n'être pour eux qu'une ombre dans la lumière. Un paillasson sur lequel s'essuyer, à l'image de ses cheveux disgracieux. Elle préférait presque ces jours-là, se sentant plus en sécurité dans la transparence. Tout cela, c'était avant la mort de son père, dont la brutalité l'a rendue indifférente aux futilités. Avant son affirmation, avant la prise de conscience. Avant qu'elle éprouve le besoin de rejoindre les rangs de celles et ceux qui se battent justement pour le respect de l'identité. Jamais elle n'aurait imaginé devenir une voix qui compte, des années plus tard. Jamais elle n'aurait pu soupçonner les rencontres marquantes que cette démarche initiale allait engendrer.

Des premiers mots tapés sur son clavier aux milliers d'abonnés, il y a eu un chemin ponctué d'intersections, lui donnant accès à d'autres plumes et d'autres voix, habitées par la même ferveur d'agir. C'est sur ce parcours, riche et escarpé, qu'elle a connu l'Allemande, Anke, et l'Anglaise, Poppy. Comme elle, mais à visage découvert, elles s'étaient fait connaître dans leur pays pour leurs engagements en ligne.

Ensemble, et à distance, elles ont créé un compte Instagram intitulé « WSY WBY WLY », dont les sigles signifient « *we see you, we believe you and we listen to you* ». En anglais, en allemand et en espagnol, elles partagent des témoignages et des infographies, répertorient des adresses utiles, répondent en public ou en privé à des appels à l'aide, et tentent de faire avancer la cause des femmes, quelle que soit leur couleur de peau. À terme, elles ambitionnent de trouver une représentante de chaque pays du monde, afin de les réunir sur ce compte, pour y dépeindre la richesse des femmes, leurs convictions et leurs luttes. Mais il y a cent quatre-vingt-douze autres nations, et elles n'en sont qu'aux prémices de cette entreprise-là.

Après avoir versé un trait de lait dans son café noir, Rafaella pose tasse et assiette sur son plateau en bambou et se dirige vers l'escalier qui mène au toit-terrasse. Ce domaine extérieur, comme un accès direct au ciel – désormais vide d'avions – est devenu son coin de paradis. Il rééquilibre la balance, entre les journées à l'hôpital et les soirées d'isolement social. Avec sa vue sur le vert des arbres, le marron des massifs et l'arc-en-ciel formé par les maisons en contrebas, c'est un antidote au blanc et au gris qu'elle endure par ailleurs. Il fait monter dans son nez des odeurs de cuisine, celles qui lui rappellent les restaurants bruyants, les dimanches en famille et les dîners entre amis. Ces odeurs de viande grillée et de paella, elle ne les avait jamais autant senties que depuis que l'air est pur, départi de la pollution des voitures.

Pieds nus sur le gazon artificiel, elle s'assoit en tailleur devant son petit déjeuner. Dans une atmosphère rose orangé, l'astre du jour s'élève sur la région de Valence, comme un ballon d'or, fier de la lumière qu'il fait jaillir. Ses rayons irradient de tous côtés le panorama. Les pins blancs, les chênes verts, les palmiers et les oliviers de La Pobla de Vallbona se révèlent sous les yeux de Rafaella, tandis que le beurre de cacahuète se répand sur son palais gourmet. Téléphone à la main, elle se reconnecte au monde virtuel qu'elle a créé. Elle parcourt les derniers messages, répond à Anke qui est aussi matinale qu'elle, et relit le pamphlet que Poppy a publié hier. C'est la plus jeune et la plus fougueuse de leur trio. Révoltée par les règles à deux vitesses de l'école, de l'université et du monde du travail, elle dénonce les inégalités de traitement.

« Un homme noir qui porte un tee-shirt blanc, révélant le dessin de son torse, c'est un homme qui sait se mettre en valeur. Une femme noire qui porte un tee-shirt blanc, c'est une provocatrice, dénuée de pudeur et d'élégance.

Une fille plate, qui sera moquée pour sa masculinité, peut passer inaperçue en débardeur, mais une fille à gros seins sera jugée vulgaire dans la même tenue et invitée à se couvrir dans certaines écoles ou dans certaines entreprises. On lui dira souvent qu'elle déconcentre les autres, c'est-à-dire les hommes.

Si cette même femme noire ou cette fille à gros seins a l'outrecuidance de ne pas porter de soutien-gorge, par confort ou par conviction, elle sera, au mieux, méprisée, au pire, rappelée à l'ordre pour son indécence.

Rappelle-t-on à l'ordre un homme qui porte son sexe imposant dans un jean ou un pantalon de costume ajusté ? »

Sous les mots de Poppy, des centaines de commentaires. De l'espoir et du découragement. Des évocations douloureuses, des aphorismes, des manifestations de sororité. Et des insultes, aussi. Aujourd'hui, plus encore qu'hier, le militantisme suscite la diarrhée verbale de ceux qui pensent autrement ou qui ont besoin de déverser, souvent anonymement, une haine sans fondement. Plus encore qu'hier parce que, sur les réseaux sociaux, d'aucuns peuvent se répandre sans se montrer. Leur violence gratuite glisse sur la peau de Rafaella qui, elle, a choisi l'anonymat pour des raisons professionnelles. Elle a appris à composer avec leur fatuité et à la considérer pour ce qu'elle est : un caillou dans sa chaussure. Juxtaposée à la rudesse de ce qui se joue dans les hôpitaux et dans le monde depuis des semaines, ce n'est que peu de chose. Tout au plus un mal nécessaire pour faire avancer une cause.

Les attaques stériles, qui ne sont pas l'apanage de l'homme, prennent racine dans cette volonté de maintenir un schéma archaïque, par peur de ne pas maîtriser l'émergence d'un modèle nouveau. Le repositionnement des valeurs et la marche vers plus d'équité signifieraient, pour certains, la fin de leur sempiternelle hégémonie. Réfléchir leur colère, y répondre avec une véhémence proportionnée à l'agression, serait une perte d'énergie. Rafaella et ses comparses préfèrent fédérer. Elles n'ont d'ailleurs jamais exclu l'homme de leurs débats et de leurs aspirations. Le féminisme n'a, pour elles, pas plus de sexe que de couleur ou d'origine. Comme les petites filles, les petits garçons ont reçu, depuis trop longtemps, une éducation qui participe au déséquilibre.

Rafaella a la chance d'avoir eu deux modèles masculins. Son père, qui avait fui le Congo avec sa mère afin d'échapper au carcan d'un grand-père trop fier pour reconnaître ses dérives autoritaires. Et son frère, qui a toujours été pour elle un allié, un confident, un meilleur ami. Cette chance, elle en a fait une force. Elle lui a permis de ne pas se tromper de combat. Si l'humain n'est pas plus homme que femme, la réciproque s'applique.

Tandis que le soleil poursuit son ascension, elle lui jette un dernier regard en prenant une grande respiration, et redescend dans son appartement. Dans moins d'une heure, elle prendra son quart de travail et devra supporter l'apnée, la contrainte corporelle liée à son équipement, le tourbillon des patients, le rythme insoutenable. Et, comme chaque jour, sa dignité l'emportera.

Il y a sept semaines, lorsqu'elle a eu fini ses premiers mois d'expérience dans une maison de retraite, juste après l'obtention de son diplôme d'infirmière, elle s'est vue projetée à l'hôpital, en plein chaos. Drôle de début de carrière. Volontaire, elle a pourtant décidé de lire dans ce grand chambardement une opportunité de s'illustrer.

En rassemblant ses affaires, avant de se diriger vers son parking, elle repense à cet homme de soixante-dix ans. Un de ceux dont elle prend soin, sans savoir si elle le reverra le lendemain. Hier, alors qu'elle lui posait le goutte-à-goutte et qu'il écoutait les informations sur sa radio portative, elle lui a demandé comment il se sentait. Sa première réponse n'était que larmes. Impossible de rester imperméable à l'effroi, à la peine qui ainsi s'exprimaient. Elle lui a pris la main, l'a serrée fermement, et a interrogé l'homme :

— Pourquoi pleurez-vous, monsieur ?

Loin de vouloir l'obliger à se justifier, elle avait l'intention de se servir de sa réponse pour le rassurer. La partie n'était pas finie, il fallait qu'il le comprenne.

— Je ne veux pas mourir, aidez-moi, s'il vous plaît, lui a-t-il répondu, les yeux agrandis par la peur. J'ai besoin de voir ma fille et mes petits-enfants. Je suis encore jeune… Je sais que je vais mourir et je ne veux pas.

— Vous devez vous battre, vous ne devez rien lâcher. Vous n'allez pas mourir. N'abandonnez pas. On est là. Je suis là. Soyez courageux. Pensez au jour où vous sortirez. Pensez-y très fort.

Rafaella était à court de ressources face à l'abattement de cet homme, mais elle a puisé la force en elle malgré tout. Elle lui a encore serré la main, comme pour asseoir les mots par le geste. Comme pour lui dire qu'ils gagneraient cette bataille ensemble.

L'incertitude délétère, elle l'endure chaque soir et chaque matin, sans la partager. Si elle doit être un canal, une passeuse, ce qu'elle choisit de véhiculer auprès des patients démunis, c'est le pouvoir du mental, ses ressorts, ses vertus, qu'elle a jadis appris en observant ses parents. Ainsi, elle draine leur tristesse, leur insuffle l'espoir nécessaire à leur survie, et se permet d'y croire avec eux.

Sur le point de partir, elle saisit son téléphone pour envoyer un traditionnel bonjour à sa mère et sélectionner la musique qui l'accompagnera durant son trajet en voiture vers l'hôpital de Lliria : celle du groupe Sinsinati. Et, alors qu'elle s'apprête à redéposer l'appareil dans son sac, elle reçoit un nouveau message d'Anke. Un message avec une vidéo transférée par une certaine Ida Hofman. En la visionnant, Rafaella est instantanément saisie par la violence de la bande sonore. Cette internaute, qui a contacté Anke, a filmé le couloir devant sa porte d'entrée pour capter les bruits émanant de l'appartement voisin : des cris de douleur, des poings qui s'écrasent, des objets qui vacillent.

C'est fou tout ce que l'on peut percevoir avec un seul sens, l'ouïe en l'occurrence.

À travers Anke – qui parle la même langue qu'elle –, Ida, témoin impuissant, les appelle à l'aide. Elle est démunie face à la fureur qu'elle entend sans la voir, elle a contacté la police en vain – les forces de l'ordre n'ont pas le temps pour les pressentiments, il leur faut des preuves irréfutables. Ida a donc cherché un autre moyen de faire savoir ce qui se joue derrière les murs de ses voisins et elle a trouvé leur compte Instagram commun.

Rafaella ne peut laisser la colère l'envahir, elle est attendue, mais cette femme sera écoutée et considérée.

Expéditeur : Magali Dubois

Destinataire : Alix Bouvet

Envoyé : à 07:20 (heure française)

Coucou Alix,

Je ne sais pas si tu es réveillée, mais je voulais t'envoyer un bisou pour ta matinée et te souhaiter bon courage pour le télétravail.

Il m'est arrivé un truc complètement dingue cette nuit, une femme en fuite s'est cachée dans mon camion. Il faut que je te raconte ça… On s'appelle plus tard ou bien on s'écrit ?

Je vais me dégourdir un peu les jambes et boire un jus avant de reprendre la route.

Je t'embrasse.

M.

Expéditeur : Alix Bouvet

Destinataire : Magali Dubois

Envoyé : à 07:25 (heure française)

Salut toi,

Bien réveillée, merci pour ton message !

Une femme dans ton camion, tu m'intrigues… Qui est-ce ? Une femme de quel âge et qui vient d'où ?

J'ai des réunions en visio toute la matinée, mais on peut s'appeler cet après-midi. En attendant, raconte si tu peux…

Bisous.

Alix

6.

Sahana Kumar, Inde

05 h GMT / 10 h 30 à New Delhi

Derrière un grillage de protection, une télévision fatiguée des années 1980 fait ce qu'elle peut. Elle est préservée de tout contact avec la quarantaine d'enfants dont elle est supposée garder l'attention. Son écran bombé n'offre que des images pixélisées, sur lesquelles une raie verticale se greffe de temps à autre. Assise en tailleur en face d'elle, la jeune assemblée est inégalement concentrée. Il y a ceux qui parlent, ceux qui chahutent, ceux qui fixent le poste sans vraiment le voir, ceux qui cherchent une échappatoire et ceux qui acceptent le moment, par habitude ou par dépit.

Sahana Kumar s'ennuie devant ces dessins animés inspirés de l'histoire du Râmâyana. La vie sur Terre de Rama, septième avatar de Vishnou – un des dieux de la trinité hindoue –, ne suffit plus à la distraire. Elle a déjà vu tant d'épisodes de cette épopée mythologique. Du haut de ses neuf ans, et après deux années passées dans cette maison d'enfants de Delhi Est, elle a soif d'autres choses. Et elle n'est pas la seule.

L'agitation monte dans la pièce, comme la température. Le ventilateur – qui saute chaque jour au rythme des pannes de courant – ne rafraîchit en rien les trente-cinq degrés. Les petits corps bouillonnants d'énergie participent à entretenir la chaleur ambiante. Une chaleur sèche, soulignant toutes les odeurs de la misère.

— J'ai envie de sortir, dit Sahana à Ilango, en touchant les oreilles de son ours en peluche.

— Moi aussi...

— On fait un jeu ?

— Lequel ?

— Je ne sais pas. Tu cherches dans quelle main je mets mon bracelet ?

— OK.

Sahana et Ilango font maintenant partie des grands dans ce foyer de tout-petits. Ils savent qu'il ne faut pas faire trop de bruit, pour ne pas fâcher les Didi. Shobha Didi et Anita Didi sont leurs uniques gardiennes. Elles s'occupent d'eux, leur font à manger, allument la télé, les aident pour la toilette, pour le rangement et pour la paix. Sans ces deux dames, ils s'entretueraient, ou s'amocheraient sérieusement. Les plus forts écraseraient les plus faibles. Et les survivants finiraient par mourir de faim. Les Didi sont tout ce qu'ils ont.

Il y a encore quelques semaines, Sahana et les autres allaient à l'école de 8 heures à 14 heures. Ils recevaient épisodiquement des intervenants, des volontaires, des visiteurs même. Il y a encore quelques semaines, ils avaient, pour certains, l'espoir de devenir. Devenir quoi ? Ils l'ignoraient, mais ils étaient pris dans un rythme imposé, un rythme qui mettait du sens dans leurs journées. Malgré la pauvreté, la solitude que cette cohabitation forcée peine à combler et les souvenirs souvent violents de leurs premières années, ces enfants faisaient partie d'un mouvement. Et puis il y a eu le confinement. Ce mot inconnu qui a tout changé. Cet arrêt brutal d'activités, de déplacements, de sorties.

Depuis, ils se lèvent toujours entre 5 h 30 et 6 heures. Ils composent le même brouhaha collectif en défilant dans la salle de bains en une longue procession. Celle des filles d'un côté, celle des garçons de l'autre, où ils utilisent le seau d'eau, le broc en plastique et le savon. Ils mangent leur galette de farine et d'eau cuite sur la flamme au petit déjeuner – leur Chapati – bien plus rarement garni de pickles indiens qu'avant. Mais ils n'ont plus aucun but lorsqu'ils sont habillés et nourris. Ils ne mettent plus les uniformes qu'un bienfaiteur leur avait achetés. Ils errent, sans savoir quand cette paralysie générale sera levée. Les Didi n'en savent rien non plus, et n'ont pas le temps d'y penser. Elles sont sur tous les fronts, épuisées et lasses. Sahana le voit, Ilango aussi, parce qu'ils les épient pour s'occuper, en imaginant des histoires, des aventures, voire de grandes échappées.

— On va chercher de l'eau ? demande Ilango.
— D'accord.

Dans le couloir qui mène à l'espace cuisine, ils passent devant l'un des autels hindous : Shiva et son trident, Ganesh et sa tête d'éléphant, Krishna, sa peau bleue et sa flûte. Les statues des dieux mettent de la couleur et de l'espérance dans les quatre-vingts mètres carrés de cet univers presque carcéral. Il y en a au sein de chaque maison de ce foyer. Dans celle-ci, celle des tout-petits, mais aussi dans les deux bâtiments non mixtes des plus de dix ans, qui comptent respectivement une centaine de pensionnaires.

Depuis qu'elle vit ici, Sahana n'est allée qu'une seule fois au temple et elle s'en souvient comme si c'était hier. Elle s'était sentie si chanceuse ce jour-là, au milieu de cette ferveur religieuse. N'ayant rien à offrir, comme tous les enfants d'ici, elle avait profité de la *puja* de Shobha Didi qui, au nom d'eux tous, avait tressé une guirlande de fleurs en guise d'offrande. Sahana s'était alors imprégnée de la force de la divinité, aux pieds de la statue devant laquelle les fleurs avaient été déposées, tout en l'honorant de tout son corps et de tout son esprit. Elle en a gardé un souvenir impérissable. Les musulmans n'ont qu'un dieu, mais elle est ravie d'être hindoue et d'en avoir des millions. Ce sont autant de grandeur et de puissance sur lesquelles elle peut compter en les vénérant comme il se doit.

Lorsque Sahana et Ilango arrivent devant Anita Didi, celle-ci accepte de leur donner de l'eau en échange de leur coopération pour calmer les plus bruyants dans la salle principale. Avec Shobha Didi, elle est occupée à préparer le repas du midi qui sera servi à 14 heures ; un repas à base de riz, de lentilles et de haricots rouges, qui sentira bon l'ail et les épices. Elle n'a pas le temps de venir faire la police.

Ils boivent rapidement et retournent vers leur mission, qui s'annonce compliquée. Tous les grands ne sont pas comme eux. Aussi, l'amitié qu'ils ont nouée ne plaît pas à certains, parce que les filles et les garçons ne sont pas censés jouer ensemble. À partir de dix ans, la loi leur impose même qu'ils soient séparés dans les foyers. Ils n'ont pas réfléchi à ça lorsqu'ils se sont rencontrés. Sahana était médusée par l'horreur à laquelle elle venait d'assister, et Ilango, qui vivait déjà là depuis presque deux ans, a reconnu la peine dans ses grands yeux noirs. Il a tout de suite aimé l'ondulation de ses cheveux, ses lèvres qui ne souriaient pas, et sa manière de porter son collier de perles jaunes et rouges. Au départ, elle se méfiait de lui, comme de tous les hommes. Puis, assez vite, peut-être parce qu'elle avait perdu ses frères, peut-être parce qu'elle avait besoin d'un repère, elle a accepté l'intérêt qu'il lui portait. Ils avaient sept ans, ils étaient seuls au monde et ils se rassuraient l'un l'autre. De mois en mois, d'année en année, leur complicité s'est imposée, comme une évidence. Une évidence certes loin de faire l'unanimité, mais qui leur a donné une force considérable : à deux, ils sont plus solides face à l'adversité.

— Il faut faire moins de bruit, tente Ilango.

— Qu'est-ce que tu racontes, toi ? lui lance Amrit.

— Les Didi ont dit que…

— Je m'en fous ! Tu crois que t'as encore du pouvoir ici maintenant ? T'es rien du tout.

— Tais-toi, Amrit, c'est pas compliqué ? insiste Ilango.

— Redis un peu ça ! rétorque l'autre en se levant.

— Tais-toi !

— Tu sais qu'elle ne viendra plus te chercher ta super famille anglaise ? Ils ont dû finir par voir que t'étais beaucoup trop noir…

— Arrête ! T'es jaloux, c'est tout, intervient Sahana.

— Depuis quand tu crois que tu peux me parler ? Les filles, ça obéit ou ça se prend des claques. Dégage, avec ta peluche dégueulasse.

— Bon, ça suffit ! Vous me cassez les oreilles ! s'en mêle Vikram.

Sahana n'est pas surprise de constater que sa voix stoppe net l'altercation. Vikram, c'est le plus vieux. Il a dix ans et un corps qui lui confère une certaine autorité. Quand il se met en colère, il gagne toujours la bataille. De nature solitaire, il n'a pas vraiment d'amis ici et il n'en veut pas, mais il a le respect de tous parce qu'il a su se montrer invincible.

Alors que les regards se sont retournés vers la télévision, Sahana tire le bras d'Ilango pour l'éloigner un peu des différents cercles formés par les enfants. Elle déteste qu'on s'en prenne à lui. Parfois, elle se surprend même à vouloir davantage son bonheur que le sien. L'idée qu'il soit jugé sur la couleur de sa peau, parce que plus celle-ci est foncée moins on compte, ne lui plaît pas, même si on lui dit que c'est normal. Sahana a toujours eu du caractère, mais elle a su le cacher, pour éviter les coups. Plus elle a compris que les filles étaient esclaves des garçons, plus elle a nourri un jardin secret où elle pouvait être ce qu'elle voulait. Et dans ce jardin désormais, il y a une place pour lui, pour son seul ami.

— Il est trop bête Amrit, chuchote-t-elle à l'oreille d'Ilango.

— Oui, mais je t'ai déjà dit de ne pas prendre de risques avec les garçons. Je nous défends et, toi, tu te protèges…

— Je ne peux pas m'en empêcher. On fait quoi maintenant ? On révise les mots en anglais ?

— Si tu veux. Fourchette ?

— *Fork.*

— Soleil ?

— *Sun.*

Sahana adore apprendre. Il y a six mois, lorsque l'ambassade du Royaume-Uni a envoyé une bénévole pour enseigner les bases de la langue anglaise à Ilango, elle s'est réjouie pour lui, et pour elle aussi. Elle savait qu'ils partageraient ces connaissances, comme ils partagent tout le reste. Bien sûr, dans une maison d'enfants pareille, gérée par une ONG débordée, c'était du jamais-vu. L'intérêt du haut commissionnaire, et donc de l'ambassade, a découlé du hasard d'une visite exceptionnelle, il y a deux ans et demi. Une visite aléatoire, qui est tombée sur eux, juste avant l'arrivée de Sahana. Elle aurait aimé être là, pour croiser la future mère d'Ilango la première fois. Cette femme qu'on dit riche, belle et célèbre. Celle qui, en passant dans la maison, a eu envie de s'engager pour les aider. Celle qui a vu dans les yeux vairons décriés de ce petit garçon une histoire à écrire avec lui.

Depuis que la longue procédure d'adoption a avancé, Ilango reçoit un traitement de faveur. Cette étiquette de privilégié a fait naître bon nombre de jalousies. Au départ, lorsqu'il était plus petit, il faisait partie des opprimés ici. Sa peau noire et son regard bicolore lui valaient toutes les railleries. Puis, quand il y a eu cet engouement autour de lui et de son adoption internationale, il a pris un peu d'assurance. Il a appris à se défendre, sans devenir bourreau à son tour. Il ne s'est pas servi des donations alimentaires de l'ambassade pour se faire mousser. C'est ce que Sahana aime chez lui. Cette force tranquille, à la fois volontaire, loyale et humble. Ce cœur ouvert, aussi, et cette promesse qu'il lui a faite : quoi qu'il se passe, ils se retrouveront. Quoi qu'il en coûte, dès qu'il le pourra, il reviendra la chercher.

Il aurait dû s'envoler pour l'Europe il y a deux semaines, mais la pandémie en a décidé autrement. Elle leur a épargné ce déchirement, reporté à une date inconnue. Dans ce cas précis, l'incertitude est moins désagréable. Elle leur laisse un sursis.

Pendant un moment, ils ont pensé partir ensemble, pour que rien ni personne ne puisse les séparer. Mais les sentiments de Sahana ont changé de camp. Comment aurait-elle pu le laisser renoncer à un tel destin ? Qu'auraient-ils fait dans la rue ? Que seraient-ils devenus ? Même si les adoptions n'aboutissent que peu souvent, la perspective de celle-ci était une chance à saisir pour lui. Alors, petit à petit, elle l'a convaincu que cette vie-là, s'il venait à l'embrasser, ne signifiait pas qu'ils ne se reverraient jamais.

Sahana, en hindi, veut dire patience, et c'est une vertu qu'elle a apprivoisée.

— Je vais bien ?
— *I feel go.*
— *I feel good !*
— *Good.*

Tout en répondant du mieux qu'elle peut à Ilango, Sahana regarde les exclus, parce qu'elle ne peut pas s'en empêcher. En marge des groupes, plus ou moins turbulents, qui se disputent le reste des jouets Montessori, les cahiers de coloriage et les feuilles de collage, Ketan est adossé au mur sur lequel il se cogne la tête régulièrement. Les Didi leur ont expliqué qu'il était retardé et qu'il fallait le laisser tranquille. Parfois, Sahana essaie de lui parler, sans grand succès. Il aurait besoin d'une aide plus particulière, mais c'est inaccessible pour les pauvres. Elle a tellement de peine pour lui. Riyana, la Népalaise, et Naomi, originaire du Bengale, ont quant à elles été mises à l'écart parce qu'elles ne parlaient pas hindi à leur arrivée. Depuis, elles ont créé entre elles une communication qui les sauve de l'ennui. Elles mélangent les langues, parlent parfois avec les gestes, et se serrent les coudes pour apprendre ce qui leur permettra de s'intégrer bientôt.

Ce petit monde qui l'entoure lui est à la fois si proche et si étranger. Sahana ne considère pas ces enfants comme sa famille. De temps en temps, elle joue avec eux dans la cour, quelques fois elle se retrouve au milieu d'une querelle, mais jamais elle n'a tissé de liens avec quelqu'un d'autre qu'Ilango.

— École ?
— *School.*
— Meilleur ami ?
— *Best friend*, répond-elle en souriant.

Les Didi interrompent leur ping-pong de mots et le vacarme ambiant. Elles viennent leur annoncer qu'ils peuvent sortir dans la cour pendant une demi-heure et qu'elles vont mettre de la musique pour celles et ceux qui veulent continuer à apprendre la chorégraphie qu'ils travaillent depuis une semaine, afin de faire une vidéo d'appel aux dons sur Internet. Apparemment, la nourriture pourrait venir à manquer et il faut anticiper ce risque dès à présent.

— Je vais faire pipi d'abord. Tu m'attends ? dit Ilango.
— Oui !

Alors que son ami trottine déjà vers les latrines, Sahana est approchée par Shobha Didi qui tient une enveloppe dans sa main.

— On a reçu une lettre pour toi. Tu as de la chance, en ce moment on ne reçoit presque plus rien.
— Merci, Shobha Didi.
— Tu sais qui c'est ?

Sahana pose les yeux sur l'enveloppe et reconnaît l'écriture.

— Ma sœur, je pense. Il n'y a rien pour Ilango ?
— Non.
— Tu ne lui dis pas que j'ai reçu quelque chose, d'accord ?
— Ce sont vos histoires ça, dit Shobha Didi en soupirant et en tournant les talons.

Sahana presse le pas vers le petit casier qui contient ses affaires dans le dortoir des filles. Elle y dépose l'enveloppe sans l'ouvrir et retourne vite à sa place.

Elle ne veut pas qu'Ilango sache que sa sœur lui a écrit, parce que si elle espérait tant avoir de ses nouvelles, lui, il n'a pas eu de courrier depuis des semaines. Lui qui a été au centre de l'attention pendant six mois est désormais retombé dans un anonymat encore moins confortable que celui des autres. Être déchu est pire que de rester invisible.

— On y va ? lui lance-t-il avec enthousiasme en revenant.
— Je suis prête.
— Ne prends pas ton ours si on va danser…
— Je n'ai pas envie de danser aujourd'hui, mais je te regarderai !
— Oh, pourquoi ?
— Je me suis fait mal à la cheville hier.
— Bah, tu ne m'as rien dit.
— C'est pas grave !
— Bon, tu pourras chanter au moins !
— Ah ça oui !

Dehors, les rayons du soleil adoucissent l'éternelle vision des fils barbelés qui ceinturent la cour bétonnée de cette ancienne station de métro réaménagée pour eux. Les grands, des maisons des filles et des garçons, ont d'autres occupations. Certains fument, d'autres jouent au ballon. Le monsieur qui garde l'entrée tient fermement son bâton. Les fugues sont légion ici et elles sont plus que jamais à éviter. Il est interdit de sortir ou de rentrer. Seules les livraisons de denrées alimentaires sont autorisées.

Alors qu'Ilango s'est joint au groupe de danse, Sahana s'assoit à proximité et répète en pensée la liste de ses rêves :

- Retrouver sa sœur et rencontrer son oncle.
- Devenir cuisinière.
- Aller travailler dans le pays où sera Ilango lorsqu'elle pourra le rejoindre ou qu'il pourra venir la chercher.
- Voir un ours en vrai.

La peluche qu'elle tripote, c'est tout ce qu'il lui reste de sa mère. Elle s'appelait Sneha et elle lui a appris l'amour. Elle lui a appris à être forte aussi. Sahana tressaille encore en pensant qu'elle ne l'a pas été assez pour la sauver. Elle n'a rien pu faire.

— Tu chantes avec nous ? lui demande Ilango.

Sahana sort de l'effroi des souvenirs qui la hantent et met ses cordes vocales en action. Elle se laisse gagner par l'ici et maintenant. Elle admire la dextérité des mouvements d'Ilango et elle essaie de le figer dans sa mémoire. Un jour, peut-être, elle aura archivé assez de belles images pour étouffer les vestiges de son ancienne vie.

Expéditeur : Lucia Rossi

Destinataire : Mia Giustina

Envoyé : à 07:57 (heure italienne)

Bravo ma petite-fille pour ton initiative, j'ai hâte de voir ça, si j'arrive à bricoler sur l'ordinateur. Ton oncle va m'aider, je pense.

Bisous

7.

Hayley Davis, Angleterre

06 h GMT / 07 h à Brighton

ASSISE DEVANT SON PIANO, face à la fenêtre, Hayley Davis joue pour elle et chantonne tout bas. Une dernière fois, avant que ses filles ne descendent de leur chambre, pleines de leur intarissable énergie. Un casque professionnel couvre ses oreilles et étreint ses cheveux blond platine qui ont perdu leur coloration à la racine. Ainsi, elle a pu s'octroyer un moment avec cette chanson qui l'obsède, sans réveiller la maisonnée. Elle a fredonné la mélodie, sans dire le texte. Elle a pesé les mots dans sa tête et s'est concentrée sur les notes. Elle ignore encore si elle pourra l'interpréter ce soir. Elle ne sait même pas pourquoi elle l'a écrite, après tant d'années de silence. Pourquoi cette chanson s'est imposée comme un souvenir déchirant l'opacité, comme une vérité qui ne peut plus se taire.

Les touches blanches et noires, ces touches qu'elle connaît depuis toujours, sont un refuge, un espace de liberté. À travers elles, Hayley se connecte à un territoire intime, enfoui ; celui qui mène à la création. Des soupirs aux rondes, en passant par les doubles-croches ou les demi-pauses, il y a dans cette expression sur le clavier tant de nuances possibles.

Après avoir frappé la dernière note, elle dirige son regard sur le bleu de la Manche et la ligne d'horizon. Les dégradés de couleurs du petit matin surplombent son jardin et la mer au loin. Ils mettent du mouvement dans l'immobilisme ; des variations visuelles utiles à l'inspiration. Voilà pourquoi elle a placé son instrument ici, devant cette ouverture sur l'extérieur, sans savoir à quel point, un jour, cette vue lui serait nécessaire.

Ces dix-sept dernières années, Hayley n'a connu la routine que dans sa rigueur sportive et musicale. Entraîner son corps pour maîtriser ses acrobaties scéniques, faire ses gammes pour garder sa technique vocale, pratiquer le piano pour ne rien perdre en dextérité, jouer avec les mots pour continuer à les mettre en chanson. Aujourd'hui, elle apprend la routine tout court. Familiale, amoureuse. L'unité de lieu a remplacé le trop-plein d'ailleurs. Le tourbillon d'aéroports, de stades, de visages, de paysages, s'est arrêté net. Passé le moment de surprise, de choc, de sidération presque, sont venus les moments d'action à distance et les nouvelles habitudes à domicile.

Plus tôt ce matin, comme chaque jour avec Chad, son labrador, elle a couru une demi-heure sur la plage de Brighton. Elle a encore mesuré la chance d'avoir ce coin de paradis dans son périmètre autorisé. Elle a fait abstraction de l'hélicoptère, respiré l'air frais, et regardé les immenses propriétés Art déco construites en bord de mer. Elle a repensé à tous les récents bouleversements qui, au-delà de leur noirceur, lui ont permis de goûter à un quotidien nouveau. La vie normale, a-t-elle pensé, avant de se reprendre. Rien n'est banal dans son existence privilégiée, et la situation du monde ne lui a jamais semblé aussi invraisemblable.

— Mamma ! s'écrie Willow, en dévalant les escaliers.

— Tu jouais du piano ? l'interroge presque simultanément Milla, suivant de près sa petite sœur.

— Bonjour mes amours ! Oui, je répétais une chanson.

— Pour ton live de ce soir ? demande Milla.

— Exactement ! On prépare le petit déjeuner, Willow ?

— Oh oui ! Avec la pâte des pancakes d'hier ? J'ai trop envie de manger des pancakes !

La gourmandise de Willow n'a d'égal que son intérêt précoce pour la cuisine. À cinq ans, elle sait déjà qu'elle veut devenir chef dans un grand restaurant. Quant à Milla, passionnée de gymnastique, elle préfère manger avec modération et n'a aucune appétence pour la préparation des mets.

Dans son jogging gris, les cheveux ébouriffés mais la démarche assurée, Jamie les rejoint en enfilant un tee-shirt blanc. Il embrasse Hayley, avec un amour que leurs dix ans de mariage n'ont pas entamé.

— Et nous, on n'a pas de bisou ? réclame Willow.

— Dis donc, chipie, je t'ai déjà dit bonjour là-haut, il me semble ? répond-il en lui chatouillant les hanches.

— Je ne m'en rappelle pas, je n'ai pas bien senti, poursuit la petite en riant.

— Et toi, Milla, tu veux un autre bisou ?

— Je veux surtout que tu m'apprennes à faire des abdominaux avec la roulette aujourd'hui !

— Oui, oui : quand je dis « promis », c'est promis.

— Tu n'as pas craché ! rétorque Milla, le regard espiègle.

— On ne crache pas à la maison enfin, intervient Hayley.

— Parce qu'on crache dehors ? s'amuse Jamie.

— Très drôle ! Bon, qui veut quoi ? Confiture ? Fruits frais ? Chocolat fondu ? Sirop d'érable ?

Chacun passe évidemment une commande différente à Hayley, et tandis que Willow s'affaire avec elle, son mari et son aînée avalent leur eau tiède citronnée.

— Je peux donner un biscuit à Chad, mamma ?
— Oui, Milla, et après tu viens t'asseoir, OK ?

Milla ne tient pas en place. Elle gesticule en permanence, chacun de ses mouvements est une danse ou une acrobatie. Elle ne sait pas rester assise très longtemps.

Autour de l'îlot central – un mélange moderne de marbre, de bois et de finitions en alu –, Hayley observe sa famille qui s'installe. Jamie dépose le café et le lait d'amande, les petites prennent place derrière leur bol et déplient leur serviette sur leurs genoux. Elle a tellement pris le pli de ces petits déjeuners ensemble. Comment réagira-t-elle lorsque la vie reprendra son cours et son rythme étourdissant ? En attendant, elle retient les rires en série, les nouveaux mots de Willow, les nouvelles figures de Milla, les derniers dessins de Jamie. Ils la fascinent.

Elle a rencontré son mari dans son célèbre et premier salon de tatouage londonien. La longue pièce qu'elle venait se faire encrer sur la cuisse leur a donné huit heures pour se connaître. Huit heures pour un dragon, et une vague d'émotions. Huit heures et une conclusion : ils se reverraient, sans encre noire et sans aiguille. Si l'évidence des premiers mois s'est d'abord évanouie sous le chaos des suivants, l'intensité qu'ils mettaient dans leur existence respective les a arrimés l'un à l'autre. Ils ont accepté les orages récurrents puisqu'ils participaient de la passion amoureuse dont ils aimaient les rebondissements. Puis, au fil des saisons, ils ont trouvé un équilibre. Équilibre conforté par l'arrivée de Milla, puis de Willow. La parentalité était faite pour eux.

Hayley a toujours préféré Picasso et Dalí à Monet et Van Gogh. Les tableaux déstructurés, plutôt que les atmosphères rassurantes. Elle n'a jamais eu peur de la démesure, des plats épicés, des couleurs vives sur le corps, de l'excentricité ostensible, du rock'n'roll assumé, de l'électricité dans l'air. Elle a seulement pris conscience que les excès et la fougue ne pouvaient tenir que sur des piliers et des valeurs solides. Le travail, le respect, l'amour, la confiance et l'écoute sont à la base de tout sous leur toit.

— T'as du chocolat sur le nez et du lait au-dessus de la bouche, dit Milla à sa sœur.

— Je m'en fiche, c'est trop bon ! répond-elle en levant les doigts, tout aussi enduits de cacao et de sucre fondus.

— Mais, euh, ne me touche pas avec ça !

— Bon, les filles, concentrez-vous sur votre assiette et, ensuite, à la douche, les reprend Jamie.

— Oui, parce que dans une heure, c'est l'école ! leur rappelle Hayley, en italien.

Depuis leur naissance, elle parle à ses enfants dans son italien maternel et son anglais paternel, comme ses parents l'ont fait, pour elle et pour ses sœurs. À cet âge-là, on a la porosité idéale. On imprime vite ce que l'on apprendrait dans la douleur plus tard. La pluralité culturelle est une richesse, dans les mots, comme dans l'histoire, les arts, les gens ou les lieux. Elle a tant appris en chantant dans d'autres langues, en rencontrant d'autres vies si éloignées de la sienne, en ouvrant grand les yeux dans des pays lointains. Lorsqu'elle a embauché Valentina, la nounou des filles, elle l'a aussi choisie parce qu'elle leur parlerait en espagnol et que ça ajouterait une corde à leur arc. Et, depuis plus d'un an maintenant, ils apprivoisent tous les quatre, à des rythmes différents, une langue d'ailleurs, liée à leur prochaine extraordinaire aventure familiale. Un événement de taille, mis sur pause avec difficulté et tristesse, qui occupe leurs pensées chaque jour.

— J'ai fini ! Première à la douche ! s'exclame Milla, heureuse de pouvoir gigoter à nouveau.

— Pas moi…

— Prends ton temps, *amore.* Et, Milla, n'oublie pas de te brosser les dents !

Alors que Milla disparaît en un éclair dans les escaliers et qu'Hayley débarrasse la table autour de Willow pour prendre de l'avance, Jamie allume la radio et monte rapidement le volume.

— C'est votre chanson ! s'écrie la petite, la bouche pleine.

Pour ses filles, Hayley est maman bien avant d'être artiste, et elle n'a rien d'une star. Parfois, même, elles aimeraient ne l'avoir *que pour elles.* Ne plus la partager avec tous ces gens qui pleurent, crient ou s'embrasent devant elle. Pourtant, il y a quelque chose que Milla et Willow adorent : c'est la possibilité de rencontrer, de côtoyer les autres célébrités. Lorsqu'elle a enregistré à distance cette chanson avec Lady G et De Nasheer, ses filles étaient aux premières loges. Comme des petites souris dans leur trou, elles contemplaient les cessions de travail, les fous rires et les débats créatifs, de la composition à la fin de la production.

— À nous ! dit Jamie en prenant Willow dans ses bras.
— Je pourrai rester en pyjama quand même, après la douche ?
— Si tu veux.
— Trop bien !

Jamie et Hayley se relaient pour presque tout, depuis des semaines. La toilette des filles, l'école à la maison, les séances de sport, les activités éducatives, les promenades extérieures encadrées, les courses hebdomadaires de produits frais, les lectures au lit, l'apaisement des crises de larmes et d'incompréhension de l'une ou de l'autre, la lessive, et les ruses pour mettre de l'amusement dans ce contexte si particulier. Il n'y a qu'en cuisine qu'Hayley change de partenaire, troquant son mari pour Willow, son mini cuistot surélevé par une chaise, un marchepied ou un tabouret.

Après avoir fait place nette, elle saisit son téléphone qui ne cesse de clignoter. Elle a des messages et des appels en absence d'une de ses sœurs, de son manager et d'une tripotée d'autres. Parce qu'il ne lui reste que moins d'une heure avant le début de l'école, elle ne rappelle personne, mais prend connaissance du principal. Son manager l'informe qu'il a fait le tri dans la boîte mail publique et qu'il lui a envoyé les demandes les plus pertinentes pour qu'elle puisse faire son choix. Quant à sa sœur, elle est hilare sur sa messagerie vocale ! Elle lui raconte que, hier, un couple a été surpris et filmé en train de s'envoyer en l'air sur la plage de Brighton. Le type avait les fesses à l'air, le pantalon sur les chevilles, et s'en donnait à cœur joie sur la femme en dessous. Stupéfaits par cette double dose de culot, ce mélange d'exhibitionnisme décomplexé et de je-m'en-foutisme face aux restrictions, des passants se sont moqués d'eux. S'en est suivi un échange de doigts d'honneur à bonne distance. Cette anecdote loufoque a, semblerait-il, beaucoup diverti Chiara dont le rire communicatif remplit le cœur d'Hayley. Par écrit, elle lui répond qu'elle n'a pas assisté au spectacle, mais qu'elle veut bien la vidéo. Peut-être qu'elle reconnaîtra les audacieux !

À l'étage, Hayley pose son téléphone sur le lit et retire la combinaison qui lui sert de seconde peau en ce moment. En string et en brassière, elle se dirige vers la salle de bains parentale où l'eau s'est mise à couler dans la douche.

— Suis toute propre ! déclare Willow en passant soudain une tête dans l'embrasure de la porte.

— C'est bien, ma puce. Tu peux jouer dix minutes dans ta chambre, le temps que, ton père et moi, on se prépare.

— D'accord !

Le corps nu de Jamie attire Hayley, comme un aimant. Ce corps qui porte tant de marques de sa personnalité, de ses goûts et de ses revendications. Il est aussi la preuve de sa détermination dans l'exercice comme dans la vie.

Elle croise son regard à travers la buée, pénètre dans le halo de vapeur d'eau et s'enfonce sous les jets chauds, contre lui. Ils prennent souvent leur douche ensemble. C'est l'un des plaisirs qui a résisté à l'épreuve du temps. Aucune nouvelle pudeur n'est venue le ternir.

Elle lui parle de ce couple sur la plage, la tension monte un instant, mais ils décident, après un baiser qui en dit long, de la mettre sous clef jusqu'à ce soir. Ils se contentent de se caresser avec le savon, espiègles, comme pour exacerber la tentation à laquelle ils ne céderont pas tout de suite. Ils ont cette chance, entretenue par leurs fréquentes séparations, de se désirer encore.

Au salon, l'espace dédié à l'école est prêt, contrairement à Milla qui rechigne à s'asseoir. Elle est déjà en tenue de sport et elle aimerait que les quatre prochaines heures soient consacrées au mouvement plus qu'à l'inertie.

— On ne peut pas dire qu'aujourd'hui, c'est déjà le week-end, mamma ?

— Non, ma chérie.

— C'est chiant.

— Je vais t'expliquer un truc, pas pour t'embêter, mais juste pour que tu comprennes.

— Quoi ?

— Tu sais que, dans certains pays, les enfants ne peuvent plus aller à l'école et n'ont aucun autre moyen d'apprendre ? Il y en a qui n'ont ni parents, ni ordinateurs, ni livres, ni cours en ligne pour s'instruire malgré tout…

— Ben ça leur fait des vacances !

— Non, ça les prive d'une éducation qui est nécessaire à leur avenir. Savoir lire, écrire, compter et parler correctement, c'est très important pour bien grandir et être plus fort dans la vie. Exercer sa mémoire, connaître un peu l'histoire, construire sa réflexion, résoudre un problème donné, ça améliore les chances de s'en sortir plus tard et de trouver un métier…

— T'as eu besoin de ça pour faire de la musique, toi ?

— Bien sûr ! Comment j'écrirais des chansons, comment je pourrais compter les temps en danse, comment je lirais la musique et comment je gérerais ma carrière si je n'avais pas acquis les bases de tout ?

— Bon d'accord ! Mais on peut quand même regarder les messages des gens avant de commencer ?

— C'est prévu ! On est vendredi, et le vendredi c'est ?

— Le jour de l'entraide !

— Oh oui ! ponctue Willow qui s'arrête soudain de dessiner pour rejoindre la conversation.

Voilà trois semaines qu'Hayley a instauré ce rendez-vous avec ses fans et les internautes en général. Un rendez-vous auquel ses enfants participent avec entrain.

Elle a toujours couru après le temps et, à présent, elle en a bien assez pour penser à ce qu'elle pourrait faire de plus. Alors, elle a créé une adresse électronique, qu'elle a ouverte au public sur les réseaux sociaux, pour que toute personne puisse lui envoyer une demande solidaire, partager avec elle une information ou une cause qui mérite d'être relayée à ses millions d'abonnés ou susciter une aide pour un problème lié aux circonstances.

Elle lit à haute voix les quelques messages sélectionnés par son manager – qui a accepté de jouer le jeu avec elle –, et ses filles participent au choix de l'élu. Tous les vendredis, il ne faut en garder qu'un, même si elle prendra le temps d'envoyer un petit mot à celles et ceux qui la touchent le plus.

Ce matin, très vite, une photo retient leur attention. Il s'agit d'un ours en détresse, enfermé derrière les barreaux d'une minuscule cage, torturé pour sa bile. Le message lié à la photo est signé par des dizaines de fans qui ont décidé d'associer leurs noms et de l'alerter sur cette industrie méconnue. Ils savent qu'elle fait partie de ces artistes qui ne portent ni fourrure ni cuir, et qu'elle n'a pas besoin de peaux mortes pour se sentir vivante. Son combat pour les droits des enfants et la liberté de corps et d'esprit des femmes est connu de tous, mais elle s'est aussi déjà associée à des mouvements pour le respect des animaux. Ils portent donc à sa connaissance le calvaire de ces ours, martyrs au nom de croyances médicales et d'intérêts financiers, en espérant que sa notoriété puisse jeter la lumière sur eux.

Elle contient ses larmes, parce que Willow est bouleversée. Milla, elle, manifeste une colère qui a besoin de s'exprimer physiquement.

Quelques minutes plus tard, Hayley diffuse la photo, en taguant tous les expéditeurs, et écrit un texte pour appeler au soutien de l'association *Moon Bear Hope*, qu'elle contactera ensuite pour offrir une donation.

Expéditeur : Rafaella Ekele

Destinataire : Anke Gärtner

Envoyé : à 09:00 (heure espagnole)

Je suis à l'hôpital, mais je reviendrai checker mes messages ce midi. Tu peux me tenir au courant pour Ida Hofman et sa voisine ? Je n'arrête pas d'y penser malgré la situation ici qui prend tout mon cerveau normalement. Tu vas l'appeler ou lui répondre à l'écrit ? Je me dis qu'on doit agir vite, mais je suis sûre que tu es sur le coup.

À tout' et courage <3

8.

Kirsten Keller, Allemagne

07 h GMT / 09 h à Berlin

DERRIÈRE LA PORTE ENTROUVERTE de la chambre, Kirsten Keller vérifie que Roddrick dort encore. Sans faire un bruit, elle compte ses ronflements. Ils lui indiquent la profondeur de son sommeil, comme une boussole de fortune. Le souffle, son rythme, la puissance du bourdonnement, sont autant d'éléments qui vont guider ses prochaines minutes à elle. Lorsqu'elle le regarde, allongé, les yeux fermés, presque fragile dans sa nudité et son inconscience, elle refuse de s'attendrir. Elle se concentre sur la douleur qui ne lui laisse aucun répit. De toute façon, elle ne parvient plus à trouver la trace du sentiment amoureux qui, un jour, l'a liée à lui. À cet instant, elle ne voit plus qu'un monstre incapable de se contrôler. Un monstre en pause, qui reprend des forces. Elle sait qu'il sévira à nouveau et plus fort quand il s'animera.

Comme une ballerine – si légère qu'elle pourrait flotter sur le sol –, elle s'éloigne. Levin l'attend, assis sur le tapis du salon, devant la télévision qui tourne sans le son. Levin ne parle pas, parce qu'il ne parle plus. Ses yeux et ses gestes disent à Kirsten ce qu'elle a besoin de savoir. Il veut venir avec elle, et il est impensable qu'elle le laisse seul avec son mari. Par-dessus son pyjama, elle lui enfile son manteau, puis ses chaussures. Ses pieds sont toujours si petits. Elle s'habille à son tour, revêt un bonnet cache-misère, moins essentiel à la température extérieure qu'à son front bleu violacé, et se glisse délicatement dans ses bottines.

Il faut désormais ouvrir les verrous, ceux que Roddrick ferme en permanence lui-même. Il laisse toujours le trousseau pendre sur la porte, clef dans la serrure. La ferraille s'entrechoque à la moindre manipulation, provoquant un boucan qui alerte et lui permet de la surveiller. Elle extrait délicatement la clef et entreprend, avec la même minutie, de la détacher de l'ensemble. Il sera plus facile d'éviter tout tintement en la maniant seule.

Chaque mouvement est pesé parce que chaque mouvement a des conséquences. C'est comme ça tous les jours, toutes les heures, toutes les minutes.

L'air extérieur, plus respirable que celui de leur appartement, l'appelle. Le salut d'un moment de liberté est inestimable. Pour y accéder, elle doit se montrer extrêmement précautionneuse. Mais ses mains tremblent et l'anxiété enfle dans son corps. Elle perd le contrôle de ses doigts. Le trousseau s'écrase sur le sol. Elle se fige. Elle voit son enfant à côté d'elle, muet et patient. Elle tend l'oreille. Rien. Elle s'accroupit pour ramasser l'objet et, soudain, la voix de son mari perce le silence :

— C'était quoi ce bordel, encore ?
— Rien du tout, j'ai fait tomber un truc.
— On peut plus dormir tranquille ici !

Elle accélère. Il faut replacer la clef, retirer les chaussures et les manteaux, se mettre en position dans la cuisine, et laisser son fils dans un coin, à l'abri des foudres de Roddrick.

Elle se déteste. Sa maladresse n'a plus de limites. Elle avait pourtant tout prévu cette nuit. À trois heures du matin, il ne dormait encore pas, et elle non plus. Il buvait, inlassablement, et n'avait plus la force de lui taper dessus. Alors, elle a réussi à glisser du Lexomil dans son whisky tandis qu'il vidait sa vessie dans les toilettes. Elle savait qu'il ne percevrait plus la différence de goût dans son état. Elle essayait de s'acheter une accalmie pour son début de matinée à venir. Et voilà qu'elle a laissé passer sa chance. Épuisée, elle s'est levée trop tard, elle a hésité trop longtemps et, maintenant, elle ne sortira plus.

Elle n'est pas sortie depuis une semaine. Depuis qu'il l'a envoyée faire des courses, avec les menaces habituelles pour s'assurer de son bon comportement.

Aujourd'hui encore, elle n'entendra la rumeur inédite des rues qu'à travers les fenêtres. Le mutisme des routes et le bavardage de la nature qui a pris la ville ne s'offriront à elle que par les vitres ouvertes et le balcon accessible. Jamais d'ordinaire, elle ne perçoit autant le pépiement des oiseaux, le croassement des corbeaux, le souffle du vent dans les feuilles des arbres arborant leurs couleurs printanières. Cette vie-là est toujours couverte par le vacarme de la circulation, le tapage incessant de la métropole en action. Mais, désormais, tout est à l'arrêt.

Elle sent son odeur s'approcher. Il est dans la pièce. Grincheux, mal réveillé, et probablement migraineux. Elle a lancé la cafetière, sorti le Dafalgan, tranché le pain et mis l'eau à chauffer pour les œufs. Elle a l'habitude de s'exécuter vite.

— Ça sent bizarre, dit Roddrick.

— Ah bon ?

— Tu ne sens pas ? Tu fais un bruit pas possible et tu n'entends rien, ça pue et tu ne flaires rien non plus… Il faudrait consulter, chérie, là ! Heureusement que tu n'as pas perdu le goût, sinon je m'inquiéterais, plaisante-t-il.

— J'ai ouvert le frigo pour prendre les œufs, ça doit être l'odeur du fromage.

Il passe ses bras autour d'elle et l'embrasse dans le cou. Elle ne tressaille qu'à l'intérieur.

— Tu veux du bacon et du cheddar ou juste les œufs et les tartines de confiture ?

— J'ai envie de céréales ce matin.

Un frisson parcourt la colonne vertébrale de Kirsten. Elle a fini les céréales tout à l'heure.

— Je suis vraiment désolée, je ne savais pas que tu en voudrais, il n'en restait presque plus et je les ai mangées.

— Tu pourrais m'attendre pour petit-déjeuner, quand même. Tu fais toujours les trucs dans ton coin, c'est fou ça !

— Je peux descendre en acheter tout de suite, si tu veux ?

— Non, non, on verra ça plus tard.

— J'en aurais que pour quinze minutes, le temps que tu manges tes œufs, et je prendrais le journal…

— Je t'ai dit non. Arrête, tu vas finir par me couper l'appétit à t'agiter comme ça.

Roddrick plonge ses larges mains dans le réfrigérateur et en extirpe la confiture d'abricot, le jambon et le beurre. Il dépose le tout sur la table propre, et met le son de la télévision. Puis, en passant près de la commode, il saisit le cadre dans lequel il y a une photo de Levin lorsqu'il était bébé, ouvre le tiroir en dessous, et le range dedans dans un mouvement d'humeur.

— Qu'est-ce que je t'ai déjà dit avec ça ? Tu le fais exprès ?

Kirsten ne répond pas. Ça fait des jours qu'elle l'a remis en position, mais c'est ce matin qu'il le remarque. Il est plus irritable encore depuis lundi. Depuis que les magasins ont rouvert alors que les bars et les restaurants sont toujours fermés pour plusieurs semaines, comme les écoles et les crèches. Il est manager dans un bar et il est révolté. Son exaspération face aux restrictions ne fait que croître et ses manifestations de colère sont dix fois plus fréquentes.

Elle a peur de la douleur qu'elle anticipe. Depuis lundi, il la frappe tous les jours. Le danger n'est plus le même. Avant, il s'agissait de dérapages, d'emportements réguliers mais espacés, suivis d'excuses, de larmes, de cadeaux et de promesses. Avant, les coups étaient toujours sur la tête ou dans le ventre, les coups étaient masqués par les cheveux ou les vêtements. Désormais, ils sont visibles. C'est aussi pour cela qu'elle n'a pas le droit de sortir, elle l'a compris.

— Oh, je te parle ! lui dit-il en élevant la voix.
— Je l'ai remis là parce que j'aime bien le voir.
— Moi, je n'aime pas. Tu es vraiment tordue avec ça.

Avant, elle se serait justifiée, voire rebellée. Elle n'en a plus la force aujourd'hui. Elle a le corps démonté et elle survit.

— Bon, on ne va pas commencer dès le matin, fait-il en se radoucissant. Je sais que j'ai été un peu dur hier soir en plus, je suis désolé. Cette situation me rend malade, tu comprends ? Tu te rends compte que le bar pourrait ne pas s'en remettre ?
— Oui, c'est affreux, commente-t-elle, robotisée.
— Tu t'assois avec moi ?
— Oui.

Il lui caresse les cheveux doucement, puis lui donne une petite tape sur les fesses, comme pour entraîner son mouvement.

Tandis que, les yeux rivés sur la télévision, il mange ce qu'elle a préparé, elle s'enfonce dans sa chaise et attrape son téléphone sur la table.

— Qu'est-ce que tu fais ?
— Je voudrais lire les actualités, répond-elle.
— OK, tu me feras un résumé ?
— Oui.

Kirsten se met dans sa bulle et fait abstraction de la présence de son mari. Elle ignore ses bruits de bouche, son haleine, ses gestes, ses réactions devant la chaîne de sport en continu qui rediffuse un match. Elle se réfugie dans ses pensées et se focalise sur ses lectures. De site en site, elle apprend la pénurie de papier toilette et de masques qui continue, l'état d'engorgement des hôpitaux, la dernière bourde du Président américain, le nombre de personnes décédées et la détresse des pauvres qui n'ont plus rien à manger. Puis, elle tombe sur un article consacré à des ours martyrs et à la chanteuse anglaise, Hayley Davis, qui vient d'en parler sur ses réseaux sociaux. En lançant la vidéo sous-titrée, elle découvre l'horreur. Cet animal en cage, portant les marques des sévices qui lui sont infligés, la saisit d'effroi. L'ours est prisonnier, sans issue. Elle entre instantanément en empathie avec lui. Il est écrit que l'ours Lune est une espèce particulièrement résistante. Comme elle, finalement. Elle s'est toujours relevée. Mais quelles sont les ressources qu'il lui reste ?

— Alors, ce résumé ? dit Roddrick en se levant pour remplir à nouveau sa tasse de café.
— Ce n'est pas gai.
— Oui, bah je m'en doute, chérie, mais tu as l'air très concentrée. Ça dit quoi ?
— C'est parce que je suis tombée sur l'histoire d'un ours torturé pour sa bile en Chine, c'est monstrueux. Et il y en a des milliers comme ça apparemment…
— Tu plaisantes ?
— Non, je t'assure.
— Tu ne peux pas sérieusement faire cette tête d'enterrement en me parlant de la souffrance des ours alors

qu'on est des millions à ne pas savoir ce qu'il va advenir de nos bars et restaurants ?

— Je…

— Tu as vraiment un pète au casque, toi. Tu chouines pour des bestioles, mais tu ne pleures pas pour moi, pour nous tous ?

— Ce n'est pas ce que je voulais dire…

— Laisse tomber. Vas-y, pleurniche pour les gros nounours, tu as raison.

— Mais…

— Tais-toi, s'il te plaît.

Elle tente de s'expliquer, mais il ne l'écoute plus. Il joue à l'un de ses autres jeux préférés : l'ignorer. Il peut faire ça pendant des heures parfois. C'est une manière de la punir, de la rendre transparente dans la pièce, de l'isoler davantage. De faire pousser chez elle une culpabilité intense, mélangée à un sentiment d'inutilité. Il emploie à souhait cette indifférence pour que ses nerfs lâchent et pour qu'il puisse appuyer là où ça fait mal si elle craque, si elle s'effondre. Elle n'a jamais autant compris ses mécanismes que ces dernières semaines. Elle ne mord pas à l'hameçon.

Alors qu'il s'est reconcentré sur l'écran, elle se lève sans précipitation et se dirige vers la salle de bains. Elle sent dans son dos son regard qui la suit.

Elle n'a rien à faire ici, près du lavabo. Elle s'est déjà douchée cette nuit, lavé le visage et brossé les dents ce matin. Elle ouvre le placard et prend une crème hydratante. Elle a besoin de douceur. Le reflet que lui renvoie le miroir en face d'elle la tétanise. Elle est boursouflée, elle a les marques des mains de Roddrick dans le creux de son épaule et à la base de son cou. Elle a un bleu sur le front. Elle a les yeux vides, comme l'ours dans la vidéo.

Comment ont-ils pu en arriver là ? Il y a huit ans, elle était la huitième merveille du monde selon lui. Elle brûlait quand il la regardait. Il était serveur dans un bar au coin de son université, elle était étudiante et elle avait la vie devant elle. Il lui donnait l'impression d'être un diamant éblouissant lorsqu'elle venait prendre un café, étudier ou se distraire. Elle aimait ça, et elle s'échinait à ce qu'il ne voie plus qu'elle les semaines passant. Elle ne s'était jamais sentie aussi vivante qu'à son contact. Il était comme une drogue, enivrante, chaleureuse, irremplaçable.

Il entre en trombe dans la pièce et aboie :

— Pourquoi la porte de l'autre chambre est ouverte ? T'es encore allée farfouiller ? Tu vas devenir folle pour de vrai à force. Déjà que tu mets le couvert pour un fantôme…

— J'avais besoin de lui parler, de le sentir. Il est là, tu sais.

— Non. Et toi, tu sais que j'ai posté une photo de nous la semaine dernière, pour notre anniversaire ? Les gens disaient que tu étais toute mignonne et que tu avais l'air d'aller bien. J'ai dit aux collègues que tu étais une fée du logis en ce moment… S'ils savaient… Je fais tout pour nous maintenir et, toi, tu cherches à nous enfoncer en permanence.

— Pas du tout.

— C'est ça…, dit-il en tournant les talons.

Lorsqu'elle était petite, elle était de nature rêveuse et timide, mais elle ne faisait pas partie de ces enfants étranges qui s'inventent un ami imaginaire. Aujourd'hui, elle a un fils imaginaire. C'est une des raisons pour lesquelles elle n'a pas eu le courage de fuir avant d'être cloîtrée et de ne plus en avoir la possibilité. Elle ne peut pas partir parce que son fils vit ici. Il vit là où il est mort. Si elle trouvait la force de s'en aller, elle voudrait pouvoir prendre la chambre, les odeurs qu'elle a l'impression de sentir encore. Prendre les murs entre lesquels ses cris résonnaient. Prendre le lit qui a été démonté et qui est à la cave. Prendre les peluches et les petits vêtements dans le placard.

Dans les moments de lucidité, lorsqu'elle n'est pas perdue dans le monde qu'elle s'est créé, elle sait que Levin n'existe plus que dans sa tête. Elle le sait, mais elle s'accroche à lui, comme au dernier rempart avant le grand vide. Le verrait-elle, ailleurs, dans un autre décor ? Ici, elle l'a imaginé grandir. Elle a fêté ses sept mois, ses huit mois et tous les anniversaires suivants. Ses pieds et ses mains n'ont pas grandi. Son visage a des traits de bébé. Pourtant, il marche à côté d'elle.

Dans les jours qui ont précédé les six mois de Levin, Kirsten a songé à quitter Roddrick sans se retourner. Elle était tiraillée entre son empathie pour lui, parce qu'il n'avait de cesse de lui expliquer sa souffrance, et le besoin de sécurité pour elle et pour son bébé.

Levin est mort peu après. La mort subite du nourrisson. Elle s'occupait de lui chaque jour et chaque nuit, avec une parfaite dévotion. Elle le préservait des crises de son père. Elle lui donnait tout l'amour qu'il lui avait réappris à ressentir à la minute même où il était né. Et elle n'a pas pu le sauver.

Roddrick l'a d'abord accusée. Il lui a dit que même quelque chose d'aussi instinctif que de prendre soin de son enfant, elle n'avait pas su le faire correctement. Puis, il l'a consolée. Il a supporté ses silences, ses obsessions, son besoin de garder Levin en vie dans cet appartement. Il l'a laissé échapper à la réalité. Et elle s'est rapprochée de lui pour ça.

À présent, toutes ses idées sont noires, comme l'âme de Roddrick, comme le trou dans lequel est son fils, comme les poches sous ses yeux. Elle voudrait disparaître, ne plus rien ressentir.

Expéditeur : Anke Gärtner

Destinataire : Ida Hofman

Envoyé : à 09:27 (heure allemande)

Bonjour Ida,

Vous avez très bien fait de m'écrire. La vigilance et la parole sauvent des vies, alors merci pour les vôtres. C'est toujours délicat de prodiguer des conseils à distance, parce qu'il faut les adapter à chaque situation, mais je peux vous transmettre ce que je sais. Si vous ne la connaissez pas, il faut, dans un premier temps, essayer d'établir un contact. En ce moment, les femmes enfermées avec leur bourreau n'ont pas d'échappatoire et savoir que quelqu'un a remarqué leur souffrance peut aider. Attention tout de même au choix de mots et de gestes. Si elle est sous le contrôle de cet homme et qu'elle subit des abus depuis longtemps, elle peut être difficile d'approche. Elle peut avoir mis en place des barrières, comme une sorte de carapace de déni pour se protéger.

Je dirais qu'il faut d'abord que vous surveilliez leurs mouvements pour définir comment l'atteindre elle, sans qu'il soit présent lui. S'il fait les courses, s'il sort les poubelles, s'il s'absente, s'il dort et qu'elle est seule à la fenêtre ou dans l'appartement... Peut-être avez-vous déjà identifié certaines de leurs habitudes ? C'est évidemment difficile à déterminer depuis un logement voisin, mais c'est la clef. Vous pouvez aussi choisir d'écrire sur une grande feuille et la lui montrer d'une fenêtre à l'autre selon la configuration ; quelques mots simples comme : « Avez-vous besoin d'aide ? », avec votre numéro de téléphone par exemple. Si vous avez la possibilité de parler de vive voix avec elle, mieux vaut y aller en douceur, briser la glace et, surtout, l'écouter. On préconise toujours de ne pas exprimer d'opinion tranchée sur la relation ou l'agresseur, et de plutôt tenter d'ouvrir des portes de secours, tout en essayant de déculpabiliser la victime : elle n'y est pour rien et doit le comprendre. Elle doit aussi saisir votre inquiétude, votre préoccupation et se sentir en totale confiance. Si cette conversation peut s'étendre, il convient de lui proposer des options. Si elle veut fuir, on peut l'aider à réduire le risque de préjudice en élaborant une stratégie de départ. Elle doit, avant tout, préparer et cacher un sac d'urgence avec ses papiers, de l'argent ou une carte bancaire à son nom, des vêtements et un kit de première nécessité. On peut téléphoner à une association pour elle et lui expliquer quand et comment partir, puis où se rendre. Si elle est réticente à une organisation préalable, vous pouvez également convenir d'un code si elle se sent en danger et qu'elle a besoin d'une aide urgente. Aussi, elle peut ne pas avoir accès au téléphone ou à l'ordinateur, auquel cas vous pouvez lui proposer les vôtres, avec les contacts de soutien spécialisé si elle préfère les joindre par elle-même.

Ce qu'il faut garder à l'esprit, c'est qu'elle ne doit pas sentir de pression de votre part, mais simplement une main tendue et à disposition.

Je pense également que, si vous en avez l'opportunité, vous pouvez vous rendre dans le commissariat le plus proche afin de faire écouter le son de la vidéo que vous m'avez envoyée à un officier de police.

Enfin, je me dois aussi de vous parler de vous. La suite des événements n'est pas et ne sera jamais de votre responsabilité. Il est extrêmement difficile de venir en aide à des victimes de sévices et encore plus dans ces circonstances. Les démarches que vous avez faites en appelant la police et en me contactant sont louables et précieuses, mais vous ne devez pas vous sentir coupable si vous ne parvenez pas à créer un contact avec elle qui ne la mette pas davantage en danger ou qui ne vous place pas vous dans une position dangereuse. C'est important d'intégrer ces réalités-là, parce que la bonne volonté ne suffit pas toujours à porter secours. Le processus est souvent long et épineux.

Je suis à votre entière disposition.

N'hésitez pas à me tenir au courant, je vous aiderai autant que possible.

Sincèrement,

Anke

9.

Magali Dubois, France

08 h GMT / 10 h sur l'A9

APRÈS DE LONGUES HEURES de conversation par à-coups, Magali conduit toujours tandis que sa passagère clandestine dort à côté d'elle. Le ciel, plutôt capricieux aux petites heures du matin, se dégage enfin. Dans ses pensées, en revanche, c'est l'alternance entre l'orage, la brume et l'espoir vain d'éclaircies. Elle vient de vivre une nuit qui ne ressemble à aucune autre et n'a pas la moindre idée de ce qui l'attend pour les heures à venir. Magali est, au travail, ce que l'on appelle un bon petit soldat, parce que désobéir n'a jamais été dans son caractère. Son quotidien, rythmé par une rigueur et une forme de monotonie qu'elle a su apprivoiser, ne l'invite pas à la transgression. Et voilà qu'elle se surprend à violer une règle d'or : il est interdit de transporter un passager non assuré, et il est, *a fortiori*, interdit de transporter quiconque en cette période de confinement. Pourtant, elle n'a pas envisagé une seconde de la faire descendre de sa cabine. Comment aurait-elle pu refuser son aide à une femme en détresse ?

Passées les premières minutes de gêne et d'incompréhension, Magali a compris qu'elle ne représentait aucun danger. Elle a même réussi à la mettre en confiance. C'est ainsi qu'au fil des kilomètres parcourus, elles sont passées du « vous » au « tu ». Elle a appris qu'elle s'appelait Gloria et qu'elle venait de la République démocratique du Congo. Arrivée en France à dix-sept ans, avec de faux papiers et de faux espoirs, on lui a vite confisqué les deux. Gloria pensait devenir serveuse dans un bar parisien à la mode, grâce à ses mensurations avantageuses et à son français très correct, mais elle s'est retrouvée prisonnière d'un trafic monstrueux.

Lorsque Magali s'est arrêtée, un peu avant trois heures du matin, Gloria l'a vue arriver. Elle était sortie d'un autre camion une heure plus tôt et elle attendait, cachée dans la nuit, qu'une meilleure opportunité se présente. Apercevoir une femme était inespéré. Elle n'a pas hésité une seconde à se faufiler à l'intérieur de son poids lourd quand Magali en est descendue pour boire son café. Elle au moins ne lui demanderait rien en échange, lui a-t-elle avoué après. Le seul risque qu'elle prenait, c'était qu'elle l'oblige à redescendre, mais Magali l'a accueillie.

Elle la regarde dormir du coin de l'œil. Gloria porte une perruque – brune aux racines et rouge sur les pointes – dont l'aspect satiné détonne avec son état général. Son sommeil agité en dit long sur tout ce qui doit l'habiter à cet instant. Un mélange de soulagement et d'appréhension, d'épuisement et d'interrogations. À vingt-cinq ans, toute la misère du monde semble peser sur ses épaules rondes. Ses grandes paupières sans maquillage vibrent sous ses sourcils froncés, son corps sursaute alors qu'aucun cahotement ne perturbe la stabilité du camion. Elle doit être en train de faire un cauchemar. Qui n'en ferait pas à sa place ? Les premières confidences pudiques qu'elle lui a faites permettent à Magali d'imaginer l'enfer qu'elle a vécu. Les violences physiques et psychologiques de sa condition, sans personne de confiance et sans porte de sortie, au milieu des autres femmes exploitées comme elle. La dette impossible à rembourser – cette somme d'argent qu'a prétendument coûté son passage de l'Afrique centrale à l'Europe –, la pression et l'oppression, le dégoût pour les clients et pour elle-même, la colère étouffée contre les tireurs de ficelles et les femmes qui se sont liées à eux.

Gloria se réveille dans un mouvement vif qui sort Magali de ses songes.

— Ça va ?

— Oui, pardon.

— Ne t'excuse pas, il n'y a pas de problème. Tu es en sécurité, ici.

— Merci encore pour le pull, dit Gloria en se passant les mains sur les bras comme pour se réchauffer davantage.

— Je t'en prie, c'est normal. Je vais remonter un peu le chauffage si tu veux.

Lors de sa pause réglementaire vers 7 h 30, Magali a retourné son sac de voyage pour en extraire une petite laine et la lui prêter ; elle était frigorifiée. Un froid qui venait de loin, du fond de ses entrailles, et que sa tenue initiale ne suffisait pas à apaiser.

— Tu vas me laisser où quand on sera arrivées à Barcelone ?

— Je ne sais pas. Il faut déjà qu'on passe la frontière, répond Magali.

— C'est loin ?

— On y sera dans une grosse demi-heure.

— Tu as peur, toi ?

— Non. Enfin, un peu, mais on va se débrouiller. Ils ne fouillent pas les couchettes normalement. Tu te cacheras…

— Ça, je sais faire.

— Oui, ça va aller, dit Magali comme pour se rassurer elle-même.

— J'aurais dû trouver où aller précisément, mais c'est super dur de se faire aider là. Je ne connais des filles que par Internet, et depuis pas longtemps en plus.

— Tu n'as pas essayé de contacter des associations ? Il y en a une qui est très connue…

— Oui, « Le mouvement du Nid », mais je veux retrouver ma cousine d'abord. Elle est dans un autre réseau, on a été séparées y a huit ans.

— Tu sais où elle a été envoyée ?

— En Espagne.

— Dans quelle ville ?

— Aucune idée, mais j'étais contente quand tu m'as dit que tu allais dans ce pays. C'était mon destin de monter dans ton camion ; un signe de Dieu.

— Tu veux me raconter comment tu es partie et ce que t'ont dit ces filles sur Internet ? Ça va peut-être nous permettre de réfléchir ensemble à la suite…

— OK, mais je te fais la version courte.

— Pas de souci, je ne veux surtout pas te mettre mal à l'aise…

— T'en fais pas, tu me conduis depuis sept heures, donc c'est vrai que je peux t'expliquer des trucs. Avant la crise, on était logées à plusieurs dans un appartement minuscule, à plus de deux cents kilomètres de Paris. Je ne préfère pas dire où, mais ne sois pas fâchée pour ça.

— Pas du tout. Ça t'appartient. Tu ne me dis que ce que tu as envie de partager.

Gloria hoche la tête, et reprend :

— Quand y a eu le confinement, tout est devenu compliqué. Les types qui nous gèrent se sont cachés dans leurs trous, les clients étaient moins qu'avant, et la mama est tombée malade.

— La mama ?

— Ouais, c'est celle qui nous surveillait. Une ancienne prostituée qui est devenue proxénète. Elle était très méchante.

— Était ?

— Elle a eu la maladie et elle est morte. Elle méritait. C'est après ça que j'ai eu l'idée de m'enfuir. Elle nous avait foutues dehors pour utiliser l'appartement pour d'autres gens qui pouvaient payer, eux, pas comme nous.

— Vous dormiez où, alors ? demande Magali, médusée.

— Dans le camion, sans chauffage, sans argent et sans nourriture. On avait encore un peu de passage, des maris frustrés ou des professionnels qui avaient le droit de se déplacer, mais pas assez. On s'est mis à tout diviser. C'était fini les petites rivalités, on était obligées de se soutenir.

— Vous étiez combien ?

— Quatre. Y en a d'autres qui ont été déplacées avant, je ne sais pas où. Bref, la mama nous fliquait quand même. Elle sortait avec son attestation et venait nous prendre le peu qu'on avait. Et puis, on l'a plus revue et on a appris qu'elle avait été emportée par le virus. Après ça, j'ai commencé à réfléchir. Ma seule copine, qui a été transférée ailleurs en février, m'avait parlé d'un compte de femmes connues sur Instagram. Je m'en suis souvenu et, pendant que les autres dormaient, j'ai cherché sur le téléphone qu'on s'était acheté en cachette et qu'on se partageait. J'ai trouvé leur profil et j'ai parlé à des filles qui avaient laissé des commentaires à propos de la prostitution. Y en a une qui a pris le temps de me donner des conseils : elle m'a dit qu'il fallait partir et voir après, qu'elle l'avait fait y a cinq ans et qu'elle s'en était sortie.

— Et elle ne pouvait pas t'aider ?

— Non, parce qu'elle vit avec son enfant qui a l'asthme dans un petit studio vers Marseille. Je comprends, elle ne peut pas prendre de risque.

— C'est quoi ce compte ?

— C'est un truc en plusieurs langues qui dit, en anglais, « on vous voit, on vous croit et on vous écoute ». C'est géré par trois filles : une Espagnole, une Anglaise et une Allemande. C'est sur les droits pour les femmes, mais aussi les filles comme moi, les femmes battues, les victimes de viol et tout.

— Tu parles un peu anglais, toi aussi ?

— J'ai appris, pour communiquer avec certaines filles, mais, à la base, je parle kikongo et français.

— Je t'admire, tu sais. Tu as une force incroyable, tu vas t'en sortir, j'en suis sûre. Tu mérites tellement…

— Tu es sympa, toi. Plus on s'éloigne, plus c'est possible. Pour te finir l'histoire, tu as entendu parler de la fille qui a été enterrée au Bois ?

— Celle de Boulogne ? C'est passé aux infos, oui. C'est terrible.

— Je ne voulais pas finir comme elle, tu vois. C'est comme ça que je me suis décidée, y a deux jours. J'ai profité d'un client qui a bien voulu me déposer à un péage. La suite, tu la connais : le premier chauffeur routier a été très sale avec moi, et puis y a eu toi, ma sauveuse envoyée du ciel.

— J'aimerais pouvoir faire plus.

— C'est déjà beaucoup.

— Tu as dit aux autres filles que tu partais ?

— Non. Moins elles savent, plus elles sont en sécurité. Elles ont encore de la famille au pays, contrairement à moi. Je leur ai laissé l'argent et le téléphone, j'ai dit que j'allais acheter des cigarettes et je ne suis pas rentrée.

— Tu n'as pas peur pour ta cousine ?

Gloria se tait et se prend la tête entre les mains.

— Je suis désolée, je ne voulais pas te blesser. Tu as bien fait de sauver ta peau. Ils ne vont peut-être pas se rendre compte de ton absence tout de suite, reprend Magali.

— Je prie pour ça. Et puis, je me dis qu'elle n'est pas sous les ordres des mêmes gens en Espagne, donc bon… En plus, en ce moment, ils ne peuvent pas trop s'occuper de nous. On est devenues invisibles pour eux et pour tout le monde.

— J'ai honte pour la France.

— Ne dis pas ça, parce que même si c'était atroce, c'est grâce cette maladie et à notre transparence que j'ai pu partir.

— C'est vrai. Tu es toujours aussi optimiste ?

— Non, mais quand j'étais petite, oui. Et toi, parle-moi de toi… C'est qui cette fille sur ton écran que tu as regardée en souriant à la pause ?

— T'as l'œil !

— Dans mon métier, on est obligées d'apprendre à décoder les gens.

— Elle s'appelle Alix, on s'est rencontrées sur un site, mais on ne s'est pas encore vues.

— Tu es lesbienne ?

— Voilà.

— Cool, moi je suis noire, dit Gloria en riant pour la première fois.

Magali rit avec elle. Elles se sont comprises. Elles n'utilisent pas de mots détournés pour se définir, contrairement à la société qui pense qu'en n'en prononçant pas certains, l'intolérance va miraculeusement disparaître.

— Et alors, tu l'aimes bien ? demande Gloria.

— Je crois, oui.

— C'est à elle que tu écrivais ce matin ?

— Oui.

— Tu n'es pas très bavarde sur ta vie, toi.

— C'est surtout que je n'ai pas trop l'habitude, ne le prends pas mal. J'ai une vie assez solitaire, mais je suis très heureuse d'avoir de la compagnie grâce à toi.

— Pourquoi tu as choisi d'être conductrice ?

— J'aimais bien la route, j'aimais bien l'idée de féminiser une profession, et j'avais besoin d'être en mouvement, de m'évader, de voir du paysage, même si c'est souvent de l'autoroute.

— Tu veux des enfants, un jour ?

— Non, et j'ai passé l'âge de toute façon, mais je marraine des enfants orphelins en Asie. Ce n'est pas grand-chose, mais j'espère que c'est un peu utile. Et toi ?

— Oui ! J'aimerais avoir une famille, mais il faudrait déjà tout recommencer à zéro.

— Dis, en parlant de nouveau départ, j'y repense : l'Espagnole du blog, tu n'as jamais parlé avec elle ?

— Non, elle a des centaines de milliers de followers, elle ne va pas me répondre si je lui écris. Elle est trop sollicitée, elle a un blog à elle toute seule qui s'appelle *Afro Chica Feminista*. Elle ne donne pas sa vraie identité, contrairement à l'Allemande et l'Anglaise. De toute façon, je n'ai plus de téléphone.

— Tu connais tes codes ? Sur les réseaux ou sur ta boîte mail ?

— Oui, oui. J'ai juste un compte Instagram et une adresse mail.

— Prends mon téléphone, si tu veux. Écris-lui, on ne sait jamais, elle connaît peut-être des gens…

— D'accord, mais il faut que j'utilise le traducteur automatique, parce que je n'écris pas bien anglais quand même.

— Vas-y, fais, dit Magali en tendant l'appareil. Il faut qu'on te trouve un abri. Je ne vais pas te laisser au bord de la route, hein. Au pire, je peux te ramener chez moi, mais ça te fait rebrousser chemin. J'habite à côté de Nantes, à Saint-Nazaire.

— T'es très gentille, mais je dois retrouver ma cousine. Je reviendrai en France comme je pourrai, plus tard.

— Et retourner au Congo, tu n'y penses pas ?

— Plutôt mourir que de redevenir esclave. Ce n'est pas *safe* pour moi là-bas. Quand t'as pas de famille pour te protéger, de mari, de frère ou de père, t'es rien. Et quand tu en as, tu es soumise à leur volonté.

Pendant les minutes suivantes, la radio se réapproprie l'espace sonore. Le nouveau bilan de l'épidémie en France est de 21 856 morts. 516 personnes sont décédées en 24 heures, contre 544 la veille. Des chiffres, encore des chiffres. Gloria ne semble pas y prêter attention. Elle se concentre sur la recherche de l'adresse mail de la blogueuse. Magali, elle, appréhende le passage de La Jonquera qui approche. Elle n'a jamais eu de problème aux frontières, mais elle n'a jamais caché quelqu'un.

— J'ai trouvé son e-mail !
— Super. Tu lui écris ?
— Ouais.

Gloria pianote sur le téléphone avec l'anxiété et la détermination d'une femme qui joue sa vie. Pour Magali, c'est bouleversant d'être le témoin de cette rage de s'en sortir. Ça remet bien des pendules à l'heure sur ses propres contrariétés. Si elle a eu quelques embûches sur le chemin, Gloria, elle, est une survivante. Magali, en y pensant, réalise qu'elle a ici la chance de faire la différence. Elle admet aussi pour elle-même qu'être utile ne vient pas toujours avec un besoin de reconnaissance. Être utile est une fin en soi. C'est l'enseignement qu'elle gardera de cette rencontre et de cette journée qui a commencé dans la nuit.

— Je te lis ce que j'ai écrit en anglais et tu me dis si c'est bien, OK ?
— Vas-y.

Bonjour Afro Chica Feminista,
Je sais que tu as beaucoup de femmes qui t'écrivent, mais je tente le coup pour savoir si tu aurais des solutions pour moi. Je me suis échappée d'un réseau de prostitution en France et je suis dans un camion avec une gentille conductrice qui me garde avec elle jusqu'à Barcelone. On arrivera là-bas dans quelques heures et après je ne sais pas où aller. Je n'ai pas réfléchi, je suis partie parce que c'était la chance de ma vie de ne plus être surveillée, mais maintenant je suis en situation d'urgence à cause de la pandémie et des restrictions. Je n'ai pas d'argent, j'ai juste pu prendre quelques affaires. Je voudrais retrouver ma cousine aussi, elle est en Espagne mais je ne sais pas où. Je ne veux pas te déranger, mais je n'ai pas d'autre choix. Tu es la seule personne dont j'ai entendu

parler dans ce pays. Tu connaîtrais un endroit pour que je puisse rester un peu, pendant le confinement ? Je peux rendre des services en échange de nourriture. Je sais bien cuisiner d'ailleurs, si des gens qui travaillent en ont besoin. C'est un peu une bouteille à la mer, mais j'espère que tu la trouveras et que tu pourras me répondre. Juste pour les prochains jours, par exemple...
Je te remercie du fond du cœur. Que Dieu te protège d'être aussi bonne pour les autres femmes.
PS : j'ai vu que tu étais d'origine congolaise, moi aussi je viens de là-bas.

Les larmes roulent sur les joues de Magali. Des larmes silencieuses qui se sont échappées malgré elle. Gloria les remarque en relevant la tête.

— Pourquoi tu pleures ? C'est pas bien ?
— Si, c'est parfait. C'est juste que tu m'émeus beaucoup, Gloria. Je suis désolée, je suis assez sensible.

Gloria passe sa main dans le dos de Magali et change de sujet sans transition :

— Oh, tu as reçu un message !
— De qui ?
— Alix !

Magali sourit.

— Tu veux que je te le lise ?
— Oui, mais vite, parce qu'on arrive presque à la frontière et que tu vas devoir te cacher derrière.
— OK. Elle dit « C'est bizarre de savoir que tu es avec une autre femme et de ne pas savoir qui elle est. J'ai hâte que tu m'appelles. Bisous. »
— Oh !
— Elle est un peu jalouse, elle. Tu lui as parlé de moi ?

— J'ai juste dit que tu étais montée dans mon camion. Ça t'ennuie ?

— Non, c'est la vérité. Je lui réponds ?

— On fera ça plus tard. Pour le moment, prends tes affaires et installe-toi dans la couchette, sous les draps. Je suis désolée de te demander ça, mais on n'a pas le choix.

— Y a pas de problème. Toi, tu respires bien et tu fais comme d'habitude, OK ? On va y arriver.

— Oui. À tout à l'heure.

Expéditeur : Lady G

Destinataire : Hayley Davis

Envoyé : à 02:01 (heure de Los Angeles)

Salut chérie,

Je pensais à toi avant de dormir. J'espère que tu as bien fait boire deux litres de désinfectant aux enfants, il faut en prendre soin… J'en ai filé quelques bols aux bouledogues, mais ils n'ont pas l'air si en forme. Je vais les passer dans ma cabine d'UV, pour voir si ça s'améliore…

Expéditeur : Hayley Davis

Destinataire : Lady G

Envoyé : à 10:26 (heure anglaise)

Ma Lady,

Je ris, c'est trop bon de te lire ! Tu ne serais pas un peu artiste, toi ?

C'est vrai qu'à ce stade, la prochaine étape, c'est de nous conseiller de manger les pépins et de jeter la pomme !

Expéditeur : Lady G

Destinataire : Hayley Davis

Envoyé : à 02:31 (heure de Los Angeles)

LOL. On devrait écrire une chanson pour lui, on l'intitulerait « Mange du cyanure » !

Tu as entendu la rumeur ? Il paraît que c'est cette saloperie de Judy Reynolds qui va faire la conférence de presse cet après-midi. Tu paries quoi : qu'elle sera pire ou meilleure que ce gros clown ?

Expéditeur : Hayley Davis

Destinataire : Lady G

Envoyé : à 10:49 (heure anglaise)

Entre la peste ou le choléra, ça ne changera pas grand-chose… Mais elle aura du mal à faire pire que lui ! Il n'a plus aucune limite, enfin, il n'en a jamais eu.

Embrasse tes boubous pour moi ! Je retourne faire l'école aux filles. Pas aussi ouf que le désinfectant et les UV en termes de bonne éducation, mais on fait ce qu'on peut avec Jamie.

Show must go on babe !

Expéditeur : Lady G

Destinataire : Hayley Davis

Envoyé : à 02:54 (heure de Los Angeles)

Pour le moment, show must go OFF : il faut que je dorme. Les boubous sont des piles électriques et, moi, je n'ai plus rien pour dépenser cette énergie monstrueuse, sauf le sexe ! Mais là, après quatre rounds, je suis HS.

LOVE. On s'appelle vite.

10.

Lucia Rossi, Italie

09 h GMT / 11 h à Rome

LUCIA HABITE AU DERNIER ÉTAGE de son immeuble romain. Peu sujette au vertige, elle a toujours aimé prendre de la hauteur pour contempler le ballet de la vie, comme un oiseau perché sur un toit. Au sommet d'un clocher, d'un monument ou d'un arbre, lorsqu'elle y grimpait encore il y a très longtemps, elle se sentait plus vivante. Du fond des océans aux confins du ciel, chaque strate a ses codes, son univers, sa liberté. Si Lucia croyait en la réincarnation, elle aurait souhaité revenir avec des ailes. L'eau n'a jamais été son élément, la terre lui convient bien, mais l'immensité de l'air la fascine. Les migrations qui rythment l'existence de certains, la routine désinvolte des autres, c'est attirant tout de même. Et quoi de plus insolent que de savoir voler ?

Depuis son balcon, elle sort de sa rêverie, lâche les pigeons des yeux et se remet à trifouiller son ordinateur. Il l'agace tellement celui-là ! Une machine supposée lui faciliter la vie, tu parles ! Toute cette technologie capricieuse la dépasse. Plus rien ne fonctionne. Il est bien branché, mais la vidéo qu'elle regardait s'est interrompue. Sur quel bouton a-t-elle encore appuyé pour qu'il se mette à dérailler ? Alors qu'elle rouspète à voix haute, la petite fille du balcon d'à côté la fait sursauter en l'interpellant :

— Tu as un problème ?
— Oui, c'est ce truc, il ne m'obéit plus.
— Attends, je vais chercher papa.

Avant même qu'elle puisse lui répondre quoi que ce soit, l'enfant disparaît dans son appartement. Lorsqu'elle revient accompagnée, Lucia est gênée.

— Bonjour madame Rossi !
— Bonjour Davide, je vous ai déjà dit de m'appeler Lucia.
— Oui, pardon, madame Lucia. Vous voulez que je vous aide ? Giulia m'a dit que vous étiez bloquée.
— Oh, c'est gentil, mais je ne veux pas vous déranger… Je ne saurais même pas vous expliquer le souci, de toute façon.
— Vous ne me dérangez pas ! Si vous me passez l'engin, je vais trouver le couac. Je travaille là-dessus toute la journée, ça n'a pas de secret pour moi.

Lucia tente de mesurer la distance entre les deux balcons et ne peut s'empêcher d'imaginer l'ordinateur dégringoler jusqu'au trottoir s'il lui échappe des mains.

— Ne vous inquiétez pas, je vais l'attraper, dit l'homme qui semble deviner son appréhension.
— D'accord.

Elle lui tend l'appareil malgré elle, il s'en empare sans difficulté et le pose face à lui sur leur petite table. Le visage de son voisin s'éclaire en quelques secondes.

— Ah, vous avez mis le mode avion, c'est pour ça !

— Le quoi ?

— Le mode avion ! répète la petite fille.

— En gros, vous avez coupé Internet, donc vous ne pouviez plus charger les pages sur votre navigateur.

— Ah bon ? Et comment j'ai fait ça, moi ?

— En appuyant, en bas à droite de l'écran, sur le bouton qui déconnecte le wifi.

— Oh, eh bien je ne le ferai plus. C'est tellement sensible ce truc, au moindre faux pas, tout va à vau-l'eau !

— Tenez, tout ira bien maintenant.

— Merci beaucoup.

— Je vous en prie. Vous avez regardé la messe ce matin ?

— Oh oui, mais pas sur l'ordinateur, je l'ai suivie à la télévision. C'était beau cette communion spirituelle à distance.

— Un peu de baume au cœur, ce n'est pas négligeable en ce moment, n'est-ce pas ?

— Absolument.

Moins d'une heure après le lever du soleil, elle a en effet regardé avec grande attention cette messe du pape François, célébrée à huis clos en la chapelle de la Maison Sainte-Marthe. Le Saint-Père avait accepté qu'elle soit retransmise à la télévision et sur Internet pour le soutien religieux du plus grand nombre en cette période difficile. Elle a trouvé ça à la fois poignant et réconfortant, le temps que ça a duré.

— Bon, on va se remettre au travail et à l'école, hein Giulia ? Mais n'hésitez pas si vous avez besoin de quoi que ce soit.

— C'est bien sympathique de votre part. C'est vrai que toute seule, à mon âge, ce n'est pas toujours évident.

— On comprend bien, le père de ma femme et ma mère sont dans la même situation depuis début mars.

— Que voulez-vous, on est vieux et ainsi va la vie. Bon courage pour votre journée !

— Merci ! À plus tard.

Lucia s'installe à nouveau face à l'écran, bien décidée à venir à bout de la vidéo qu'elle avait trouvée sur le profil d'une de ses petites-filles. Il s'agit d'une compilation de chats, visiblement atterrés par la présence quotidienne de leurs maîtres, qui tentent par tous les moyens de faire comprendre leur mécontentement. Ils en ont plein les pattes de voir leur territoire envahi jour et nuit par des humains en errance permanente. De surcroît des humains moins propres qu'avant, larmoyants et apathiques. Alors, ils redoublent d'imagination pour manifester leur ras-le-bol à coups de pitreries et de provocations en tout genre : éventrer les réserves de croquettes, grimper aux murs, éplucher les tissus de leurs griffes acérées, faire une coupe aux plantes, jouer avec les écouteurs, sectionner les chargeurs, dormir sur les claviers, passer et repasser devant les télévisions, piétiner des visages endormis, donner des coups de queue, préférer les tapis à la litière… Pendant trois minutes, Lucia pouffe et oublie tout le reste.

Les images qui suivent gomment très vite ce mirage comique. Elle se retrouve devant un ours en cage, mal en point et exploité dans des conditions qui lui soulèvent l'estomac. C'est monstrueux.

Elle fait partie de cette génération qui peine à admettre la révolution contre la viande. Tuer pour manger a longtemps été la seule manière de survivre. Mais l'usage de la violence à des fins farfelues ? C'est inconcevable ! Elle refuse d'ailleurs toute forme de violence aujourd'hui. Elle ne lit pas de polars, ne supporte pas les pans-pans à la télévision et ne s'intéresse pas aux macabres faits divers pour lesquels d'autres se passionnent. Elle veut de la douceur et de la paix. Elle referme le clapet de l'ordinateur d'un geste agacé. Elle n'a pas d'espace pour cette misère-là.

Il est un peu tôt pour s'affairer en cuisine et elle a encore bien des cartons à exhumer, alors elle rentre au salon et s'installe devant eux. Les retrouvailles de la nuit avec de vieux souvenirs ont laissé des traces pour la journée. Elles ont rouvert des plaies et provoqué une agitation que Lucia ne parvient pas à faire taire. Elle ignore pourquoi elle s'inflige cela, mais elle ressent le besoin de fouiller encore. Elle rajuste ses lunettes et saisit donc un carton sur lequel il est écrit « Giovanni ». Le prénom ne la fait plus tressaillir, mais il la met toujours mal à l'aise. En d'autres temps, on ne choisissait pas vraiment son mari. On acceptait un mariage et on découvrait les vices cachés avec la bague au doigt. Le sexe venait contenter l'époux ou donner naissance aux enfants. La place de la femme était balisée, et le pouvoir de l'homme indiscutable. Jeune fille, puis mère de famille, elle n'avait pas pu se soustraire à ces règles-là.

Dans la boîte, elle reconnaît la sélection d'affaires personnelles que ses enfants avaient tenu à conserver après la mort de leur père, et qui ont atterri dans sa cave pour une raison qui lui échappe. Sa vieille casquette, ses lunettes, trois pipes, un gilet troué qu'il ne quittait plus sur la fin, quelques papiers administratifs ou écrits de sa main et des photos en noir et blanc de sa vie de petit garçon. Lucia s'accroche à l'une d'elles sur laquelle on voit Giovanni, son frère, Ernesto, et leurs parents. Dieu qu'ils avaient l'air stricts, serrés dans leurs habits du dimanche. Ou, peut-être, a-t-elle cette impression parce qu'elle a eu vent de certains épisodes de cette enfance terrible ? Leur mère est décédée d'un cancer des poumons lorsque Giovanni avait sept ans. Il l'a appris brusquement, en rentrant lui-même d'un séjour à l'hôpital pour venir à bout d'une péritonite. Après ça, le père veuf, grand gaillard qui cassait des cailloux dans des carrières, est devenu plus dur encore. Il était dénué de sentiments, dédié à une vie de labeur, et considérait que la tendresse était une affaire de bonnes femmes. Le jour où ils ont eu des poux, Ernesto et lui, il leur a rasé la tête. Chaque comportement enfantin considéré comme une bêtise ou une déviance leur valait des coups de ceinture. Parler à table était, par exemple, aussi proscrit que de rentrer après l'heure prédéfinie.

Lucia a longtemps cherché des excuses à Giovanni. Il avait souffert, il n'avait pas appris l'amour, les caresses et les effusions. Il avait la peau dure et le cœur sec. Mais, à force de brimades, elle a cessé de lui pardonner sa colère intérieure. Après tout, ses dix-huit premières années à elle n'avaient pas été roses non plus. Le passé, que l'on doit traîner en soi, ne nous définit pas. Le déterminisme est l'argument des lâches. Elle avait fini, un jour, par réaliser que Giovanni faisait, en tant qu'homme, ses propres choix et qu'il n'avait aucun égard pour les sentiments des autres ; les siens en l'occurrence. C'est ainsi qu'avait germé l'idée de le quitter. Il lui aura fallu quinze ans de plus, douze ans de travail acharné à la mercerie et trois ans de pourparlers, pour mettre de côté ce qui lui était nécessaire pour partir. Pour se défaire de son emprise financière et morale. Elle ne l'a jamais regretté. Ses enfants, qui étaient déjà grands et jeunes parents, l'ont aidée. Si elle ne s'est jamais épanchée auprès d'eux, ils n'étaient pas dupes : les scènes auxquelles ils avaient assisté au fil des années leur avaient suffi à comprendre qu'elle serait mieux sans lui. Giovanni resterait leur père, mais il n'avait plus besoin d'être son mari.

Lucia repense à la phrase qui lui est revenue cette nuit : « Nonna, c'est vrai que tu es une voleuse ? » Cette phrase enterrée à peine après avoir été prononcée par Chiara. Elle n'a jamais rien volé de sa vie. Elle a tout obtenu à la sueur de son front, à la pugnacité de son caractère. Ses enfants, qui ont tardé à arriver, comme sa boutique ou son appartement. Mais Giovanni n'avait pas supporté qu'elle ait fait ses propres économies. Elle lui appartenait, comme toute épouse appartient indéniablement à son mari. Ce qui était à elle était forcément à lui ; sans réciprocité, ça allait de soi. Elle lui a tout laissé, mais elle est partie avec sa dignité et le fruit de son travail. Pour lui, ça, c'était du vol. C'était encore l'occasion de l'insulter, de la réduire à néant, de la dissoudre en un mot et en un regard.

Elle frissonne d'agacement. Tout ce qu'elle a fourré sous le tapis depuis des décennies ressort ces temps-ci, parce que la solitude conduit inexorablement à l'introspection. La mise à l'arrêt d'aujourd'hui renvoie dans les méandres du passé ou invite à se projeter dans le futur. Et, pour Lucia, la vie est derrière plus que devant elle.

La sonnerie du téléphone tombe à pic. Elle s'empresse de reposer ce fourbi en vrac dans le carton, et s'assoit sur la chaise de son bureau sur lequel son portable était branché.

— Allô ?

— Bonjour Nonna !

— Bonjour mon Matteo !

— Comment tu vas ?

— Écoute, je fais aller. Et toi ? Tu t'en sors avec tout ça ?

— Bah, je suis au chômage technique, enfin partiel, mais bon, je suis payé.

— Quelle galère, alors !

— Ouais, je ne sais pas comment l'industrie du spectacle va se remettre de ça. Tout est annulé, c'est insupportable. Pour les artistes connus ça ira, mais pour les petits de l'ombre, ça va être beaucoup plus dur.

— J'imagine, oui.

— Enfin, toi, apparemment, tu fais le spectacle à toi toute seule !

— Comment ça ?

— Ta vidéo fait le buzz sur Internet !

— Ma vidéo ? Mais quelle vidéo ?

— Celle de toi avec la petite fille au balcon ! Je ne savais pas que tu chantais encore !

— Qu'est-ce que c'est que cette histoire ?

— Vous avez dû être filmées par les voisins.

— Ah bon ? Mais enfin…

— Tu es célèbre, Nonna ! Quand la cousine va voir ça, elle va halluciner ! T'es prête pour un duo avec elle ! Je vais t'envoyer le lien, tu regarderas.

— Mais on me reconnaît ?

— Ah ça oui ! Tu vas devenir la figure des balcons italiens, toi !

— Roh, il ne manquait plus que ça.

— Bon, en revanche, je dois te le dire, ce n'est pas très sérieux. Tu es censée être en sécurité toute seule, et tu te laisses postillonner dessus par une gamine…

— Non, mais arrête, tu veux bien ? On n'était pas dans le salon, on était en plein air et chacune chez soi.

— Tu sais ce qu'ils disent, hein, avec les aérosols…

— On ne va pas devenir paranos non plus.

— Oui, ben fais attention quand même, d'accord ? J'ai proposé à papa de t'apporter tes courses ce week-end d'ailleurs, mais il m'a dit qu'il s'en chargeait.

— Oui, il vient demain et c'est idiot : vous avez tous du travail, alors que moi je ne fiche rien. Je pourrais très bien faire mes courses toute seule.

— Non, non, c'est dangereux.

— Si vous le dites…

— Tu le sais bien, au fond.

— Oui, mais je n'en peux plus d'être enfermée. J'aimais bien aller au marché et à l'épicerie, moi.

— Je sais, Nonna, je sais. On doit tous avaler des couleuvres, mais pense à tout ce que tu vas prendre plaisir à faire quand on sera libres ! L'important, pour l'instant, c'est de ne pas choper ce virus. Papa va retirer les cartons, les emballages, et il te désinfectera tout.

— Super ! Tant qu'il ne me désinfecte pas ma bresaola et ma coppa, je survivrai…

— T'as le moral pour faire des blagues, c'est cool ! J'ai vu ton doigt d'honneur en commentaire d'ailleurs, la grande classe, dit Matteo en riant.

— Oh non, j'avais oublié cette histoire.

— J'ai hurlé de rire au réveil grâce à toi. Qu'est-ce que tu faisais sur Internet en pleine nuit ?

— Je n'arrivais pas à dormir. J'ai bien aimé ta vidéo, je voulais mettre un pouce et puis, plouf, j'ai mal cliqué. Tu supprimes ça, hein ? Je ne savais pas comment le retirer.

— Tu plaisantes ? Il y a déjà cinquante likes dessus, c'est collector.

— Oh, tu charries, je vais passer pour qui, moi, après ?

— Pour une grand-mère ultramoderne mais qui n'aime pas les animaux, sauf dans son assiette !

— N'importe quoi…

— Allez, Nonna, je t'envoie ton concerto et je te rappelle plus tard, d'accord ?

— Oui ! Bon courage, mon Matteo.

— *Forza*, comme toujours ! Et toi, tu prends soin de toi.

— Promis ! Bisous.

— Bises, Nonna !

En raccrochant, Lucia est contrariée. Elle pense à la visite d'Aldo demain, aux produits aseptisés, comme le moment qu'ils vont partager sur le pas de la porte parce que son fils refusera de rentrer, pour la protéger. Elle pense aussi à ce fichu doigt d'honneur et à tous ces gens qui vont croire que c'était volontaire. Et puis, elle pense à cette bresaola qu'elle aurait bien mangée tout de suite si elle pouvait descendre l'acheter elle-même. Tout ça lui a donné faim ! Il est presque midi et elle ne compte pas se laisser abattre. Tant qu'il y a des pâtes et de la sauce tomate à l'ail et à l'origan, la vie continue.

Une fois les spaghettis dans la grande casserole et la sauce préparée la veille sur le feu, Lucia sort les couverts et la carafe d'eau pour les disposer sur sa table extérieure. Depuis le balcon, dans le silence de la rue inanimée, elle entend quelqu'un tousser. D'où cela peut-il venir ? De l'immeuble d'en face ? Ça fait un peu loin, tout de même. Elle se penche pour voir si elle aperçoit quelqu'un dehors, mais il n'y a personne. En revenant sur ses pas, elle constate que la fenêtre de l'appartement d'à côté est toujours ouverte. Et si ça venait de chez eux ? Soudain, les mots de Matteo dansent dans sa tête : *attention aux postillons, Nonna.*

Expéditeur : Afro Chica Feminista

Destinataire : Gloria

Envoyé : à 12:30 (heure espagnole)

Bonjour Gloria,

Je suis très touchée par ton message et je suis sincèrement désolée de savoir ce que tu as vécu.

Je t'écris rapidement du vestiaire parce que, dans la vraie vie, je travaille à l'hôpital et, en ce moment, c'est presque apocalyptique ici.

Tu es où précisément maintenant ? Tu as passé la frontière ?

Pour ta cousine, ça va être dur de la retrouver, surtout dans ces circonstances, mais on peut utiliser les réseaux du blog, ils font des miracles parfois. On peut aussi faire un appel aux dons pour toi, mais ça risque de prendre du temps, et il faut paradoxalement se servir de l'espace public en restant les plus discrètes possible.

Concernant ton besoin immédiat de logement, je vais réfléchir. Donne-moi quelques heures...

Rafaella, aka Afro Chica Feminista

11.

Judy Reynolds, États-Unis

10 h GMT / 05 h à Washington DC

Alors qu'elle est debout depuis quatre heures trente, Judy pourrait se morfondre sur sa courte nuit agitée. À la place de quoi, elle a décidé de commencer cette grande journée plus tôt que prévu et de faire bon usage des heures supplémentaires accordées par son insomnie. Il est hors de question qu'elle se laisse perturber dans un moment pareil.

Elle irait bien courir, pour faire le vide et se nourrir d'une bonne dose d'endorphines, mais le confinement et l'actualité imposent de montrer l'exemple. Chacun doit faire des concessions et renoncer à certaines habitudes pour encourager la majorité à obéir aux restrictions.

Mug de café à la main, elle regarde la tête d'ours qui trône au mur, fixée sur son socle en bois. Dans les yeux ronds de l'animal empaillé – que son chasseur de père lui a offert pour ses trente ans – elle voit le reflet de sa force à elle. Lui, la gueule ouverte et les dents apparentes, figé par l'excellent travail de taxidermie, n'a plus que la valeur que l'on veut bien lui concéder.

Chemin faisant, elle tire la même conclusion concernant ce mail : il n'existe que si elle lui permet d'exister. En déterrant le passé, les mots de ce corbeau l'ont, un instant, déstabilisée. Elle n'aurait pas dû écrire en retour ; une telle impulsivité dans la réaction ne lui ressemble pas.

Cette faiblesse passagère n'est pas sans lui rappeler un singulier souvenir d'école. Elle avait seize ans, elle était en plein concours d'éloquence, et le trophée lui tendait les bras. Ce jour-là, elle avait choisi un pantalon blanc et une veste rose, en adéquation avec son teint halé et son humeur. Tout avait basculé lorsque, entre ses cuisses, le tissu immaculé avait rougi. Pointée du doigt sous les rires, elle avait perdu son sang-froid et choisi la fuite, giflée par une honte qu'on la poussait à ressentir. Moins de cinq minutes plus tard, elle était revenue avec une veste nouée sur les hanches et un aplomb retrouvé. Un moment d'égarement qui ne l'avait pas empêchée de rafler le premier prix.

Flancher devant quelques lignes jetées à la volée par une brebis galeuse est du même acabit. Lui donner de l'importance en lui offrant une réponse, quelle mouche l'a piquée ? Enfin, ce matin, il est trop tard pour les remords. Elle épingle donc symboliquement cet oiseau de malheur à côté de l'ours. L'heure est désormais à la concentration.

Dans la salle de bains, elle allume la radio et tombe encore sur cette maudite chanson de Lady G, Hayley Davis et De Nasheer. C'est fou comme ces saltimbanques millionnaires ont réussi à coloniser les ondes, au nom de leur supposée générosité. Comment leur public peut-il être dupe à ce point ? Ces artistes ne donnent que ce qui dépasse. Ils critiquent 45, mais qu'apportent-ils comme réponses aux vraies questions du peuple, eux ? Le divertissement ne résoudra jamais les équations fondamentales.

Elle change de station d'un geste vif. Elle veut de l'info, pas des trémolos préfabriqués.

Judy se glisse dans la douche après avoir enfilé une charlotte pour préserver son brushing. Sans interrompre le flux d'eau tiède qui coule sur sa peau, elle se frictionne au gant imbibé de savon et son cerveau joue à saute-mouton. Elle s'imagine déjà sur l'estrade, face aux journalistes. Elle imagine leurs questions, la tension dans l'air, l'adrénaline. Le pouvoir de la projection mentale comme catalyseur d'assurance est indéniable. Elle se visualise en chef d'orchestre devant son pupitre, la verve pour baguette et la prestance pour alliée. Tout se passera bien, elle l'a décrété.

Serviette blanche nouée au-dessus des seins, elle retire la buée sur le miroir et affronte son reflet. Elle ne peut pas se mentir, elle y pense en arrière-plan et, pour se rassurer, elle déroule à nouveau son raisonnement. Cette fille, cette Abby Carter, était faible. Si elle s'est suicidée pour ça, elle serait morte de toute façon. Dans la vie, il y a les requins et les petits poissons. Judy n'est pas un petit poisson et les morts ont toujours tort, comme les absents. Cette année-là, en 2013, elle a dû faire un choix : le sauver lui ou l'appuyer elle. Depuis, elle vit avec ce choix et ses conséquences, mais ils ne pèsent plus sur sa conscience. Elle les avait rangés dans un tiroir fermé, réservé aux affaires classées. Quel aurait donc été son parcours professionnel si elle avait soutenu une accusation d'agression sexuelle contre un professeur d'Harvard alors qu'elle avait elle-même cédé à ses avances ? Elle aurait dû se positionner en victime et elle aurait perdu sa crédibilité en pleine ascension. Le pouvoir est plus important que la vérité ; qui plus est relative. Tout dépend de quel point de vue on décide de considérer les faits. Cette fille n'avait rien compris aux règles du jeu. Elle était trop fragile pour ces études-là, pour ces gens et pour cet univers. Elle avait participé à allumer un feu qu'elle était incapable de maîtriser et Judy n'y pouvait rien. Elle n'était pas alors, et elle ne sera jamais, le radeau ou la bouée de sauvetage de qui que ce soit. Les meilleurs connaissent la base : marche ou crève. Pourquoi aurait-elle dû se sacrifier pour la secourir ? Comment aurait-elle pu savoir, d'ailleurs, qu'elle avait les doigts sur le grand bouton stop ? En finir pour une histoire de sexe non assumée, ou partiellement consentie, c'est quand même imprévisible et grotesque. Quand on estime avoir perdu une bataille, on s'évertue à gagner la guerre. On retourne au front et on se bat. Sur cette conclusion, Judy chasse les souvenirs de cet été-là et sort nue de la salle de bains.

Dans sa pièce de dressing, les vêtements, les sacs à main et les chaussures sont rangés par couleurs. Du rose, du bleu, du vert, du jaune, du rouge, et puis du blanc et du noir. Ce noir s'impose aujourd'hui comme une évidence. La sobriété est de mise, parce que l'Amérique souffre. Savoir s'habiller, c'est savoir donner le ton, et envoyer le bon message à ses interlocuteurs. La conférence de presse du jour sera pour elle la source d'une intense excitation, mais pour le reste du monde, elle sera avant tout l'expression du pouvoir dans la gravité de la situation. Judy sera donc d'ébène, de la tête aux pieds.

Elle se plante devant la colonne d'étagères dédiée à sa garde-robe sombre, revêt un soutien-gorge et un string dans lesquels elle se sent redoutable, et les ajuste avec délicatesse. Elle enfile un pantalon et un tee-shirt élégants, puis choisit, sans la mettre pour le moment, une veste de tailleur ornée de six gros boutons cerclés de doré, pour relever l'ensemble. Elle se dirige ensuite, satisfaite, vers son bureau, laissant l'atelier maquillage pour plus tard.

Après un regard vers la grande croix qui veille sur elle, elle s'installe face à son ordinateur, son classeur étiqueté, ses cahiers, et saisit son téléphone. À cette heure-ci, il est encore calme. Travailler dans le silence du matin, ce silence qui s'oppose à l'agitation de la journée, la réjouit. C'est souvent au point du jour que se dessinent les grandes idées. C'est à l'aube, dans son lit d'enfant, qu'elle a décrété qui elle voulait devenir. C'est à l'aube, dans un lit d'adulte, qu'elle a conçu son fils. C'est aussi aux aurores qu'elle a acté les décisions les plus importantes de sa vie : les choix des postes clefs, la double mastectomie, ses fiançailles avec son mari ou encore les prises de position publiques vouées à influencer son destin.

Hier, en fin de journée, lorsque qu'en présence de Ben Collins et de la conseillère senior en communication, Tara Williams, le Président s'est résolu à lui confier les manettes du prochain briefing des médias, elle s'est exaltée. Elle montait une marche de plus. Elle voyait se matérialiser l'aboutissement de tant d'années d'efforts appliqués et d'une minutieuse stratégie aussi. Elle a toujours fait des plans, depuis l'âge tendre. Dès ses dix ans, rien ne pouvait être laissé au hasard. Tout devait avoir un sens dans la grande toile du futur : son appareil dentaire, ses entraînements à la gymnastique, ses notes en dictée, son entourage quotidien comme ses préférences alimentaires. Quand elle a décidé de soutenir cet aspirant président, elle savait que le risque en valait la chandelle. Hurler avec la meute, c'est bon pour Lady G et Hayley Davis. Se distinguer pour mieux régner, c'est autre chose.

Dans un peu plus de trois heures, elle sera au cœur du bureau ovale, sur les canapés qui se font face. Elle a été insérée dans l'agenda matinal – exceptionnellement ouvert plus tôt pour les rendez-vous depuis le début de la crise – et elle trépigne d'impatience. Elle parlera, avec 45, le Vice-Président, le secrétaire général, et l'équipe de communication, de sa première intervention publique en tant qu'attachée de presse.

Elle a apprivoisé 45 à distance avant de gagner son respect de plus près. Elle s'était donné pour mission d'être la plus efficace, la plus convaincante, la plus rapide à embrasser ses nouvelles fonctions et elle n'a pas failli. Si ses prédécesseurs l'ont déçu, elle ne sera pas de ceux-là. Leur relation, basée sur la confiance, elle l'entretient comme on alimente un feu de survie : elle pourrait tout brûler pour ne pas disparaître dans l'ombre. Pour rester, au chaud, dans le cercle de lumière. Elle épouse son cynisme, dont elle connaît les ressorts, elle fait semblant d'accorder du crédit à tout ce qu'il dit, tout en admirant vraiment l'audace avec laquelle il mène sa barque, et elle se fraie un chemin, en fixant l'horizon.

Le caractère aussi inquiétant qu'inédit de ce qui se joue depuis des semaines dans le monde doit devenir le terreau fertile d'un avenir en adéquation avec son ambition et ses convictions. Le positionnement et les éléments de langage sont à choisir avec soin. Il faut se démarquer. Et elle a la chance de participer à ces choix-là, de faire son trou en vue des prochaines élections qu'ils remporteront haut la main, parce qu'il ne peut en être autrement.

En actualisant sa boîte mail, elle constate que le Vice-Président, comme certains de ses collaborateurs, sont eux aussi déjà sur le pont. La Maison-Blanche ne dort jamais longtemps, mais ces dernières semaines, elle ne dort plus du tout. Les réflexions et recommandations des médecins de la *task force*, la revue de presse de la soirée pleine des commentaires sur la tirade de la veille, les unes toutes fraîches imprimées dans la nuit, le point sur la situation à l'étranger, le bilan sur l'économie, le chômage et les plans d'aide, les pronostics à la louche : l'information afflue et elle l'ingurgite, en l'analysant au passage.

Ce qui lui saute aux yeux et se détache du reste, ce sont les nouveaux chiffres de la pandémie, communiqués par Ben. La barre des 50 000 morts vient d'être franchie. C'est deux fois plus qu'il y a dix jours et ça risque d'envenimer le ping-pong de questions-réponses à venir. La symbolique des chiffres a un poids incontestable sur l'opinion.

Judy, téléphone à la main, appelle Ben et entortille une mèche de cheveux autour de son doigt en attendant qu'il décroche.

— Allô ! Toi, tu viens de lire mon mail…

— Oui !

— C'est un bon jour pour se lancer dans la fosse aux lions pour la première fois, n'est-ce pas ?

— Oh, ça ne m'inquiète pas. Les chiffres, les sarcasmes du Président, nos décisions : il y aura toujours quelque chose pour pimenter l'exercice de toute façon, ment-elle pour se donner une contenance.

— Tu as bien raison de le prendre comme ça ! Tu as dormi quand même, cette nuit ?

— Un peu.

— Trois ou quatre heures, quoi ?

— Voilà ! Et toi ?

— Oui, une fois que j'avais fini de lire toutes les publications d'hier sur ce que certains intitulent déjà « les élucubrations du docteur 45 ».

— Quel enfer !

— Je ne te le fais pas dire.

— Enfin, avant de dormir, je suis tombée sur une vieille dame italienne qui chantait à son balcon avec sa petite voisine, ça m'a permis d'éteindre mon téléphone sur une image plus sereine.

— Tu aimes ce genre de vidéo, toi ?

— J'ai un cœur, tu crois quoi !

— Et tu votes républicain ?

Ils rient de concert et cette complicité fait du bien à Judy. Ils s'amusent souvent des personnalités froides qu'on leur prête sous prétexte que leurs idées politiques sont tranchées et non progressistes. Comme si le fait de s'émouvoir était l'apanage des démocrates, comme s'il fallait être bleu pour s'attendrir devant une scène, une personne, un endroit. Les rouges sont tout autant capables d'altruisme et d'empathie.

— Bon, t'es prête pour le briefing ? Tu vas être passée à la loupe ce matin…

— Je sais.

— Il n'a encore jamais délégué…

— Je sais !

— Et ça te fait quoi, Superwoman ?

— Ça me stimule, tu penses bien.

— Ça t'excite, tu veux dire !

— Si tu préfères… Bon, et ces chiffres, on peut leur coller quoi à côté, pour atténuer leur effet ?

— Ah, tu vois que tu les redoutes ! Eh ben tu peux coller ceux des autres pays, et vite changer de sujet, en orientant l'échange sur nos propositions et nos recherches.

— Merci, je n'y aurais pas pensé toute seule, dit-elle ironiquement.

— Il n'y a pas de réponse miracle, Judy.

— Bon, alors au boulot, parce qu'il va pourtant falloir la fabriquer, cette réponse miracle. La peur n'est intéressante que si on peut l'instrumentaliser.

— Ça, on sait faire.

— Tu m'envoies tout ce que tu reçois en live, hein ?

— Promis ! Et vice-versa !

— D'ac. À tout à l'heure.

— À tout' !

Il est bientôt 6 heures et elle est au fait de tout pour le moment. Elle en profite donc pour consacrer quelques minutes à sa famille. Un message pour Clayton et son fils adoré, un pour ses chers parents. Elle n'est pas peu fière de leur annoncer que la rumeur dit vrai et qu'aujourd'hui c'est elle qu'ils verront à l'écran sur l'estrade. Elle leur a tellement répété, quand elle était petite, que plus tard elle serait Présidente. Souvent, elle prenait un ton très sérieux au milieu d'un repas, d'une promenade ou d'une activité et, une main sur la Bible imaginaire, elle prêtait serment. Elle récitait les trente-cinq mots de la cérémonie d'investiture, qu'elle avait appris par coeur et qui n'ont jamais changé depuis 1789 : *I do solemnly swear that I will faithfully execute the office of President of the United States, and will to the best of my ability, preserve, protect, and defend the Constitution of the United States.**

Si elle n'en est pas encore là, elle n'a jamais frôlé son rêve d'aussi près. Avoir un pied dans la Maison-Blanche, c'est pouvoir caresser l'idée de changer de bureau un jour.

---

* Je jure solennellement que j'exécuterai fidèlement la charge de Président des États-Unis et que du mieux de mes capacités, je préserverai, protégerai et défendrai la Constitution des États-Unis.

Bien sûr, il lui faudra encore des années pour étendre sa popularité et amasser les soutiens nécessaires, mais elle est persuadée d'être en bonne voie, ce qui n'a rien pour déplaire à son père. Il lui a transmis la mentalité de la gagne, les clefs de l'endurance et les manières d'utiliser les bons pions comme tremplin.

Alors qu'un deuxième café coule dans sa tasse, Judy se fige. Elle vient de recevoir un nouveau mail non désiré. Le corbeau réapparaît et il insiste :

« Tu me parles des ingénieurs informatique, mais tu ne leur signaleras rien qui pourrait nuire à ta réputation, n'est-ce pas ?
Si tu as fait le choix d'ignorer mon ultimatum, tu peux t'attendre au pire.
Il n'y aura plus de porte de sortie cet après-midi. »

Elle inspire, expire et reste stoïque. On ne négocie ni avec les terroristes ni avec les maîtres chanteurs. L'indifférence est la meilleure option, malgré les risques qu'elle comporte. Il suffit d'être préparé à l'éventualité d'une explosion et d'anticiper les conséquences. Elle s'accroche à une certitude : si cette personne passe par ce biais-là, c'est qu'elle ne représente qu'une menace relative. Lorsqu'on est en possession d'une arme massive et qu'on a l'intention de faire du tort, on sort l'artillerie lourde plus rapidement.

Expéditeur : Magali Dubois

Destinataire : Alix Bouvet

Envoyé : à 12:59 (heure espagnole)

Je ne peux pas t'appeler pour le moment, parce qu'on va arriver à Barcelone, mais tu sais que je n'ai d'yeux que pour toi… Même si on ne s'est pas encore rencontrées, toi seule occupes mes pensées.

Elle s'appelle Gloria, elle est très jeune (25 ans), elle vient du Congo et elle a profité de la pandémie pour fuir le réseau de prostitution dont elle était prisonnière…

Je la cache et on essaie de trouver des solutions pour elle. Je te tiens au courant dès que possible.

Je t'embrasse.

M.

Expéditeur : Alix Bouvet

Destinataire : Magali Dubois

Envoyé : à 13:05 (heure française)

C'est terrible…

Je suis désolée pour mon autre message, j'étais inquiète. Je me sens un peu conne, du coup.

Courage, c'est beau ce que tu fais.

PS : j'ai tellement hâte de te rencontrer en vrai.

12.

Numéro 9072, Chine

11 h GMT / 19 h dans la province de Yunnan

SA CAGE EST DÉSORMAIS ROUGE et elle est dans un grand camion vert. Numéro 9072 ne reconnaît pas les bruits qui lui parviennent. Vrombissements, coups de klaxon et sifflements la font sursauter par intermittence. Elle bouge, pour la première fois depuis une éternité. Le mouvement est indirect, mais elle le ressent à travers les secousses de la route. Cette sensation la renvoie au jour lointain de son arrachement à la nature. Aujourd'hui, pourtant, tout est différent : l'odeur dans le véhicule, les gens en noir qui l'entourent, la configuration des cages, l'attention qui lui est portée, comme la manière dont les hommes et les femmes s'affairent autour de certains de ses congénères. C'est étrange.

Elle a quitté, il y a un moment maintenant, l'étau et la pièce dans lesquels elle était doublement enfermée, mais elle n'a aucune idée de la direction qu'elle est en train de prendre.

Son insécurité le dispute à une forme de soulagement.

Ce matin, à la ferme, elle avait bien senti que quelque chose se préparait et elle ne s'était pas trompée. Peu après la dernière intervention à vif sur son corps esquinté, les nouveaux visages se sont multipliés dans l'espace fraîchement baigné de lumière. Il y a d'abord eu cet homme inconnu, puis deux femmes qui ont fait le tour des cages et des ours ; l'une aux cheveux clairs, l'autre aux cheveux bruns. Elles avaient l'air concernées, émues et en colère. Numéro 9072 pouvait le discerner par le biais de leurs gestes et des inflexions de leurs voix.

Les deux se sont approchées d'elle doucement et se sont mises à lui parler. Jamais on ne s'était adressé à elle. Ça lui a fait un drôle d'effet. Leur odeur était singulière, sucrée. Elles l'ont considérée, et elle a essayé de retenir cette sollicitude qu'elle a tant cherché à provoquer chez tous ceux qui sont passés devant elle pendant près de onze ans. Elle a flairé chez ces femmes une émotion inédite, si perceptible qu'elle flottait dans l'air : la compassion. Numéro 9072 ne peut pas mettre de nom sur ce sentiment, mais elle peut en ressentir les émanations corporelles, volontaires ou non.

La femme aux cheveux clairs est restée plus longtemps plantée devant sa cage, comme si elle voulait lui communiquer un message. Numéro 9072 n'était sûre de rien, mais il semblait qu'elle lui voulait du bien. Elle a adapté son attitude à cette impression. Elle est restée calme, accessible, poreuse à cette audience inattendue. Elle a envoyé des signaux non verbaux auxquels la dame a paru réceptive.

Quand elle s'est éloignée de sa geôle pour rejoindre l'attroupement formé un peu plus loin, numéro 9072 a remarqué qu'ils étaient tous autour des ours les plus mal en point, ceux qui avaient échappé au prélèvement ce matin. Le plus difforme d'entre eux a fait couler de l'eau sur les joues de la femme aux cheveux bruns, juste avant que n'éclate une altercation entre humains : des échanges vifs et un ton qui monte crescendo. Les visages des fermiers, crispés, durcis, renfermés, ne transmettaient rien de rassurant. Elle en avait les oreilles en vrac et le cœur battant.

Et puis ils ont tous quitté la pièce, laissant derrière eux un silence froid.

Numéro 9072 s'est agitée, à ce moment-là. Le départ des hommes est en général le signe d'une longue attente, durant laquelle sa soif et sa faim ne sont pas étanchées. Elle a, paradoxalement, toujours dépendu de ceux qui chaque jour creusent un peu plus sa tombe. Elle ne pouvait pas savoir que, aujourd'hui, ses tortionnaires se faisaient rabrouer pour leur cruauté et leurs sévices. De leur côté, ces personnes inconnues ne pouvaient pas savoir qu'une dernière récolte avait été faite ce matin, et mise à l'abri des regards. Ils ne pouvaient que constater que les ours avaient été départis, brutalement, de leur cathéter et de leur corset, au mépris de toute considération pour leur santé future.

Après un temps indéterminé, pendant lequel lui parvenait la rumeur du tumulte extérieur, les étrangers sont revenus en groupe. Tous vêtus du même tee-shirt noir, ils ont encerclé l'ours déformé. Lorsqu'ils ont sorti son corps immobile sur une civière, les plantigrades ont réagi, chacun à l'aune de son caractère et de ses traumatismes. Certains se sont allongés, résignés, d'autres se sont mis à grogner ou à tenter de bouger, se heurtant inlassablement à leur prison. Devant ce processus, ponctué par d'interminables discussions dont elle ne percevait que les intonations particulières, numéro 9072, elle, est restée prostrée. Elle attendait la suite.

Les inconnus ont piqué un à un ses congénères, les faisant tomber comme des mouches. Ils les ont extirpés inertes de leur cage avec une épatante délicatesse, puis transportés sur une civière vers un lieu d'examen improvisé au sol. Inconscients, les ours se sont fait successivement ouvrir la gueule, vérifier les dents, les yeux et les oreilles, scruter les pattes, tâter le ventre, écouter le cœur, avant d'être placés dans un camion vert. Il y avait, dans ce tableau, une mécanique bien dissemblable de celle des prélèvements et de la routine à laquelle elle était tristement habituée. Ce qui changeait tout, c'était le comportement des humains.

Elle a épié ce ballet, sans se détourner, sans s'assoupir, jusqu'à ce que son tour vienne. Elle les a observés manipuler les autres plantigrades et interagir avec ses bourreaux : c'était très froid avec les tortionnaires et très chaleureux avec les animaux. Devant ce spectacle sans précédent, sa peur a diminué d'un cran. Les inconnus n'évitaient pas le contact oculaire, ils ne les considéraient pas comme de simples contenants, mais comme des êtres vivants.

On peut lire tant de choses dans un regard, même d'une espèce à l'autre.

Numéro 9072 a compris qu'elle allait, elle aussi, monter dans le camion vert, parce qu'elle était la dernière et qu'elle avait vu tous les ours y être transférés avant elle. Quand ils sont venus la chercher à plusieurs, elle a fixé la femme aux cheveux clairs et s'est laissé glisser dans le sommeil forcé.

Plus tard, elle s'est réveillée dans une structure plus large et sur une surface nouvelle, la fameuse cage désormais rouge. Elle est toujours captive mais, sous ses pattes, la matière a changé. Ce revêtement végétal, dont elle a longuement humé l'odeur, l'a renvoyée des années en arrière, quelque part dans une forêt, près de sa mère. Bien sûr, la paille qui s'est invitée sous ses coussinets l'a surprise au début. C'était sec, rêche, fin, naturel. C'était incroyable. Mais ce qui l'est plus encore, c'est qu'elle peut, à présent, se mouvoir sans difficulté malgré son corps rouillé par l'inaction. Elle tourne sur elle-même, se dresse et balance sa tête à gauche et à droite, moins par nervosité que par envie. C'est un maigre changement, mais ça compte infiniment. Aussi, elle a de l'eau à disposition et à volonté. Sa cellule n'a plus rien d'un cercueil.

Le mouvement du camion vient de s'interrompre tandis qu'elle se frottait le dos contre le tas de tiges, pour explorer davantage cette sensation nouvelle. Certains humains s'agglutinent autour de l'ours déformé, d'autres se dirigent vers les cages avec des corbeilles remplies d'aliments colorés. Numéro 9072, secouée par tout ce remue-ménage, n'en reste pas moins curieuse. Son ventre crie famine, voir les autres commencer à manger lui donne envie de les imiter et le parfum qui arrive à ses narines fait monter son empressement.

Le goût inconnu de la pomme, de la pastèque et des pousses de bambou provoque chez elle un choc, un émoi. Elle était passée du lait à la bouillie infâme, et la voilà qui découvre des textures croquantes, fondantes, dégoulinantes. Cette explosion de saveurs fait naître en elle un plaisir insoupçonné. C'est bon, c'est juteux, c'est nouveau. Elle se délecte de chaque morceau venant apaiser son état nauséeux et son anxiété résiduelle. Les gens en noir lui montrent leurs dents et elle mord de plus belle dans ce qu'on lui tend. Elle n'a pas l'habitude des sourires mais, associés à la nourriture, elle sent leur bienveillance.

En arrière-plan, depuis que le camion s'est arrêté, une scène tout autre est en train de se jouer. Elle l'aperçoit sans trop s'y attarder. Les deux femmes et plusieurs hommes sont autour de l'ours difforme qui ne bouge plus. Ils ont des instruments bizarres entre les mains, des tissus sur la tête et devant la bouche. Malgré l'agitation, leurs gestes semblent précis. Que font-ils donc ?

Numéro 9072 redirige ses billes rondes vers les porteurs de fruits et gratte la cage pour en redemander. Elle, elle est bien réveillée et cette première fois-là n'a pas de prix.

Quand elle comprend que c'est fini, qu'on ne lui en redonnera pas, elle se laisse happer par le décor de fond avec plus d'attention. Le ciel a changé de couleur, il est passé du bleu clair au bleu nuit. L'assaut de l'air frais et les flashs – comme des étincelles éblouissantes – la surprennent à tour de rôle. Derrière les gens en noir qui évoluent autour de l'ours figé, elle en voit d'autres et elle voit la rue. Un côté de la bâche du camion ayant été relevé, elle est exposée et réciproquement. Les spectateurs qui se tiennent là par dizaines scrutent l'intérieur du bahut, les cages pleines et l'opération en cours. Ils réagissent à ce qu'il se passe, s'agitent, tendent les doigts. Ils parlent entre eux et aux gens en noir. Ils sont de plus en plus nombreux à s'agglutiner dans son champ de vision.

Simplement parce qu'elle le peut, elle se remet à rouler sur elle-même. Ses muscles sont atrophiés et douloureux, mais elle est grisée par cette infime liberté de mouvement, sans corset et sans compression. Ça aussi, c'est bon.

Soudain, son corps s'écrase malgré elle. Elle a le tournis et cesse de bouger. Est-ce le trop-plein d'animation de l'instant ou de la journée ? Comment comprendre avec tant d'inconnues dans l'équation ? Elle ne peut que s'abandonner à ce qu'elle ressent.

Elle garde les paupières ouvertes et ne rate rien du nouvel acte de cette grande exhibition dont elle est une actrice passive : un véhicule clignotant et très bruyant s'invite au spectacle. La foule s'écarte devant lui. Trois personnes s'en extirpent, dans un accoutrement homogène. Leur couvre-chef l'interpelle. Rapidement, les voilà au premier rang, les doigts pressés contre leur nez, la mine dégoûtée. Lampes torches dans l'autre main, ils balaient les lieux du regard et interagissent avec les gens en noir. La première intention, plutôt agressive, semble laisser place à un échange sans heurts.

Numéro 9072 ignore ce qui se trame et elle a de plus en plus de mal à se concentrer. Prise de vertiges, elle refuse pourtant de fermer les yeux. Elle n'est pas tranquille, avec tout ce monde autour et cet ours écartelé sous les gestes des humains. Escorté par la femme aux cheveux clairs, l'un des hommes – à la tête couverte et à l'uniforme sévère – pénètre dans le camion. Auprès d'elle, il inspecte les rangées, avant de s'arrêter devant une cage à laquelle numéro 9072 n'avait pas encore prêté attention. Sous le faisceau de lumière braqué dans sa direction, elle y découvre un ourson, visiblement remuant. Ses oreilles rondes sont dressées et anormalement hautes, ce qui lui donne une expression originale. Ses frères étaient moins étranges, mais ils avaient à peu près ce gabarit-là, lorsqu'elle les a perdus.

Après avoir fait redescendre l'homme, la femme aux cheveux clairs s'approche d'elle. Numéro 9072 plisse les yeux. Sa présence lui est agréable comme aucune autre. Sa considération et sa voix aussi. Elle ne déchiffre pas son langage, mais elle en aime la sonorité. Il détonne avec tout le reste. Il est sécurisant.

La dame s'assoit en face d'elle et continue à s'exprimer :

« Ça va aller, ne t'inquiète pas. On va prendre tes constantes et te sédater pour que ce soit plus facile. Ton calvaire est terminé. Une toute nouvelle vie t'attend. Une vie de découvertes et de tranquillité. Tu vas aimer ça, je te le promets. À Chendgu, il y en a une centaine d'autres comme toi, tu verras. On va te soigner les dents, te stabiliser le foie et te surveiller les reins. Et quand tu seras prête, tu pourras sortir de la cage de réhabilitation pour les rejoindre dehors. »

Elle s'interrompt un instant et poursuit :

« Oui, je sais que tu sais. Tu ne connais pas les mots, mais tu perçois l'intention, hein ? Il n'y a que les ignorants qui pensent que vous n'avez pas de conscience ni d'émotions. Moi, je te parlerai dès que je le pourrai, tous les jours, d'accord ? Et je t'appellerai par un vrai nom qui t'ira bien… Hum… Attends voir… Xī Wàng, ça veut dire « espoir » en chinois, tu en penses quoi ? Xī Wàng, tu aimes ? Xī Wàng tu seras, alors. »

Numéro 9072 regarde la femme aux cheveux clairs s'éloigner. Elle ne sait pas lire mais, sur son tee-shirt noir, il est écrit « Moon Bear Hope ».

Expéditeur : MOON BEAR HOPE CHINE

Destinataire : MOON BEAR HOPE UK (central)

Envoyé : à 19:59 (heure chinoise)

Dernières nouvelles du front : bonsoir !

Ça y est, on a réussi à stabiliser « Survivor » et on a décidé de la baptiser avec un prénom de circonstance ! Le chemin est encore long jusqu'au refuge, mais on voulait partager notre joie avec vous : ILS SONT SAUVÉS ! Quelle aventure, on n'aurait jamais pu le faire sans vous et sans tous les soutiens…

On vous tient au courant plus tard et demain bien sûr !

À très vite !

Jill

Expéditeur : MOON BEAR HOPE UK (central)

Destinataire : MOON BEAR HOPE CHINE

Envoyé : à 20:15 (heure chinoise)

Bravo ! C'est le travail de toute une équipe ! On a bien cru qu'on n'y arriverait jamais, hein ? Le déconfinement est arrivé à pic en Chine, quand même.

De notre côté, on a reçu le soutien de la chanteuse anglaise, Hayley Davis, qui va faire une donation et qui a posté un beau message sur ses réseaux sociaux. Pourvu que ça fasse des émules…

Le MOON BEAR HOPE que tu as créé
est en vie, plus que jamais.

Courage pour le reste du trajet !

Andy

13.

Rafaella Ekele, Espagne

12 h GMT / 14 h à La Pobla de Vallbona

Dans la salle des casiers, Rafaella repose son téléphone après avoir déjeuné sur le pouce. Elle jette un dernier coup d'œil à la photo de Rosa Parks scotchée à l'intérieur de la porte, prend une grande inspiration et referme le compartiment contenant ses affaires personnelles. C'est reparti. Elle s'apprête à affronter la tournée de l'après-midi alors qu'elle n'a plus une once d'énergie. Elle puise dans ses ressources, toujours plus profondément.

Le petit hôpital de Lliria est saturé, la situation devient surhumaine et chacun travaille bien au-delà de ses capacités.

Ce matin, elle a appris qu'une collègue était tombée malade, elle a aidé un homme à mourir, et elle a vu une vieille dame rentrer chez elle, sous les applaudissements du service, après deux semaines d'hospitalisation. Cet ascenseur émotionnel est vertigineux. La peur, la tristesse, l'incertitude, la désolation, la colère et puis la dose d'espoir, minuscule et immense à la fois. Les adieux à la verticale, les sourires qui en disent long, le soulagement après les jours de terreur et les larmes de joie des proches sont un vrai carburant pour les soignants. Mais devant cette femme âgée qui s'en est sortie, comment oublier celui qui, juste avant, a été endormi pour abréger ses souffrances, jusqu'à ce que son cœur s'arrête ?

Tandis qu'elle enfile son équipement de protection individuel, Rafaella rêverait de retrouver la légèreté de sa blouse et de son pantalon de travail. À la place de quoi, elle doit se couvrir d'une combinaison en plastique de la tête aux pieds, de deux paires de gants, de lunettes et d'une visière qui lui fait perdre soixante pour cent de sa vue, d'un masque FFP2, d'une casquette et de surchaussures. Et chaque fois qu'elle entrera dans une nouvelle chambre, elle devra mettre une nouvelle surblouse jetable par-dessus l'ensemble. Au-delà du caractère oppressant du dispositif, la chaleur est écrasante là-dessous. Pourtant, il faut faire face à ça et à tout. Ce mélange de sueur et de gêne, la compression de ses cheveux, la moiteur de ses mains, ne sont que peu de choses à côté de la douleur qui s'étale sous ses yeux. Elle serre les dents. Elle a des malades à emmener vers l'avant.

En contournant le comptoir sur lequel sont installés leurs ordinateurs, elle échange un regard flou avec une infirmière qui prend seulement sa mini pause. Que va-t-elle trouver dans les chambres qu'elle se prépare à traverser ? Elle sait déjà que les vieux lui feront plus de peine que les autres. Les jeunes, quand ils en sont physiquement un peu capables, ont toujours de quoi s'occuper, eux. Non seulement ils ont de meilleures chances de guérir mais, en plus, ils savent se divertir avec leurs gadgets. Les plus âgés sont dépendants d'elle et de ses collègues. Ils s'ennuient et sont plus perméables au désespoir. Rafaella, elle, est plus perméable à leur chagrin. Sa vie professionnelle a commencé dans une maison de retraite, là où d'autres vies s'étiolent. Là-bas, elle a appris que ces gens en bout de course avaient tant à dire et tant besoin d'une oreille pour les écouter. Elle a aimé leur prêter les siennes, les yeux dans les yeux, parce que c'est aussi l'une des fonctions de son métier et l'une des raisons pour lesquelles elle voulait l'exercer. Ici, les patients, désorientés et fragiles, ne peuvent même pas voir son visage. Sa voix est étouffée par la barrière du masque. Et le ballet du personnel leur semble, à juste titre, déshumanisé.

Après avoir préparé son chariot de médicaments, elle avance, incertaine mais armée du courage nécessaire. Le stress est démultiplié, pour le corps médical comme pour les hospitalisés. D'ordinaire, elle distribue les comprimés, elle vérifie les constantes – température, tension artérielle, fréquence cardiaque et saturation en oxygène – en suivant les indications des médecins qu'elle a numériquement actualisées au préalable. Aujourd'hui, les docteurs eux-mêmes sont déboussolés. Ils doivent appréhender une maladie inconnue, sans certitude, en prenant des décisions sur la pointe des pieds. Et tout le système a changé : chaque patient a, dans sa chambre, un tensiomètre, un thermomètre, un oxymètre de pouls et un stéthoscope. Tout est individualisé, bien que, paradoxalement, les patients soient désormais deux par chambre. L'engorgement de l'hôpital ne laisse plus d'autres options face à l'afflux de malades à prendre en charge.

Des deux premiers, elle passe aux suivants. En entrant dans la pièce, elle retrouve l'homme de soixante-dix ans qu'elle avait tenté de rassurer hier, et un nouvel arrivé, derrière le rideau qui les sépare. Ce dernier semble épuisé.

— Comment vous sentez-vous ?

— C'est comme si j'étais écrasé par un pilon. J'ai mal partout. Aux muscles, aux articulations, à la tête, et j'ai du mal à respirer.

— Je comprends, je suis désolée.

— Comment on peut me soulager ?

— Je vais vous donner ce que le médecin a prescrit, ne vous inquiétez pas.

— Mais comment il sait ce que je dois prendre ?

— Parce que c'est son métier, dit-elle d'une voix qui se veut la plus douce possible. Il faut nous faire confiance, même si c'est difficile, d'accord ?

— D'accord.

L'homme de soixante-dix ans, lui, respire mieux cet après-midi. Il est encore en position ventrale pour faciliter l'oxygénation, mais il a meilleure mine. C'est une maigre victoire et ça contrebalance le pic d'angoisse palpable de son voisin qui, vu son état, sera sûrement intubé dès qu'un respirateur se libérera.

L'hôpital de Lliria compte trois étages d'hospitalisation, du quatrième au deuxième. Depuis des semaines, il se remplit, du haut vers le bas. L'activité chirurgicale a été complètement interrompue et les salles d'opération sont désormais transformées en unités de soins intensifs. Le dernier étage, celui de la médecine interne, est surnommé « l'étage sale », parce qu'il a été le premier à atteindre sa jauge maximale. Trois infirmières et trois auxiliaires y ont la charge de la cinquantaine de patients répartis en vingt-six chambres, et ce sont elles aussi qui s'occupent désormais de l'étage du dessous. Or, aujourd'hui, elles ne sont plus que cinq.

Entre deux chambres, Rafaella s'arrête un instant, un instant seulement. Elle suffoque. Au milieu du marasme ambiant, elle ne peut se retenir de penser à cette Ida, dont Anke lui a transféré le message concernant sa voisine battue par son mari, et à Gloria qui l'a contactée directement. Si elle a l'habitude de recevoir des témoignages réguliers, deux appels à l'aide aussi poignants dans la même journée, c'est beaucoup, surtout dans un contexte déjà lourd. Pendant ses douze heures de travail réglementaires, elle interdit toujours à son esprit de dériver vers autre chose, même l'espace de quelques minutes. Pourtant, ces femmes ont besoin d'une réponse. Anke s'occupe de parler à Ida, et elle, elle a promis une solution à Gloria. Voilà des heures qu'elle y songe et qu'elle se débat avec elle-même : doit-elle l'héberger au risque de mettre sa vie, celle de ses patients ou de ses collègues en danger si l'une d'entre elles venait à être contaminée ? Mais peut-elle, au nom de la déontologie et du respect du confinement, laisser une victime de la traite humaine sans abri alors que, vivant seule, elle a la possibilité de l'aider ? Ce dilemme l'obsède.

Les mots de Gloria l'ont renvoyée à tout ce que sa mère lui a raconté du Congo et à tout ce qu'elle en a appris par elle-même. Quelle aurait été sa vie si ses parents étaient restés là-bas ? Rafaella s'est tellement posé la question. Ici, en Europe, elle a dû trouver sa place de femme et de femme racisée, mais le chemin avait été tracé par d'autres. Au Congo, les femmes sont violées et mutilées chaque jour que Dieu fait, sous tous les prétextes. Le contrôle des terres riches donne lieu à des exactions permanentes, sous le regard passif des multinationales qui utilisent ces richesses-là, complices d'un massacre au nom du profit. Elle a toujours été bouleversée par cette réalité, sans avoir la moindre prise sur elle. Aussi, elle a suivi et documenté en ligne le mouvement, né à Kinshasa il y a quelques années, par lequel des milices étaient chargées d'arrêter des jeunes filles sans soutien-gorge – considérées comme des distractions – et de les jeter en prison. Traitées de prostituées pour l'indécence de leur tenue, elles devaient alors attendre que leurs familles daignent les libérer. Une honte que Rafaella a dénoncée, même si les mots à distance ne pèsent rien face aux armes.

Dans ce monde-là, la femme n'a sa propre voix que si elle vit loin des conflits, et qu'elle a réussi à s'émanciper financièrement. Mais entreprendre est un parcours de combattante. On ne prête ni aux pauvres ni au sexe faible. Pour s'enrichir, il faut tout créer soi-même, et pouvoir le faire avant d'être donnée, vendue, arrachée, placée, comme une esclave.

Rafaella prend toujours la mesure de sa chance en pensant à ce que traversent les femmes là-bas et dans bon nombre d'autres pays. En Espagne, elle a entendu que les femmes noires étaient chaudes, mais vénales et feignantes, qu'elles avaient des bouches de suceuses mais de longues griffes. Elle a entendu aussi qu'elles avaient le rythme dans la peau et qu'elles représentaient une expérience sexuelle à cocher sur la liste. D'intolérables relents colonialistes, auxquels elle a la liberté de répondre sans risquer sa vie.

Ça la bouscule de savoir que Gloria a presque son âge. Cette jeune femme s'est déjà fait rouler dessus et, malgré tout, elle a trouvé le courage de fuir à la première opportunité. Comment pourrait-elle ne pas lui tendre la main qu'elle cherche à atteindre aujourd'hui ? Que représente cette épidémie à l'échelle de l'horreur qu'elle a vécue ? Mais qui est-elle pour hiérarchiser la douleur ?

Parce qu'elle doit préserver sa santé mentale, et parce qu'elle a tant de patients à voir avant de donner le relais à l'équipe de nuit à 20 heures, Rafaella considère que sa décision est prise. Il est temps d'évacuer le bruit intérieur pour se reconcentrer sur sa tournée. Dès qu'elle le pourra, elle en informera la principale intéressée. En attendant, la prochaine chambre, les prochaines questions et le contrôle des émotions. Elle fredonne en pensée la dernière chanson d'Hayley Davis, Lady G et De Nasheer pour se donner du courage ; ils l'ont écrite pour ça aussi. Elle change de blouse et ouvre la porte suivante.

Dans la chambre, l'interne Emilio Gómez termine sa visite. Rafaella le salue avec cette petite attitude que l'on réserve à celles et ceux qui ne nous laissent pas indifférents. Et il le lui rend bien. Leurs échanges de regards et de mots, à la fois polis et curieux, sages mais captivés, mettent beaucoup de tendresse dans le flot des journées. Ils ne se connaissent que très peu, les dernières semaines n'ont rien eu de propice à la moindre notion de séduction et, pourtant, ils s'observent à la manière des gens solidaires dans l'effort, mais avec un surplus d'intérêt. Quelque chose qui relève de l'attirance mutuelle sans qu'elle soit formulée. C'est doux, c'est enveloppant, et ça réhumanise les couloirs. Rafaella n'a la tête ni à l'amour ni au sexe. Elle n'a pas eu d'émotion de cet ordre-là depuis de très longs mois. Or, en le croisant si souvent, un jour, elle a noté que leurs corps se parlaient, discrètement.

Ils se sont envoyé des signaux, des messages, que l'on décrypte mieux lorsqu'on y est réceptif. Ces petites ondes qui savent transformer une banale conversation en un moment excitant.

— Tout va bien ? lui demande-t-il lorsqu'ils sortent de la pièce.

— Oui, et vous ?

— Il fait atrocement chaud là-dessous, non ? dit-il en désignant leur tenue.

— C'est un vrai hammam.

Il sourit en guise d'approbation. Il sourit comme si, l'espace d'une seconde, il avait visualisé le bain de vapeur humide. Ce mirage passé, il change de gants. Les yeux de Rafaella s'attardent sur ses mains et son doigt vide de trace d'anneau. Les mains, ça en dit long. La façon dont on les envisage est souvent significative. Il y a des mains qui inspirent le respect, d'autres qui n'inspirent rien. Et puis il y a les mains qui suscitent du désir. Les mains que l'on s'imagine saisir. Les mains qui racontent une histoire pas encore écrite.

Tout cela se déroule en un temps diablement court qui semble pourtant infiniment long. Elle, comme lui, mesure chaque geste, chaque parole, l'air de rien, l'air de tout. Le vouvoiement supposé distant ne fait qu'accroître l'émoi. Et déjà, le devoir les sépare.

— Bon courage, Rafaella !

— À vous aussi.

Il s'éloigne, elle pénètre dans une autre chambre et elle se sent gonflée d'une force nouvelle, rassasiée par cette stimulation réciproque de sa féminité et de sa masculinité. Ce sentiment de liberté est, plus que jamais, grisant. Ils sont libres de s'émoustiller et de se tenir en suspens, au-dessus de l'inconnu.

Peu avant 15 heures, avant de descendre d'un étage, elle repasse dans la salle des casiers pour se rafraîchir rapidement. La situation est toujours aussi grave, son corps transpire plus que de raison, ses cheveux vont lui donner du fil à retordre, mais le docteur Gómez, qui n'a rien d'un dragueur congénital, l'a appelée par son prénom pour la première fois. Elle s'est sentie soutenue par son regard, apaisée par sa présence. Elle a vu à quel point, lui aussi, était éprouvé. Elle a vu la considération et le respect qu'il porte à toute l'équipe d'infirmières, mais surtout l'attention particulière qu'il lui porte à elle.

Sans rien projeter, sans tisser la moindre éventualité, Rafaella se nourrit juste de cette lumière furtive dans l'obscurité qui ne cesse de se densifier par ailleurs.

L'Espagne a dépassé les 22 000 morts et elle-même en a vu partir deux dizaines. Vingt et un, exactement. Elle ne savait pas, en répondant présente dès l'apparition de la pandémie, que ce serait si difficile. Elle n'avait pas hésité une seconde, elle se savait faite pour la mission, quelle qu'elle soit, elle avait compris la sévérité de ce qui se jouait mais n'en avait pas mesuré les enjeux réels. Pourtant, si c'était à refaire, elle ne changerait rien. Elle apprendrait juste, encore davantage, à repérer et à collectionner tout ce qui éclaire la nuit, pour être certaine de contrebalancer la charge.

En jetant un coup œil rapide à son téléphone, elle découvre un message d'Anke, avec les nouvelles qu'elle attendait :

> « Pardon, je n'ai pas pu te répondre avant. J'ai donné tous les premiers conseils à Ida, et je l'ai aussi mise en garde pour qu'elle pense à se protéger elle (on ne le dira jamais assez).
>
> Elle m'a réécrit à l'instant pour me dire qu'elle n'avait pas encore réussi à établir le contact, mais qu'elle était attentive à la moindre occasion qui se présenterait. Elle surveille la fenêtre, le couloir, les bruits qui lui parviennent, et elle attend que le mari laisse le champ libre.

Je te tiens au courant. Courage pour ta journée ! T'es au front et je pense à toi, camarade ! »

Comme c'est bon de pouvoir compter sur ses sœurs en pareilles circonstances.

Expéditeur : Hayley Davis

Destinataires : Chiara, Odetta

Envoyé : à 14:00 (heure anglaise)

Mes amours,

C'est un des messages les plus difficiles que j'ai eu à vous écrire et j'espère que vous comprendrez toute la pudeur derrière cette démarche par mail.

Je vous en avais parlé à demi-mot, il y a bien longtemps, pour vous préserver et vous tenir à distance de lui. Je vous avais dit, avec une voix d'enfant, qu'il était méchant et qu'il fallait l'éviter, mais sans rien raconter aux parents. Je n'avais pas eu le courage de leur avouer la vérité. Il aura fallu attendre sa mort pour que je me confie enfin à quelqu'un : ma psy, puis Jamie…

Ces derniers jours, sûrement à cause du contexte qui fait ressortir des choses, j'ai mis des paroles sur ce qui s'est passé et j'en ai fait une chanson (en pièce jointe). J'aimerais l'interpréter pendant mon live ce soir, mais j'hésite encore. Je crois que j'ai peur de la réaction de notre famille.

Vous êtes ma boussole, alors je voudrais savoir ce que vous en pensez. Ai-je « le droit » de la chanter et de la mettre en ligne au profit d'une association ?

Ce que vous me direz, je le suivrai.

Love xxx

Expéditeur : Chiara

Destinataires : Hayley, Odetta

Envoyé : à 14:09 (heure anglaise)

Je t'aime. Je t'appelle dans dix minutes, je préfère te parler de vive voix. Tu as TOUS les droits et je suis avec toi.

Expéditeur : Odetta

Destinataires : Hayley, Chiara

Envoyé : à 14:21 (heure anglaise)

Vita mia,

Je l'ai écoutée trois fois et j'ai pleuré toutes les larmes de mon corps. Je suis désolée que personne n'ait pu te protéger de lui.

C'est courageux de chanter ce mal-là. Ne t'en fais surtout pas pour nous.

Je t'aime. Tu m'appelles dès que tu raccroches avec Chiara ?

Câlin à toutes les deux.

14.

Sahana Kumar, Inde

13 h GMT / 18 h 30 à New Delhi

Dans ce foyer de fortune, Sahana apprend à se rendre utile, comme Ilango. Chez elle, née après une grande sœur et deux frères, elle était la petite dernière ; la suiveuse en somme. À neuf ans et loin de tout cercle familial, elle se voit désormais confier des responsabilités plus importantes. De l'encadrement des plus jeunes à l'aide aux tâches ménagères, elle coopère avec entrain, parce qu'avoir un rôle, c'est aussi exister, faire partie d'un ensemble.

Les Didi ne peuvent pas tout gérer seules. Elles le répètent chaque jour : si les enfants refusent de leur prêter main-forte, elles s'écrouleront et ils auront l'air cons. Shobha et Anita Didi n'ont pas leur langue dans leur poche. La première est népalaise, la seconde est originaire de Delhi et de la classe des intouchables. Deux trajectoires pour une même conclusion : elles ont dû se battre pour survivre elles aussi.

Laver la vaisselle du midi est essentiel pour manger le soir. Le nettoyage des latrines, des sols et du rare mobilier de la maison participe à une certaine hygiène de vie et évite la prolifération de maladies. Prendre soin du peu qu'ils ont leur permet de ne pas avoir à se contenter de moins. Elle le sait et elle s'exécute. Ilango, guère vaillant pour tout ce qui touche aux corvées d'entretien, la soutient comme il peut en s'évertuant à mettre de la joie dans tout. Il est très doué pour faire le pitre sans déranger l'ordre général. Des grimaces discrètes aux histoires qu'il invente, des imitations aux pas de danse improvisés, il déguise l'ennui et il la fait rire comme elle avait rarement ri avant de le rencontrer.

— Je ne trouve plus mon ours et c'est bientôt l'heure de manger…

— Il a dû partir se promener, répond Ilango.

— Oh, ça, ça veut dire que c'est toi qui l'as caché, encore.

— Pas du tout. Ça veut dire qu'il a envie de liberté, lui aussi.

Sahana sourit en lui tapant le bras doucement.

— Bon, tu l'as mis où ?

— Je lui ai juste donné un conseil, pour qu'il passe un bon moment.

— C'est un indice ?

— Je ne sais pas…

— Ilango ! Il est où ?

— À toi de réfléchir…

— Et si je trouve ?

— Tu peux choisir mon gage. Mais, si tu ne trouves pas, tu devras soit me faire neuf bisous sur la joue, soit manger un criquet.

— Beurk, vivant ?

— Non, quand même pas. On le tuera avant.

— N'importe quoi, on ne tue pas pour jouer !

— Ça ne te laisse que deux options : le trouver ou…

— Les bisous, j'ai compris ! Alors, t'as dit un « bon moment »...

— Oui ! C'est facile en fait !

Sahana réfléchit. Qu'est-ce qu'un bon moment, pour elle et pour lui ? L'ours ne peut pas inventer des aventures, ni apprendre l'anglais, lire des livres déchirés ou encore dessiner des rêves. Il ne peut pas non plus aller au temple, ni sortir d'ici ou manger des Chapatis en dehors des repas. Il ne reste pas grand-chose. Il peut regarder dehors et espérer voir un oiseau vert. Il peut donc être posé en hauteur, près d'une fenêtre qui donne sur les arbres.

— Je sais !

— T'es sûre ?

— Presque.

Ilango suit Sahana qui, d'un pas décidé, avance là où la mène son intuition. Elle déplace discrètement une chaise, dans un angle mort des Didi, et cherche son ours sur les meubles les plus hauts. En quelques secondes à peine, elle l'aperçoit, trônant fièrement en face du margousier de la cour.

— Tada ! Il est là-bas, dit-elle en le pointant du doigt.

— Je t'avais dit que c'était facile.

— Tu me l'attrapes ?

— OK, mais seulement si mon gage n'est pas trop méchant.

— Ça ne sera pas des bisous, je te préviens.

— Tant mieux, ce ne serait pas original !

— Tu dois me brosser les cheveux tout à l'heure et les rendre tout doux.

— D'accord, ça va, ça pourrait être pire.

Alors que Sahana récupère enfin sa peluche, les Didi sonnent la petite cloche : le repas va bientôt être servi.

Disposés en cercle sur la dalle en béton, les enfants font tinter leurs assiettes et leurs verres en inox à même le sol. En tailleur et dos aux murs, ils n'ont pour paysage qu'une courbe régulière de visages devenus familiers. L'un à côté de l'autre, Sahana et Ilango tentent de deviner le menu du dîner. Elle aimerait tellement que ce soit son plat préféré, le riz au curry de haricots rouges, à l'ail et aux tomates. Lui, il donnerait tout pour un morceau de poulet.

Très vite, le suspense n'est plus : ce soir, ce sera Chapati et légumes. La patate douce, la citrouille et l'aubergine leur conviennent bien, mais Sahana déteste la courge amère qui domine le goût de son plat. Ilango se dévoue pour la prendre, il la mangera à sa place. Écœurée rien qu'à cette idée, elle fait la grimace en secouant ses cheveux noirs. Il sourit, comme toujours lorsqu'elle s'agite comme ça.

Alors que les mains passent de l'assiette à la bouche, le bruit des écuelles et des godets tranche avec le silence dans la pièce. Il est interdit de parler lorsqu'on mange, sauf pour réclamer une autre cuillérée ou demander la permission d'aller aux toilettes. C'est une règle que personne ne transgresse. Qui voudrait se voir privé de sa ration pour un moment d'agitation ? Les rares fois où une bagarre a éclaté, les coupables s'en sont souvenus en jeûnant lors du repas suivant. Déjà que ces derniers jours, il n'y a plus ni lait ni pickles et que les provisions fondent trop vite, il vaut mieux éviter toute autre punition.

Sahana aime plutôt bien cet espace-temps sans mots. Elle en profite pour plonger dans sa tête, pour réfléchir, rêvasser ou se souvenir. Heureusement que les enfants sont moins perméables à la lassitude que les adultes. Elle a remarqué, il y a longtemps, que les grands n'avaient pas la même capacité à s'émerveiller d'un rien, à balayer la tristesse ou à saisir tout type de plaisir. Ils n'ont pas cette aptitude à la fantaisie, ils ne s'affranchissent pas de la douleur ni de la peur avec la même facilité.

Elle, elle a appris très tôt à traquer la magie dans la nuit. Avec sa mère, sa sœur et puis ses frères. Chacun, à sa manière, fuyait l'homme de la maison. Enfin, du taudis. Un père plus dur que la pierre, peut-être détraqué par la misère, ou peut-être pourri dès la naissance, elle ne le saura jamais. Conducteur d'autorickshaw, sorte de pousse-pousse à moteur, il se déglinguait les poumons toute la journée, dans l'air saturé de microparticules. Épuisé par cette vie, il rentrait prêt à se venger sur les seuls êtres qu'il aurait pu aimer. Sa mère, elle, faisait des ménages dans une famille de classe moyenne, à Sud Delhi. Elle s'évertuait à être propre et présentable, malgré la crasse du bidonville qui leur servait de repère. Elle partait travailler très tôt, laissant Sahana et sa fratrie sous la surveillance vaine d'une voisine très occupée elle aussi. Le soir, elle rentrait pour préparer le dîner, vers 17 ou 18 heures, après les avoir rassemblés comme elle le pouvait, les piochant dans la rue, sur le toit ou dans un recoin de leur bicoque. Souvent, elle ne trouvait que Sahana et sa sœur, leurs frères étant bien moins disposés à obéir.

Dans la dernière année de cette vie-là, Sahana avait six ou sept ans et ses journées étaient rythmées par des activités répétitives : laver le linge, surtout les deux uniformes gris avec lesquels son père tournait, et trier le riz de mauvaise qualité, grain par grain, afin de le séparer des graviers. Un riz qui venait du marché local, parce qu'ils n'avaient pas les moyens de s'en payer un autre, et dont il fallait prendre soin, pour se protéger des colères du père. Un caillou dans la marmite pouvait le rendre explosif en une fraction de seconde. Et, tout cela, c'est quand ils avaient de quoi manger. Parfois, elle mourait de faim en silence, avant de se coucher à même le sol, collée à ses frères en contrebas du lit parental. Là, elle se pressait les mains sur les oreilles pour ne pas entendre ce que son père faisait à sa mère.

Au milieu des orphelins, elle mange mieux et tous les jours. Elle vit dans une maison dont le toit ne risque pas de s'envoler, elle dort sur un lit lorsque c'est son tour, elle n'a pas d'homme adulte à proximité, mais elle a perdu une forme de liberté. Elle ne peut plus aller et venir, comme avec ses frères quand ils l'intégraient à leurs activités. Ensemble, ils s'éloignaient des trois mètres carrés et des quatre tôles, jouaient au bord des routes, regardaient les vaches passer, cherchaient en vain des trésors dans la grande décharge, fumaient des cigarettes, ramassaient ici ou là de quoi remplir la casserole, et couraient vers un destin incertain. Jusqu'à ce que ses frères courent sans se retourner et l'abandonnent derrière eux le jour du drame. C'était un début de soirée étouffant, ils s'étaient installés dans une ruelle à l'ombre, tout près du taudis. Sa mère avait oublié la fiole d'alcool et son père était devenu fou. La haine dans le regard, la force décuplée par la rage, il l'avait battue sous leurs yeux. Sahana avait senti que cette fois-là, c'était différent. Elle s'était accrochée à sa jambe, elle avait crié, frappé, mais il l'avait projetée plus loin sur le béton. Sa grande sœur, Pinky, n'était plus là pour la relever depuis longtemps et ses frères étaient partis chercher de l'aide. Quand les voisins étaient arrivés, c'était trop tard. La vie avait quitté le corps de sa mère. Et elle était restée là, en larmes, incapable de parler, avant d'être recueillie par la voisine, tandis que ses frères s'étaient évanouis dans la nature, préférant sûrement les possibilités de la rue à la prison des services sociaux.

Sa sœur avait échappé à cette scène-là. Un an et demi plus tôt, elle s'était amourachée d'un musulman, une trahison impardonnable pour une hindoue, et elle avait déguerpi avec lui. Sahana n'en avait plus entendu parler avant que Pinky la retrouve ici et lui apprenne tout ce qui s'était passé pendant ces années de blanc. L'amoureux n'était plus, sa sœur avait dû se débrouiller pour s'en sortir et elle avait réussi. Un temps, elle avait erré, transparente et perdue, parmi les dix-sept millions d'habitants de New Delhi ; cette majorité d'hommes de plus en plus avides de la minorité de femmes. Puis, sa chance avait tourné le jour où elle avait rejoint les rangs d'un journal fait par et pour les enfants des rues. De petits reporters mieux placés que personne pour raconter leur propre histoire. Pinky a tout de suite fait partie des leaders. Aujourd'hui, elle œuvre au développement de cette rédaction insolite et elle profite des quelques moyens à sa disposition. Journaliste des pauvres, certes, elle tire le meilleur parti de son statut. C'est grâce aux connexions entre l'ONG responsable du journal, le *Child Welfare Committee* * et l'ONG *Sanrakshit Bachpan* qui gère le foyer qu'elle a pu pister Sahana. Et c'est grâce au nom qu'elle s'est fait que leur oncle l'a identifiée et lui a proposé de l'héberger. Loin du bidonville sud de Gandi Basti, elle a pris ses habitudes au nord. Elle a troqué le parpaing empilé et les maigres couches de ciment pour un vrai appartement. Sans rats, plus grand et plus propre, elle est chargée de le tenir correctement, en échange de l'hospitalité dont elle bénéficie. Un tel parcours, inimaginable pour Sahana, n'a fait que renforcer l'admiration qu'elle a toujours eue pour sa grande sœur.

Elle aimerait tant savoir aussi ce que sont devenus ses frères. S'ils étaient passés par le *Child Welfare Committee*, Pinky aurait sûrement trouvé leurs dossiers, comme celui de Sahana. Malgré les piles de papiers poussiéreuses qui volent sous les assauts du ventilateur devant des fonctionnaires ventripotents désabusés, le CWC est la manière la plus sûre d'être au courant du passage d'un enfant dans la machine administrative. Sahana y allait tous les trimestres depuis son arrivée au foyer. Elle a supporté ces gros messieurs et ces grosses dames qui lui ont maintes fois parlé comme si elle n'existait pas. Souvent, ils aboyaient sans qu'elle comprenne pourquoi. Finalement considérée comme adoptable, elle n'a été choisie par personne. Une fille, c'est vingt ans de dettes, un garçon est une bénédiction. Tout le monde le pense, tout le monde le dit, alors à quoi bon ? De toute façon, cette grande foire d'empoigne où se décide l'avenir des gamins, comme elle et comme Ilango, n'a de sérieux que le titre. Ils sont déplacés comme

* Le Comité de la protection de l'enfance est l'équivalent indien du juge des enfants. C'est un organisme autonome déclaré comme autorité compétente pour s'occuper de placer les enfants en institution et veiller à leur sécurité et leur développement.

des paquets de légumes par des gens à l'air épuisé et blasé. Ce qui compte désormais, c'est qu'ils aient pu participer à les réunir, sans en avoir l'intention.

Le repas s'achève et les langues se délient petit à petit.

— Tu pensais à quoi ?
— À ma famille, et toi ? répond Sahana.
— À l'Anglaise.
— Oh, je suis désolée. Elle va finir par t'écrire, tu sais ?

Ilango hoche la tête, gêné.

— Ne t'inquiète pas, elle t'aime déjà. On ne peut que t'aimer. On n'a des nouvelles de personne à cause de la situation, c'est tout, reprend-elle.
— On fait un jeu ?
— Tu n'oublies pas que tu dois me brosser les cheveux !
— Oui, oui.
— Tu veux jouer à quoi ?
— À imaginer ce qu'on fera quand on sera tous les deux en Angleterre ou en Inde.
— À dix-huit ans ?
— Oui.
— OK.

Tandis que certains retournent devant la télévision ou se disputent des cahiers de coloriages, d'autres encore essaient de se souvenir avec Anita Didi des cours de yoga qu'on leur dispensait une fois par mois avant tout cela. Sahana et Ilango, eux, font des plans, comme si souvent. Être deux, c'est aussi avoir deux fois plus d'imagination, deux fois plus d'énergie et deux fois plus de courage.

Elle sera cuisinière dans un restaurant, il dirigera une entreprise de taxis, parce qu'il adore conduire et qu'elle adore manger. Ils iront danser, ils prendront des avions entre les deux pays, ils auront des lits confortables, ils boiront toujours à leur soif, ils iront au temple souvent et au concert de temps en temps.

— Et on aura trois enfants !

— Hein ? Mais les amis ne font pas des enfants ensemble, s'écrie Sahana.

— Tu seras plus que mon amie.

— Qui a dit ?

— Ben, on imagine…

— Tu imagines.

— Tu ne veux pas ?

— Je ne sais pas, c'est bizarre, non ?

— On verra plus tard, d'accord ?

— Oui. L'important, là, c'est que tu partes bien en Europe quand ce sera possible.

— Tu es sûre que c'est une bonne idée ? Tu vas faire quoi, toi ? Si y a plus d'école et plus d'avenir ?

— On en a déjà parlé : les choses vont finir par se calmer et ma sœur va m'aider.

— Tu n'as pas eu d'autre lettre toi non plus, hein.

— Non, mais ça viendra, ment Sahana.

— Et si le *Child Welfare Comity* ne dit pas oui ?

— Il ne faut pas penser comme ça. Et puis, ce qu'on ne connaît pas et qui fait peur, parfois, c'est mieux, en fait. Regarde ici, je croyais que ce serait l'enfer et je t'ai rencontré.

Sahana fait tout ce qu'elle peut pour garder la face et convaincre Ilango. Dans ces échanges-là, c'est elle le phare. Un coup c'est lui qui les protège, un coup c'est elle qui les guide. Leur relation est équilibrée et ça lui plaît.

Elle lui reparle de son oncle et de ce que Pinky lui a promis. Cet homme n'a rien en commun avec leur père, alors qu'il a pourtant grandi dans le même bidonville. Refusant la misère et l'inertie, il a démarré un business de thé en empruntant de l'argent à un usurier, et il a tout remboursé pour rester entier et sortir de cette emprise-là. Il a commencé petit, dans les rues du quartier de Kalkaji, puis il a partagé un étal avec un marchand de légumes, avant d'avoir réuni un pécule suffisant pour se payer son premier magasin. Une minuscule échoppe vouée à devenir grande, grâce à son massala – le mélange d'épices secret – qui lui a permis de percer le marché. Il paraît que le père de Sahana s'est moqué de lui au début ; marchand de thé, ça n'avait rien de viril, rien de concret. Mais depuis des années, il rêve de lui voler sa vie, son revenu et ses employés.

— Et redis-moi pourquoi il n'est pas marié ni rien ?

— Il a eu le cœur brisé et après il ne voulait pas recommencer, Pinky ne m'a pas expliqué plus.

— Et comment tu sais qu'il va t'adopter juste parce qu'il s'occupe de ta sœur ? Tu ne l'as pas rencontré lui, il n'est pas venu ici. Si je pars en Europe et que tu restes coincée, je vais être malade !

— Il a de la peine pour nous, pour ma mère, il l'a dit à Pinky et elle me l'a répété. Il veut nous aider juste parce qu'il peut le faire, et parce qu'il n'est plus tout jeune : des filles à la maison, c'est toujours utile.

— Et tu iras encore à l'école ?

— Oui, je crois.

Ilango lève les yeux au ciel en attrapant la brosse à cheveux des filles. Ce n'est pas qu'il veuille la rendre triste ou la faire douter, c'est qu'il ne peut pas la quitter sans certitude. Elle, elle pense à la lettre de sa sœur qui l'attend dans le dortoir et lui révélera sûrement la prochaine étape de leurs retrouvailles. Elle voudrait tant en parler à Ilango, mais elle continue de choisir le silence pour le préserver de la comparaison. Si seulement il pouvait recevoir une enveloppe lui aussi, elle n'aurait plus à lui cacher la sienne. En se délectant du mouvement de la brosse, elle ferme les yeux et prie pour que tous ses dieux l'entendent.

Expéditeur : Alix Bouvet

Destinataire : Magali Dubois

Envoyé : à 16:00 (heure française)

Vous en êtes où ? Je pense fort à toi…

Expéditeur : Magali Dubois

Destinataire : Alix Bouvet

Envoyé : à 16:05 (heure espagnole)

On est bien arrivées à Barcelone, j'ai réussi à cacher Gloria dans la cabine en déchargeant et, là, je ne sais pas tellement quoi faire. Elle a contacté une activiste espagnole pour savoir si elle pouvait l'aider, la fille a répondu qu'elle allait réfléchir et depuis on attend des nouvelles. Je suis censée rester ici pour la pause mais, demain matin, je vais devoir repartir. Je ne peux pas la reconduire en France, ça n'a pas de sens… Je ne peux pas non plus l'abandonner dans la nature, sans personne.

En plus, la militante vient de Valence apparemment ! Donc même si elle répond, je n'ai pas le droit de l'emmener là-bas… C'est un peu flou, je t'avoue, mais on réfléchit.

Merci pour ta pensée qui me caresse.
Je t'embrasse.

Expéditeur : Alix Bouvet

Destinataire : Magali Dubois

Envoyé : à 16:10 (heure française)

Je comprends... Je ne suis pas ta patronne, mais sache que si tu as besoin d'une autorisation morale pour sortir des clous, moi, je t'encourage à suivre ton cœur et ton instinct. Ils ont l'air d'être placés au bon endroit. Je t'embrasse aussi. Elle a de la chance d'être tombée sur toi...

15.

Hayley Davis, Angleterre

14 h GMT / 15 h à Brighton

HAYLEY REGARDE SA PETITE CHEF EN HERBE tenter d'incorporer les œufs en neige à la préparation pour le tiramisu. Elle savoure chaque instant. Cette innocence tendre, cette ferveur de bien faire, cette malice dans le geste et cette gourmandise affichée... Quel spectacle inestimable ! Dans l'effervescence de son monde habituel, il n'y avait que peu de place pour pâtisser à l'italienne. À Noël, pour un anniversaire, un jour de fête, et encore. Depuis leur naissance, elle a partagé avec les enfants des moments exceptionnels, mais les choses simples, les plaisirs du quotidien, les petits riens qui balisent les vies ordinaires peinaient à s'inscrire dans son emploi du temps. Elle s'en régale aujourd'hui comme d'autres s'extasieraient à l'idée d'une séance d'enregistrement en studio, d'une répétition avec trente danseurs, de la vue du ciel depuis un jet privé, de la remise d'un Awards ou de la démesure de sa garde-robe. Saisir la rareté d'un instant, voir s'ouvrir un chemin vers ce qui semblait inaccessible hier, découvrir ce qui nous était inconnu, c'est s'enivrer d'un sentiment qu'on appelle couramment le bonheur. Peut-être est-elle à contretemps, peut-être qu'elle n'a pas le droit de s'attarder sur une joie offerte par un raz de marée, peut-être qu'il est indécent de noter le beau dans tout ce laid, et pourtant, elle ne laissera rien s'échapper dans la noirceur de la réalité.

— Mamma, c'est assez mélangé ?
— Presque.
— Tu m'aides ?
— Je mets ma main sur la tienne et je te donne de l'élan, comme ça tu sens le mouvement.
— D'accord !

En accompagnant le geste de Willow, Hayley s'accroche en arrière-plan aux deux tricots qu'elle a commencés il y a une semaine. L'activité est hors saison, mais elle lui rappelle ces minutes volées dans les vans de sa dernière tournée. Elle allait vers un nouveau stade, un nouveau public, et elle s'autorisait une pause, un contact avec la matière qui entourerait ses filles de sa chaleur et de tout l'amour qu'elle avait mis dedans. Du violet pour Milla, du bleu pour Willow, une couche de douceur pour les deux. Si on lui avait dit, dix ans auparavant, qu'elle se délecterait un jour de l'agitation de deux grosses aiguilles autour d'un fil de laine, elle aurait éclaté de rire. Elle n'avait alors au cœur et au corps qu'une grande soif de liberté, de performance et d'adrénaline. C'était avant de rencontrer deux des trois êtres capables de la nourrir en un sourire.

— Je peux tremper les biscuits dans le café ?
— Oui, *amore.*
— Tu crois que Milla a bientôt fini le sport avec papa ?
— Je ne sais pas, on ira voir après...
— On fait toujours la visio avec Tamara tout à l'heure, hein ?
— Et comment !

Tamara, c'est l'une des choristes d'Hayley. Ses filles l'adorent. Elle aime savoir ses enfants entourées et inspirées par des personnes qui ont suivi leurs rêves et se sont battues pour leurs objectifs. Dans l'éducation qu'elle veut leur donner, il y a aussi ça : la persévérance, l'abnégation, la chasse aux étoiles pour atteindre l'intense satisfaction de caresser le ciel.

Sa famille musicale est la même depuis des années. Lorsqu'on a trouvé des artistes exceptionnels et de beaux êtres humains, si on les traite avec le respect et l'admiration qu'ils méritent, ils s'ancrent dans le paysage. Willow et Milla les connaissent tous. Danseurs, choristes, musiciens, techniciens, équipe de production, membres de sécurité et management… Elles ont vécu deux tournées avec elle et avec eux. Hayley et Jamie ne savent pas être loin l'un de l'autre pendant trop longtemps, et il en va de même dans leur relation avec leurs filles. Régulièrement, ils se séparent quelques jours, une semaine, voire deux. Parfois, c'est Jamie qui part pour tatouer un client particulier, participer à un gros salon ou à un événement de live tatouage avec un artiste, mais jamais ils ne pourraient être scindés un mois tout entier. Alors, ils font la maison à l'hôtel et, de ville en ville, ils créent des souvenirs atypiques, des souvenirs qui leur ressemblent.

Tandis que le tiramisu trône fièrement sur l'îlot central, Jamie et Milla déboulent en sueur pour se servir de l'eau.

— J'ai réussi à faire quinze pompes, mamma !

— Bravo ma petite athlète.

— Je veux devenir aussi forte que toi…

— Tu l'es déjà ! Vous allez jouer un peu avec Chad ? Je dois parler avec papa d'un truc de grands maintenant.

— Oh, c'est chiant ! s'exclame Milla.

— C'est comme ça. Hop, hop, hop ! dit Jamie. Vous pouvez mettre un peu la télé si vous voulez.

Les filles quittent la cuisine et Hayley s'assoit en face de son mari.

— Toi, tu veux parler de la chanson…
— Oui, c'est dans moins de trois heures, tu ne peux pas savoir comme je flippe !
— Ça ne t'a pas rassurée d'avoir Odetta et Chiara ?
— Si, mais je n'ai eu ni maman ni Nonna.
— Ben tu voulais chanter et leur parler après, c'est plus facile dans ce sens-là…
— C'est lâche, non ?
— Sûrement pas ! C'est tout sauf lâche ! C'est courageux ! T'as attendu plus de vingt ans, tu prends la parole quand et comme tu veux, mon cœur.
— Et les filles, je leur dis quoi ?
— Que c'est une chanson pour les enfants qui ont souffert, c'est tout. Quand elles seront en âge de comprendre, tu leur expliqueras.

Jamie serre Hayley dans ses bras, passe la main dans ses cheveux et la fixe d'un air soudain rieur.

— Tu ferais mieux de réfléchir à ce que tu vas faire pour camoufler ça !
— T'es sérieux ? Je vais t'épiler et me faire un bonnet avec tous les poils que je vais collecter !
— Très drôle ! Faudrait déjà que tu m'attrapes…

Il la soulève d'une prise vive, elle le renverse d'une autre, avec une facilité déconcertante. Leur amour a toujours été un peu vache et très mouvementé. C'est comme ça qu'ils chassent les vrais nuages. Ils détournent l'attention, chahutent, se provoquent puis s'embrassent avec fougue.

— Je vais dessiner un peu en surveillant les monstres. Tu en profites pour aller faire un tour dans le dressing ?
— Ouais, je vais te trouver un tee-shirt qui n'est pas troué, lui rétorque-t-elle en mettant le doigt dans la déchirure de celui qu'il porte.
— Pense surtout à regarder les chapeaux assez couvrants pour cacher tes racines !

Ils s'éloignent l'un de l'autre dans un éclat de rire et elle monte les marches vers son vestiaire en courant.

Au milieu de ses accessoires, devant le miroir mural, elle fredonne la chanson qui revient occulter le reste. Ce territoire jamais exploré, fragile, intime, secret. En dix-sept ans de carrière, elle en a défendu des causes, exposé des opinions, revendiqué des droits, commenté des faits, qu'ils soient historiques, politiques ou culturels, mais cette fois-ci c'est différent.

Quand elle écrit, elle utilise volontairement la première personne. Souvent, elle parle d'elle, mais elle laisse la possibilité à chacun de s'approprier son texte. L'émotion est d'ailleurs toujours la même lorsque des milliers de personnes entonnent ses mots en chœur pendant ses concerts. Ça la remplit.

Tout à l'heure, elle ne les entendra pas. Seule, face à un écran posé sur le piano, elle ne pourra regarder que le nombre de connexions. Si le but est de faire renaître la musique live en ces temps difficiles et d'offrir une distraction à tous ceux qui en ont besoin, ça n'en reste pas moins frustrant. C'est l'illustration de la distance froide que ce virus a imposée aux gens dans le monde entier. On ne se touche plus, on ne s'aperçoit que virtuellement, on ne s'entend qu'à travers des combinés qui dénaturent un peu les voix. Il n'y a rien de rassurant là-dedans. Ses filles ont beaucoup souffert de ce contact proscrit, notamment avec leurs grands-parents maternels. Comment justifier leur absence pour l'anniversaire de Milla, le Vendredi Saint et le lundi de Pâques ? Ils sont pour elles un autre repère, précieux, accessible, encore immuable dans leur jeune cœur qui n'a rien connu de la violence des au revoir. Les parents d'Hayley sont près d'elles depuis leurs premiers jours et elles ont encore l'innocence de croire que ça durera pour toujours. Ceux de Jamie, en revanche, sont un trou dans l'arbre, une branche en moins : abandonné très jeune, il a grandi dans des foyers et c'est seulement avec elles trois qu'il a appris le mot famille.

Après s'être parée d'un arc-en-ciel de couleurs, Hayley décide qu'un chapeau de cowgirl pailleté, un tee-shirt mauve et un jean blanc feront l'affaire pour ce soir. Son look, qui fait d'ordinaire partie de son personnage sur scène et de l'artiste qu'elle est, n'a qu'une importance toute relative aujourd'hui. Ce qui compte, c'est le lien qu'elle va rétablir.

En s'allongeant au sol, comme pour mesurer la vitesse à laquelle son monde tourne désormais, elle s'autorise un petit tour sur Internet, ses mails et ses réseaux sociaux. En toile de fond, elle a gardé depuis ce matin l'image de l'ours à l'esprit. Elle n'a jamais su être imperméable à la furie des hommes. Ce midi, la réponse qu'elle a reçue à sa promesse de don l'a bouleversée. On lui a transféré d'autres images, de Chine et du Vietnam, on lui a raconté l'histoire de ce combat pour qu'elle puisse en être la messagère. Elle ne prête son nom et sa notoriété qu'avec parcimonie, mais lorsqu'on a la chance de recevoir tant d'amour et de soutien, on se doit d'en rendre une large part. Et la seule manière de s'acquitter de ce devoir, c'est l'engagement. Elle a donc assuré l'association *Moon Bear Hope* de son appui à partir de maintenant. Sidérée de ne pas avoir eu vent de leurs actions avant, elle estime qu'elles méritent un vrai coup de projecteur. De l'autre côté de la planète en cette journée d'avril singulière, une équipe de bénévoles et d'activistes a en effet sauvé une vingtaine d'ours Lune de leur triste sort, après des mois de négociations avec la ferme de bile en question. Ils les conduisent en ce moment même vers un sanctuaire où ces pauvres bêtes tenteront de réapprendre à vivre, le temps qu'il leur reste. Enfin, s'ils supportent tous le voyage. Jamais Hayley n'aurait pu imaginer possible de pratiquer une opération d'urgence dans un camion, et c'est pourtant ce que ces militants ont eu la bravoure de faire il y a quelques heures. Des héros comme cela, il faut les encourager. En pensant à leur sang-froid et à leur dévotion, une autre image, bien moins glorieuse, lui revient en mémoire. Il y a quelques semaines, Lady G lui avait envoyé, avec tous les noms d'oiseaux empilables, un article de presse consacré à cette arriviste de Judy Reynolds. Quatre pages indécentes sur ses supposées convictions, l'étalage de son curriculum vitæ, le décryptage de son parcours et sa proximité avec le quarante-cinquième Président des États-Unis. Au milieu de cette autosatisfaction qui transpirait du texte, il y avait bien sûr des photos d'illustration. Sur l'une d'entre elles, la Reynolds posait fièrement devant une tête d'ours empaillée, comme si ce reliquat de noblesse anéantie pouvait souligner sa puissance. Hayley vomit cette idée et cette femme. Si elle n'est pas citoyenne de ce pays, elle a tant parcouru les villes américaines qu'elle se sent malgré tout concernée par leur politique et ses représentants. Et puis, de toute façon, même si elle le voulait, Lady G ne la laisserait pas s'éloigner de cette actualité-là. Depuis que 45 a pris le pouvoir, elle lui transfère et lui commente tout. La passion de son amie, l'implication et l'obsession qui peuvent être liées à ce sentiment, c'est quelque chose qu'Hayley a toujours compris. L'excès lui parle plus que la modération.

— Tu fais quoi, mon amour ? lui demande Jamie, visiblement amusé de la voir étalée de tout son long.

— Je fais corps avec la Terre !

— Avec la moquette, tu veux dire…

— Fous-toi de moi, vas-y !

— Ce n'est pas mon genre… Je suis monté te chercher parce que les filles te réclament en bas.

— J'arrive, j'arrive…

— Milla veut savoir si elle peut écouter ta répétition pour le live de ce soir et Willow voudrait que vous appeliez Tamara.

— Ah oui, c'est précis ! Alors, avec Tamara, on a rendez-vous dans une heure, et la répétition je pensais la faire juste avant la presta, pour me chauffer la voix.

— Je te préviens, ce qui intéresse surtout Milla, c'est de comprendre si elle aura des chansons sur lesquelles danser ou faire des acrobaties en arrière-plan…

— Je lui ai dit que c'était un piano voix !

— Je sais, mais elle m'a expliqué qu'elle pouvait faire des mouvements de souplesse, que ce serait joli, elle est têtue comme une mule !

— Non, non, ce n'est pas l'ambiance et je lui ai répété cent fois que je n'aimais pas la mettre en scène, surtout pas à son âge. Je veux la préserver de tout ça.

— On est d'accord, mais je crois qu'elle veut l'entendre de ta bouche. Mamma par-ci, mamma par-là... Moi je suis bon pour les cours de sport et c'est tout !

— Oh, arrête...

— On n'a qu'à leur proposer un jeu dehors, pour détourner leur attention ?

— Bonne idée ! Il faut aussi qu'on cale le cours de langue !

— De langue ? Hum... Toi, tu veux rallumer la mèche de ce matin dans la douche...

— Tu sais bien que je parle du vocabulaire qu'on doit apprendre tous ensemble...

Son mari s'embrase en un regard et, alors qu'il s'allonge sur elle, elle le repousse tendrement du plat de la main.

— Ah ouais, tu es comme ça ?

— Chéri, le sexe la journée, ce n'est plus possible sans la nounou, l'école et les grands-pa, tu le sais *très* bien !

— Rabat-joie !

— Allumeur !

— Tu ne paies rien pour attendre...

— Toi non plus.

Ils se relèvent d'un bloc et jouent jusqu'en bas des escaliers avec les étincelles qu'ils viennent de provoquer.

Une fois dans le jardin, Hayley oublie tout de ses angoisses, de la violence du monde et du décompte des morts qu'elle a lu tout à l'heure. La brise leur fouette le visage. C'est vivifiant et ça leur fait un bien fou. Milla vole au-dessus du trampoline, Willow passe de part et d'autre de l'élastique qu'elle tend avec Jamie, et Chad tourne autour d'eux comme s'il cherchait à tracer un cercle de protection. Les filles auraient sans doute aimé aller au parc, mais face aux interdictions, il y a la chance d'être né au bon endroit, la pommade de la complicité, les joies accessibles et le socle qu'ils forment ensemble. À quatre et sept ans, on a du mal avec les déceptions, mais on a cette grande faculté à s'adapter et à passer d'un état à l'autre, sans trop s'appesantir.

— J'ai tellement hâte qu'on soit cinq, chuchote Hayley à son mari.

— Et moi donc !

Expéditeur : Rafaella Ekele

Destinataire : Gloria

Envoyé : à 16:58 (heure espagnole)

Chère Gloria,

J'ai retourné la situation dans tous les sens et je ne vois qu'une seule solution : je vais t'héberger autant que tu en auras besoin. Il faut que tu saches que je suis infirmière et que ce n'est donc pas sans risque, mais si tu es prête à le prendre, moi aussi. J'ai un matelas d'appoint et une tente dans laquelle je dors parfois sur mon toit-terrasse, on se débrouillera.

Il me semble qu'il y a un studio inhabité deux étages en dessous de chez moi, mais il faut que je vérifie. Je vais me renseigner dès que possible. Je connais un peu la proprio et je pense qu'elle est partie se confiner avec sa famille dans un espace plus grand. Peut-être acceptera-t-elle que tu y restes tant qu'elle n'y est pas ? On verra au jour le jour.

J'espère que tu n'auras pas de contrôle sur la route… Dans le meilleur des cas, tu penses pouvoir me rejoindre à peu près quand ? Je vis à La Pobla de Vallbona, tout près de Valence, et on peut se retrouver sur le parking du Carrefour. Ta conductrice pourra s'y garer facilement sans trop attirer l'attention, si elle est prête à te déposer là illégalement. On mettra des masques, par sécurité, et on gardera nos distances pour se protéger un maximum.

Je finis à 20 heures. Je te laisse me tenir au courant d'ici là ?

Tu n'es plus toute seule, tu peux compter sur moi.

Rafaella

16.

Kirsten Keller, Allemagne

15 h GMT / 17 h à Berlin

— TU NE PEUX PAS TE FAIRE un peu belle pour moi ? C'est quoi cet accoutrement d'hiver ? C'est le printemps, chérie, tu es au courant ?

Kirsten considère sa tenue, sans savoir quoi répondre. Elle a choisi un pull et un pantalon larges, un peu au hasard ce matin. Elle voulait juste se glisser dans des vêtements doux, des vêtements dont le contact ne lui agresserait pas la peau. Et elle les porte depuis presque neuf heures.

— Alors, tu te changes ? Et tu viens boire un coup avec moi ? insiste Roddrick.
— Je n'ai pas envie de me changer, je suis bien comme ça, je n'ai pas trop chaud…
— Ah oui ? Je vais te donner chaud moi, tu vas voir…

Il se lève d'un bond, vient se coller à elle et la caresse avec insistance. Elle reste stoïque, incapable de bouger, ni pour suivre le mouvement ni pour le repousser. Tout en supportant les assauts de ses mains pressantes, elle réfléchit aux options qui s'offrent à elle. Elle doit s'en défaire.

— Attends, je vais mettre un jean si tu préfères...
— Laisse-moi te déshabiller, on verra après ! Et laisse-toi faire là ! Tu es raide comme un piquet, ce n'est pas très agréable.

C'est trop tard. En lui ôtant son pull, il lui lèche le cou, les lèvres et le visage, sans vraiment l'embrasser.

— Tu n'as pas mis de sous-vêtements ? C'était un message ça, ma petite coquine, hein ? Je te devine moi...
— Non, je...
— Tu quoi ? Tu n'avais pas envie que je te prenne ? Tu étais plus gourmande avant... C'est fou ce petit jeu auquel tu joues maintenant ! Allez, chérie...

Il tire sur le tissu, lui empoigne les cheveux, et, lorsqu'il l'a départie de tous ses habits, il ouvre sa braguette sans prendre le temps de retirer les siens.

— T'as vu l'effet que tu me fais ?
— Oui, mais j'ai un peu mal à la tête là, je ne suis pas en état...
— Arrête, mets-toi à genoux... Voilà, comme ça. Prends-la dans ta bouche, vas-y, lui dit-il en forçant le passage.

Ses mains se serrent sur la nuque de Kirsten et son sexe grossit en touchant sa gorge. Pendant quelques instants, il reste là, sans va-et-vient, puis il provoque le mouvement en pressant sa tête, d'avant en arrière. Elle ferme les yeux et tente en vain de masquer son dégoût.

— Tu ne peux pas faire ça correctement, en me regardant ? râle-t-il en se retirant.

Elle fixe le sol, sans rétorquer, sans réagir.

— Putain, c'est pas possible, c'est toujours à moi de travailler. Tourne-toi.

Il la contourne avec agacement, se place derrière elle, et incline son corps pour la mettre à quatre pattes, comme on choisirait la position d'une poupée désarticulée.

— Non, s'il te plaît, pas ça...
— Allez, c'est tellement bon. Tu sais que j'adore ça.
— Pas moi.
— Tu ne veux plus me faire plaisir, toi ?
— Si, mais autrement...
— C'est ça dont j'ai besoin pour être bien en ce moment. Toi et tes fesses, vous êtes mon refuge, tu le sens, non ? C'est dur pour moi et tu peux me soulager, tu ne vas pas me refuser ça ?

Kirsten se tait parce qu'ils ont eu cent fois ces échanges-là. Si elle le repousse, il boude, il devient violent ou il lui propose quelque chose en retour ; c'est selon l'humeur du jour. Quoi qu'il en soit, elle n'a pas d'échappatoire. Quand il la veut, il finit toujours par la prendre.

— Après, je ferai ce que tu veux. Je te lécherai jusqu'à ce que tu jouisses dans ma bouche.
— Je n'ai pas la tête à...
— Je remettrai le cadre alors, d'accord ? C'est bien ça que tu voulais ? Le cadre de notre bébé mort ?

Elle hoche la tête malgré elle, désemparée à cette évocation, impuissante sous sa poigne, paralysée par la peur. Voilà déjà plusieurs minutes qu'il humidifie ses doigts et les passe sur son sexe sec. Désormais, il remonte plus haut, il titille l'orifice du dessus.

— Tu vois, tu en as envie, tu mouilles.

Avec davantage de salive sur son majeur et son index, il se fraye un chemin, en pressant son sexe sur ses fesses. Il commente chaque geste et, soudain, alors qu'elle reste hermétique à son excitation, il retire ses doigts pour la pénétrer de toute la longueur de son érection. Elle hurle.

— Tu cries ? Crie, vas-y, encore, oui, c'est bon.

À présent, elle se débat. Elle tente de ramper vers l'avant. Elle veut resserrer ses jambes, pour le sentir moins, mais il maintient l'écartement. Elle le repousse d'une main en s'appuyant au sol sur l'autre, mais il la lui attrape et la place dans son dos. Puis, il saisit la deuxième, laissant Kirsten suspendue à son rythme, à ses coups qui claquent. Il accélère, il respire fort, il lui lèche le dos. Il ne voit pas son visage, ni les larmes qu'elle avale.

— En fait, j'adore quand tu me résistes. C'est fou comme t'es toujours aussi serrée là-dedans, putain.
— Arrête, je t'en supplie, arrête.

Après de longues minutes dans cette même position, il jouit bruyamment en elle. Lorsqu'il la lâche enfin, elle s'allonge en position fœtale ; les mains engourdies, l'anus endolori, le corps démonté. Il lui caresse les cheveux, comme on caresserait un chien, et pose un baiser sur son front.

— Je vais prendre ma douche, tu iras après ? Tu pourras venir faire les courses avec moi ensuite, si tu veux…
— Non, c'est bon.
— Tu ne vas pas faire la gueule encore ?

— Non.

— T'es chiante à faire des scènes pour un oui ou pour un non. Le jour où je n'aurai plus envie de te baiser, là, tu pourras être triste.

Il s'éloigne, ouvre le tiroir de la commode et replace le cadre avec la photo de Levin. Kirsten ne bouge pas. Elle attend d'entendre couler l'eau dans la douche. Elle sent son sperme qui dégouline dans le sillon de ses fesses. Elle tourne la tête vers la fenêtre et regarde le ciel. Cela fait des semaines qu'elle a du sang dans les selles et qu'elle souffre quand elle s'assoit. Pourtant, tant qu'il aura décidé que son plaisir était là, il continuera à la sodomiser, sans se soucier de son état à elle. Ces jours-ci, elle en viendrait presque à souhaiter être contaminée par le virus, juste pour sortir d'ici. Ou, mieux encore, qu'il l'attrape, lui. Ça les forcerait à la séparation, ça lui donnerait du répit pour prendre un peu soin d'elle. Elle a honte d'y penser, parce qu'il y a des gens qui souffrent terriblement, mais elle ne peut pas s'en empêcher.

Il ressort assez vite de la salle de bains, habillé et parfumé.

— Tu ne vas pas rester par terre quand même ?

— Non, non, je vais me laver.

— OK. Je reviens dans moins d'une heure. Tu veux quelque chose en dehors de la liste que j'ai faite ?

— Oui, de la pommade pour bébé à la pharmacie.

— Hein ?

— C'est pour la peau irritée.

— OK. Je te la mettrai tout à l'heure, ne t'inquiète pas.

Il se penche pour l'embrasser et la relever, puis il enfile son manteau, prend les clefs, ouvre la porte et la referme derrière lui. L'idée de ces minutes de liberté suffit à lui faire oublier qu'elle irait bien se blottir dans son lit. Elle ne peut pas gâcher ce temps bêtement sous prétexte qu'elle a mal. C'est son moment.

Avant d'aller se savonner, elle vérifie que la porte de la chambre de Levin est bien fermée, lance un album d'Hayley Davis sur son téléphone et allume l'enceinte portative. Lorsqu'il est là, elle n'a pas le droit d'écouter de la musique trop fort ; elle met le volume au maximum. Cette voix lui fait du bien et elle aime les messages qu'elle porte. Elle aimerait tellement être aussi une femme forte et engagée, avoir un impact sur son existence et celle des autres, savoir encore répondre à l'adversité. Malheureusement, elle n'a jamais eu aucun talent à faire valoir et elle a perdu toute forme de résistance.

Pendant le repas, ce midi, ils parlaient des victimes de violences à la télévision. Elle a repensé à l'ours, enfermé. C'est la première image qui lui est venue. Puis, elle a arrêté d'écouter et elle s'est mise à parler à Levin, en pensées. À côté d'elle, elle avait disposé une petite assiette pour lui. Roddrick l'avait laissé faire en soupirant : il l'autorise encore à mettre son couvert et elle lui en est reconnaissante. En se remémorant ses premiers et uniques éclats de rire de bébé, elle a imaginé son rire d'enfant, avant de se souvenir qu'il ne produisait plus aucun son. Il se contente d'être là, entre ces murs, sans bruit, sans odeur, sans chaleur. Il la rassure. Il met de la douceur et de l'amour dans les heures qu'elle se voit partager avec lui.

Après un passage éclair dans la cabine de douche, elle dépose les vêtements du jour dans le bac à linge sale et se dirige vers son armoire. Que faut-il porter maintenant ? Les robes et les jupes longues ne sont réservées qu'aux grandes chaleurs. Les joggings exaspèrent Roddrick, les leggings l'excitent. Les jeans ne sont pas réconfortants. Les pulls, les chemises et les tee-shirts sont toujours considérés soit comme un affront, soit comme une invitation. Que reste-t-il ? Une cape d'invisibilité, comme dans Harry Potter, c'est ça qu'il lui faudrait. Elle ne s'en déferait jamais. Dans l'impasse, elle attrape simplement un autre pull et un autre pantalon, propres, élégants mais sobres, non souillés.

Soudain, par-dessus la voix d'Hayley Davis, elle entend retentir la sonnette de l'entrée. Dernièrement, personne ne l'utilise plus. Elle ne sait pas comment réagir. Qui cela peut-il bien être, en plein confinement ? Elle éteint la musique, puis s'approche, à la fois curieuse et méfiante. Roddrick serait capable de la tester, elle en est certaine. Un deuxième coup vient marquer l'insistance.

— Oui ?
— Bonjour, c'est la voisine d'à côté, je vis à droite, avec M. Klein. Je m'appelle Ida.
— Bonjour, c'est pour quoi ? Le son était trop fort ?
— Non, non. Vous pouvez m'ouvrir ?
— Euh, non, pas pour le moment.
— C'est fermé à clef ?

Kirsten se tait. Comment pourrait-elle le savoir ? Ça n'a aucun sens.

— Je peux vous aider, madame Keller, reprend la voix. Je sais que c'est difficile et qu'on a très peu de temps. J'aimerais vous parler, de femme à femme. Je vais aller à la fenêtre, celle de notre chambre qui est collée à celle de votre salon. Je vous promets que ce sera très court, mais ça me toucherait beaucoup si vous aviez la gentillesse de m'y rejoindre. D'accord ?

Mais qu'est-ce qu'elle raconte ? Que lui veut-elle ? Pourquoi vient-elle ruiner ce court et précieux espace de solitude ? Kirsten se fige. Elle regarde en direction de la fenêtre, puis de la chambre de son fils, puis de la place où elle était encore prostrée tout à l'heure sur le parquet. Les pensées défilent sans faire sens, elle essaie tant bien que mal de les organiser. Roddrick parle peu aux voisins et personne n'est censé s'inviter dans leur immeuble en cette période. L'hypothèse première que ce soit un piège s'écarte d'elle-même. Elle n'a aucune idée de ce qui se trame là, mais ce qui domine subitement, c'est la possibilité que son mari puisse être bientôt témoin de cette intrusion. Il déteste les imprévus de ce genre et il en fera la coupable, à coup sûr. Elle doit la chasser ! Elle marche d'un pas décidé.

Elle ouvre la fenêtre, avance la tête et tombe nez à nez avec un visage auquel elle n'a jamais prêté attention mais qu'elle sait avoir déjà aperçu.

— Merci d'être venue.

— Je vous en prie, mais je vous avoue que je ne comprends pas bien ce qu'il se passe.

— Je sais que vous êtes toute seule et je voulais en profiter pour vous donner ça.

— C'est quoi ?

— Une liste de possibilités pour vous... Des portes de secours, si vous préférez. J'ai entendu votre détresse, je veux vous dire que vous n'êtes pas toute seule.

— Je..., avorte Kirsten.

Si son esprit tente de contrôler chaque réaction verbale, son corps flanche. Il s'exprime. Ses mains s'agrippent à la rambarde, ses yeux se noient, ses lèvres tremblent. Elle a rêvé ce moment plusieurs fois. L'interlocutrice prend toujours les traits de sa mère. Elle vient la voir dans le monde de la nuit, elle lui parle doucement, elle l'aide à faire ses valises, elle l'aide à rassembler les affaires de Levin. Dans ses songes, la porte s'ouvre et elle part sans se retourner. Mais quand la nuit devient jour, tout ce qui semblait accessible éclate comme des bulles de savon au contact du vent. Et, à 17 h 40, le soleil n'est pas couché.

— Je ne veux pas me mêler de votre vie, je veux juste que vous sachiez que je suis là si vous en avez besoin... Vous en avez besoin ?

— Je ne sais pas. Mon mari va bientôt rentrer.

— Il vous fait du mal ?

Le silence se tend. Kirsten pense à sa belle-mère. Lorsqu'elle la voyait encore, elle avait essayé de se confier à elle, sur la pointe des pieds, en mesurant ses mots. Elle voulait faire appel à son empathie féminine, à son influence de mère peut-être aussi. Sa réponse, froide et péremptoire, l'avait glacée. Elle ne lui avait accordé aucune crédibilité, qualifiant ses aveux de *cinéma des femmes d'aujourd'hui.* Puis elle s'était radoucie en lui disant qu'il ne fallait pas confondre l'autorité de l'homme de la maison avec les vraies brimades qu'on peut notamment voir dans les pays arabes, comme son pays d'origine. Elle avait ajouté que, en Turquie, elle aurait sûrement été plus malheureuse qu'ici et la conversation avait bifurqué, sans transition. Si seulement sa belle-mère avait su à quel point elle aurait aimé reprendre son nom turc de jeune fille. Kirsten Şimşek était tellement plus vivante que Kirsten Keller. Dans le brouillard de ce souvenir furtif, une certitude s'impose : le regard qui lui fait face à l'instant n'a rien en commun avec celui qui, alors, l'avait jugée.

— Oui.
— Vous avez déjà essayé d'appeler la police ?
— Surtout pas.
— D'accord. Je vous ai tout écrit là-dessus : les numéros de téléphone utiles dont le mien, les procédures que vous pouvez suivre pour partir, le code que l'on peut créer entre nous si vous voulez que j'appelle quelqu'un pour vous… Vous avez accès à un téléphone ?
— Ça dépend.
— Vous voulez que je vous achète un portable jetable ?
— Non, non. Il faut que je rentre, maintenant.
— Je comprends. En tout cas, je suis là, quand vous voulez.
— Merci.

Kirsten la salue, recule et referme la fenêtre. Que va-t-elle faire de cette feuille de papier ? Ou peut-elle bien la dissimuler ? Elle la déplie pour en examiner brièvement le contenu qui l'intéresse moins que l'obsession naissante de la cacher. C'est instinctif, elle doit se protéger. Après un flottement, la lumière jaillit : dans la chambre de Levin ! Roddrick n'y met plus les pieds, il trouve ça glauque.

En marchant vers la pièce en question, elle lit plus attentivement ce qu'Ida lui a écrit. Des noms et prénoms, des numéros, des adresses mail, un compte Instagram, des lieux, des associations, des recommandations, des mots gentils. Un annuaire annoté, en somme. Kirsten n'a jamais été très sociable, et elle a vite vécu dans une bulle, avec son mari. Sa mère s'est envolée trop tôt, emportée par un cancer du sein, et son père est reparti en Turquie où il a refait sa vie et eu un fils. Elle, elle est restée à Berlin pour finir ses études et elle a rencontré Roddrick la dernière année. Depuis, elle s'est isolée, très progressivement, sans le vouloir. Jusqu'à une certaine époque, elle avait réussi à maintenir le lien avec sa meilleure amie de fac, Agnes, mais elle a déménagé et, prétextant sa mauvaise influence, il lui a interdit de continuer à communiquer avec elle. Lorsqu'il s'est rendu compte qu'elle lui désobéissait, il a détruit son téléphone et la puce qui était à l'intérieur. Le lendemain, il est revenu avec un portable dernier cri au répertoire vide, une nouvelle carte SIM, un bouquet de fleurs et une tirade d'excuses.

Après avoir respiré une layette et une couverture, elle soulève une petite étagère, glisse la feuille repliée en dessous, et replace le meuble. Elle ne se sent en sécurité nulle part, sauf dans cet espace, là où elle a conservé l'âme de son bébé. C'est le seul endroit qui peut abriter un secret. Elle n'a aucune idée de l'utilité qu'il aura, mais elle le saura accessible ici, lors d'un prochain moment de liberté.

Cette pensée s'évanouit dans le bruit de la clef qui tourne dans la serrure. Son ouïe, son meilleur bouclier, ne la trompe jamais. Elle sort de la chambre, retourne au salon et jette un œil à l'horloge : il rentre, comme souvent, bien plus tôt que prévu.

— Chérie ?

— Oui ?

— Regarde ce que j'ai rapporté pour toi ! Je l'avais fait livrer en point relais, à l'épicerie. J'ai retiré le carton, c'est plus présentable comme ça, non ?

Kirsten fixe le sac à main flambant neuf qui pend au bras de Roddrick. Cette image lui tirerait presque un rire nerveux.

Expéditeur : Gloria

Destinataire : Rafaella Ekele

Envoyé : à 17:20 (heure espagnole)

Merci, merci, merci ! Que Dieu te bénisse, Rafaella. Je suis prête à tout, moi. Si j'arrive à te rejoindre, on fera attention pour te protéger et protéger les gens qui comptent sur toi à l'hôpital...

Pour l'instant, c'est compliqué. La camionneuse, qui s'appelle Magali, discute avec son patron. Je t'écris quand j'en sais plus.

Même si je dois descendre ici et qu'on ne se rencontre jamais, j'ai de la joie dans mon cœur d'avoir parlé à quelqu'un comme toi...

17.

Magali Dubois, Espagne

16 h GMT / 18 h à Barcelone

LES MONTAGNES RUSSES ont éprouvé Magali aujourd'hui et la maigre sieste qu'elle s'est accordée cet après-midi n'a rien compensé. À la Jonquera, elle s'est sentie nue sous le regard des douaniers. Allaient-ils lire le malaise sur son visage ? Allaient-ils deviner le mensonge par omission ? Allaient-ils fouiller sa couchette et trouver Gloria dans son duvet ? Elle a contracté son corps pour dissimuler les tremblements. Elle leur a parlé de l'actualité, de la fatigue et de la peur. Faire la conversation est une technique éculée mais efficace pour banaliser un moment de grande pression, annihiler la vigilance. Ainsi, le ventre noué, elle a pu traverser la frontière franco-espagnole sans plus de vérifications que celle de ses papiers en règle. En arrivant à Barcelone, ensuite, il y a eu l'étape du déchargement. Là encore, malgré ses palpitations, elle a passé l'épreuve du feu haut la main. Le souci de ne pas trahir Gloria a pris le dessus sur tout autre émotion.

Depuis une heure, en revanche, le dilemme n'est plus le même. Jusqu'ici, elle a suivi son trajet, respecté sa mission dans les horaires imposés et masqué la seule règle à laquelle elle a dérogé. À partir de maintenant, pour aider Gloria et prendre la route vers la province de Valence, il faut braver tous les interdits. Risquer d'être arrêtée, de payer de fortes amendes et de perdre son travail. Les mains moites et le pouls rapide, Magali est face à un carrefour. Elle le fixe dans sa tête, l'évalue et imagine les conséquences qui paveront un chemin ou l'autre. Sous les yeux de Gloria, elle se débat. Étrangement calme, la jeune Congolaise sait qu'elle l'exhorte à un choix cornélien et lui laisse donc l'espace de réflexion dont elle a besoin.

À l'intérieur de la cabine, les deux compagnes de fortune se tiennent en silence l'une à côté de l'autre depuis de longues minutes. La tension palpable détonne avec la complicité qui, en quelques heures, s'est créée. Le camion, stationné sur un des rares parkings ouverts, symbolise le paradoxe qui fait hésiter Magali : il est à la fois visible dans ce désert de vie et transparent parce qu'il fait partie des mouvements nécessaires, des mouvements autorisés au cœur d'une humanité figée. Il circule librement, mais il doit se justifier au moindre contrôle. Il n'est pas suspect tant qu'il peut le prouver. Il n'attire pas l'attention, mais il est le seul sur lequel toute attention peut se focaliser.

Magali se sent suspendue au-dessus du vide, enclume sur les épaules, sans filet pour adoucir la chute éventuelle. Elle s'en veut presque de ne pas sauter sans réfléchir. Tergiverser face au danger, c'est être lâche ? Foncer, c'est être inconscient ?

Conduire au-delà des limites définies, faire confiance à sa concentration plus relative et à sa résistance déjà ébranlée ; ça, elle le sait, elle en est capable. Aller contre les directives de son patron, Étienne, c'est une autre affaire. Il lui aurait pourtant été impossible de ne pas le mettre dans la boucle de la confidence ; le kilométrage et le niveau d'essence ne se trafiquent pas. Alors, comptant sur leurs années de bonne entente et la familiarité de leurs rapports, elle l'a appelé. Leurs parents respectifs sont très amis, ça devait forcément aider. Elle lui a présenté la situation de Gloria, l'a mise face à la situation du monde, et lui a demandé la permission de la conduire au refuge qu'elle a désormais trouvé. Pas immédiate mais péremptoire, la réponse est tombée comme un couperet : *c'est dangereux, irresponsable et ça pourrait mettre en péril l'entreprise. On ne peut pas plutôt lui payer un taxi ?* La jeter seule dans un tel transport, sans attestation ni carte d'identité ? Comment pourrait-elle s'en sortir ? La couleur rouge sur le toit du véhicule la dénoncerait de fait, là où Magali, elle, peut farder sa présence.

Les minutes qui la séparent de cette discussion filent à grande vitesse et le temps est compté. Il y a plus de quatre heures de route entre leur localisation et celle de la blogueuse espagnole, chez qui elles ne peuvent avoir l'audace d'arriver en pleine nuit. L'index sur l'écran de son téléphone, Magali cherche le déclic, le poids qui fera pencher la balance : elle fait défiler tous les derniers messages d'Alix qui l'encourage à désobéir et lui dit que si elle se fait virer, elle l'aidera, par tous les moyens. Alix lui envoie sa force, lui renouvelle sa confiance et lui avoue son admiration. Elle ne peut rester sourde à ce soutien ; il doit avoir un sens.

Magali, soudain décidée, tourne la clef et regarde Gloria en déclarant :

— On y va.

— C'est vrai ? Tu es sûre ?

— Oui.

— OK.

— Tiens, tu peux taper un message pour mon patron ?

— Bien sûr.

— Tu lui écris juste : je pars et je te laisse choisir si oui ou non tu m'envoies un ordre de mission. Une vie est en jeu, je suis désolée mais j'ai pris ma décision. À toi de prendre la tienne.

— Tu es mon ange gardien.

Magali sourit, gênée, et reprend, pleine de sang-froid :

— Et tu peux répondre à la blogueuse aussi, on devrait arriver vers 22 h 30.

— Tu aurais préféré qu'elle puisse venir me chercher ici avec une attestation de son hôpital, hein ?

— Je ne sais pas, je t'avoue que je ne me suis même pas posé la question. J'ai juste réfléchi aux conséquences et à ce qu'il faudrait assumer. Je ne peux pas assumer de te laisser là. C'est comme ça, on est ensemble et, le reste, on verra le moment venu.

— Merci de penser ça. Tu n'es pas trop fatiguée ?

— Un peu, mais ça va aller. On a la radio et on est deux !

— Je vais te garder en forme, moi, mais tu vas devoir m'en dire plus sur toi...

— Ou l'inverse !

Magali jongle avec sa pudeur tandis que Gloria s'affaire sur le téléphone qu'elle lui a prêté. Elle a toujours été très curieuse des autres et peu loquace sur elle-même. Pour se raconter, il faut avoir des choses à dire, être captivante, remarquable ou du moins riche d'expériences et d'histoires. Elle ne se sent rien de tout cela. Gloria, elle, transpire une vérité qui a besoin de s'exprimer. Les batailles qu'elle a perdues, les mots retenus, les années volées, les espoirs déçus, le sang séché et disparu, sont autant de fêlures qui zèbrent sa peau, son regard, et le halo qui l'entoure. Il émane d'elle la détermination des grands blessés, et ça prend aux tripes.

— C'est bon, c'est envoyé.

— Super !

— Tu rêves à quoi, quand tu es sur la route toute seule ?

— Ah oui, ça y est, tu es lancée... Ben, ces temps-ci, je pense à Alix et j'espère que je la rencontrerai bientôt. Et toi, c'est quoi ton rêve pour ta vie d'après ?

— Je crois que je veux faire à manger. J'aimais déjà ça quand j'étais petite, même si on n'avait presque rien. Et, avant, dans l'appartement qu'on nous a volé, je préparais des plats pour les autres filles et moi. Ça me détend de toucher les aliments, de sentir leurs odeurs. Quand je cuisine, j'oublie tout.

— Je comprends, mon père était restaurateur figure-toi. Il avait commencé derrière les casseroles, et puis il avait monté sa brasserie.

— Ah oui ? Il est mort, maintenant ?

— Non, à la retraite.

— Et ta mère ?

— Bibliothécaire, à la retraite, pareil.

— Tu mangeais bien et tu lisais beaucoup, quoi.

— Ça résume pas mal... Enfin, je n'ai jamais eu le même rapport à la lecture qu'à la nourriture !

— Comment ça ?

— Entre un bon canard nantais et *La Confusion des sentiments*, Stefan Zweig ne gagne pas...

— Je ne connais pas du tout, mais je vois l'idée.

— C'est le plus beau livre que j'ai lu, je pense.

— Mais tu préfères quand même le canard ?

— Voilà !

Elles rient doucement et, en l'espace d'une évocation culinaire, elles retrouvent ce qui fait la richesse de leur cohabitation depuis la nuit dernière ; la fluidité et la franchise de leurs conversations. Il y a des gens que l'on connaît très bien et auxquels on ne dit jamais rien de profond. Il y a ceux que l'on croise furtivement et avec lesquels on retire l'armure sans crier gare. L'éphémère autorise parfois plus que la permanence.

— Pour revenir à toi, c'est un métier difficile, mais quand tu l'exerces, tu as la satisfaction de donner du bonheur aux gens. Bien manger, c'est un des rares plaisirs accessibles.

— Ouais, c'est sûr ! Bon, il faut déjà que je fasse une formation en France, quand j'aurai récupéré ma cousine.

— Pourquoi spécifiquement là-bas ?

— Parce qu'il y a le statut des anciennes travailleuses du sexe protégées…

— Je suis désolée de te demander ça, mais : et si tu ne la retrouves pas ou que tu ne peux pas la sauver ? Et si sans moi tu ne peux pas repasser la frontière ?

— Je n'y pense pas. Je ne fais pas des plans à l'avance. Je ne sais pas comment je vais la trouver ni traverser dans l'autre sens, je verrai au jour le jour. Il n'y a que comme ça que c'est supportable, tu comprends ? Marcher et réfléchir en chemin.

Un bip les interrompt. Gloria s'empare du téléphone de Magali et met la main sur sa bouche en sautillant sur le siège passager.

— C'est Alix ?

— Non, ton patron.

— Ah ! Il dit quoi ?

— Qu'il te couvre et qu'il t'a envoyé un ordre de mission par e-mail pour aller jusqu'à Valence et rentrer.

— Eh ben !

— On est sauvées !

— Disons que ça va nous aider, oui, mais n'oublie pas que le camion est vide.

— Y a pas de raison qu'on te demande de l'ouvrir, t'as le papier et tout. Il est quand même cool ton boss.

— On ne lui a pas trop laissé le choix : soit il me licenciait au retour mais il prenait le risque que je me fasse arrêter en circulant illégalement sous le nom de sa boîte, soit il faisait tout pour qu'on ne se fasse pas choper en cas de contrôle en nous fournissant un justificatif.

— Tu savais qu'il allait céder ?

— Non, mais maintenant qu'il l'a fait, ça me semble logique.

— Il ne va pas te faire des ennuis ?

— Si tout se passe bien pour toi, moi et le camion, je ne pense pas.

En songeant à la question, Magali se rappelle la bienveillance d'Étienne. Dans ce métier d'hommes, il lui a ouvert une voie, il l'a soutenue, il l'a protégée même. Peut-être qu'il a eu de l'empathie pour la gamine mal à l'aise qu'il avait connue et qui vivait toujours dans son corps de femme ? Difficile de savoir, ce n'est pas un expansif, lui non plus. Un râleur parfois, un chef sans conteste, mais un causeur pas tellement. Elle a été surprise de sa première réaction tout à l'heure, parce qu'elle sait qu'il a bon fond. Alors pourquoi dire non ? C'est aussi ça qui l'a fait errer pendant une heure dans l'indécision. L'entendre si catégorique, si fermé, lui pourtant à l'écoute de ses équipes et des gens en général, c'était déroutant. Mais, aurait-elle dit oui, à sa place et à brûle-pourpoint, sans avoir partagé ce temps de trajet avec Gloria, sans pouvoir mettre des traits sur une histoire, sans en connaître les contours ?

— Ce n'est pas un mauvais bougre, reprend Magali.
— Ça veut dire quoi ?
— Que c'est un homme bien. Il retirera peut-être l'essence et les péages de ma paye, et ce serait normal quelque part.
— Oh non, tu m'en veux ?
— Arrête un peu. Parle-moi plutôt de ta cousine…
— Tu n'es pas croyable !
— Allez !
— Qu'est-ce que je peux te dire ? Elle s'appelle Safi, elle a quatre ans de moins que moi, elle est belle comme le soleil sur la mer et elle rêvait de l'Europe. C'est ma faute. Je lui ai dit qu'on allait s'en sortir en partant. Quand j'ai compris, c'était trop tard.
— Tu n'es pas responsable.
— Arrête un peu, tu disais ? De toute façon, on ne peut pas changer le passé, juste le futur.
— Mais tu sais où commencer à la chercher ?
— Quand j'aurai trouvé un endroit pour moi, je contacterai des gens, pour me renseigner.
— C'est dangereux, non ?

— On n'a rien sans rien. Pour manger, pour boire, pour rencontrer des personnes qui peuvent aider, quand j'étais dans la rue au pays, j'ai dû me débrouiller et prendre de gros risques. On perd beaucoup, on gagne peu, mais on avance.

— Et ta famille, il s'est passé quoi avec eux ?

— Ça, tu vois, je ne préfère pas en parler. Disons qu'il ne me reste que ma cousine.

— OK.

Un orage passe sur le visage de Gloria. Leurs corps parallèles se tiennent chaud dans le silence qui se tend. Magali imagine qu'il y a des pénombres que rien ne peut trouer. Ses rancœurs muettes, l'exclusion qu'elle a connue, les moqueries qui l'ont jadis meurtrie sont si peu de choses à côté d'une enfance trop tôt désenchantée, d'une innocence arrachée, d'un combat quotidien pour survivre. Elle, elle avait des parents et un frère, elle avait une forteresse où se barricader contre la violence des jugements. Un toit, un lit, une assiette remplie, une famille unie. Pour préserver cette bulle de paix, elle leur a tu son homosexualité pendant plus longtemps qu'elle n'a pu la cacher à l'école. Et le jour où elle s'est confiée, à défaut de comprendre, ils ne l'ont pas rejetée.

Magali monte le son de la radio qui chante en espagnol. La musique festive étouffera peut-être les souvenirs enfouis qui hantent sans faire de bruit. D'un geste complice, Gloria tourne davantage la molette vers la droite. Les notes prennent de l'ampleur, elle s'illumine d'un coup et se balance en rythme. Elle se raccroche à l'immédiateté, à ses sens en action. C'est un des grands pouvoirs des chansons.

Dehors, avec un peu d'imagination, Magali pourrait croire que les manches à air gonflées de vent forment une haie d'honneur. Le ciel tacheté de bleu et de blanc diffuse encore une lumière qui ne fatigue pas les yeux, et la végétation exotique, en accord avec l'ambiance musicale, est un appel à la légèreté. Rien ne ternit pour l'instant l'espoir à l'horizon.

Après un quart d'heure d'interlude dans la discussion, les deux femmes reprennent le fil par un autre bout. Un message d'Alix, auquel Gloria répond sous la dictée de Magali, les conduit à parler d'amour. Des premiers émois amoureux, plus exactement. Les plus purs et les plus fragiles. Ceux dont on se souvient avec nostalgie ou amertume, le rouge aux joues. Gloria évoque ce garçon qui vivait dans le même quartier, la manière dont ils se tournaient autour, les jeux d'enfants qu'ils avaient rendus plus doux, et le jour où elle a compris qu'il était parti et ne reviendrait plus. Magali accepte, face à sa spontanéité, de lui parler de Mlle Héraut, cette professeure d'histoire-géo devant laquelle elle est tombée en pâmoison. Ses cheveux châtains au balayage maladroit, son humour mordant, sa façon de se mouvoir dans la classe et d'interpeller les élèves, sa passion communicative, ses retards intempestifs et son aversion perceptible pour les règles de l'établissement : tout ce qu'elle dégageait en avait fait le parfait réceptacle de cet amour qui cherchait à se concentrer sur un être. Bien sûr, à l'exception de son emploi du temps qu'elle connaissait par cœur pour la croiser et des cartes de vœux qu'elle faisait glisser dans son casier, elle n'a jamais mis ni mots ni gestes sur ces sentiments-là. C'était l'exploration invisible d'une affection débordante, presque inconditionnelle, temporisée par sa nature chimérique. Ensuite, il y a eu Claire. Ah, Claire ! L'amie que Magali écoutait vanter les qualités de tel ou tel garçon alors qu'elle frissonnait au simple contact de leurs manches de pull. Claire qui lui a proposé de s'entraîner avec elle au futur premier baiser, comme un brouillon, une répétition d'un moment important. Claire qui, quand elle a compris le bouleversement de Magali, a cessé de lui adresser la parole tout en répandant la nouvelle partout où on voulait l'écouter. Elle lui a taillé une veste si étroite et si laide que Magali a mis des années à s'en remettre. Tant de dédain et tant de haine pour seule réponse à un amour mal assuré, c'était un vaccin contre l'expression des sentiments.

— Tu ne t'es pas vengée ?
— Non !
— Et à quel âge tu as embrassé pour de vrai ?
— À dix-neuf ans.

Magali a soudain le vertige en pensant à tout ce que Gloria avait déjà dû connaître et endurer à cet âge-là.

Expéditeur : Ida Hofman

Destinataire : Anke Gärtner

Envoyé : à 18:46 (heure allemande)

Chère Anke,

J'ai enfin réussi à voir Mme Keller et à lui transmettre une feuille avec les informations et numéros essentiels. Si vous saviez comme j'ai eu de la peine. Son visage, sa façon de se tenir, le vide dans son regard... Elle était distante, inquiète, mais elle se contenait et répondait poliment. Elle m'a quand même dit « oui » au moment où j'ai demandé s'il lui faisait du mal. Elle n'a pas nié. C'est bon signe, non ?

D'un autre côté, elle a refusé catégoriquement d'appeler la police ou que je lui donne un portable jetable, au cas où.

Je ne sais pas quoi en penser. Pour l'instant, c'est à nouveau calme, mais jusqu'à quand ? Le fait de la voir physiquement, de ressentir sa détresse, ça m'a retournée. J'aurais voulu l'extirper de là tout de suite... Mais elle a abrégé et elle est rentrée.

Qu'est-ce que je peux faire de plus ?

Expéditeur : Anke Gärtner

Destinataire : Ida Hofman

Envoyé : à 18:56 (heure allemande)

Je comprends, Ida, je comprends... Malheureusement, maintenant, il faut être vigilante et attendre. N'oubliez pas qu'elle est forcément sous emprise. Le fait qu'elle ait accepté un échange est déjà un premier pas encourageant…

Je pense à elle et à vous.

Anke

18.

Lucia Rossi, Italie

17 h GMT / 19 h à Rome

LUCIA REGARDE SA MONTRE, compare l'heure à celle de l'ordinateur et bat les secondes du pied. Devant le doigt de limoncello bien glacé qui lui fait envie, elle trépigne. Aurait-elle dû manger avant ce concert sur Internet qui se fait attendre ? Est-ce raisonnable de boire un coup deux soirs de suite ? Est-ce idiot d'avoir déplacé la table de l'autre côté du balcon pour l'éloigner de la toux qu'elle entend et qui a pris de l'ampleur au fil des heures ? Dix-huit degrés, c'est un peu frais : son gilet va-t-il lui suffire pour rester assise là pendant trente minutes ? Ses pensées fusent pour oublier que si ses enfants n'ont jamais excellé dans l'art de la ponctualité, ses petits-enfants sont pires encore. Giustina, qui se fait appeler par son deuxième prénom anglais depuis ses premières scènes, aime créer le désir ; il est 19 h 03, son live était annoncé à 19 heures pile. Lucia rouspète parce qu'elle a eu si peur de manquer le début qu'elle a failli renverser son verre, tout ça pour rien. Elle soupire. A-t-elle le temps d'aller chercher maintenant les biscuits salés et le morceau de gorgonzola auxquels elle avait renoncé ? Non, c'est toujours quand on prend le risque de s'absenter que le spectacle commence, c'est la loi de l'emmerdement maximum.

En trempant ses lèvres dans le limoncello parce qu'elle ne tient plus, elle se calme. La patience est mère de toutes les vertus, et elle a de quoi songer à autre chose. Quelle journée ! Matteo avait raison : son tour de chant avec la petite voisine est arrivé aux oreilles de bon nombre de personnes qu'elle connaît. Elle a reçu un tas de messages et d'appels tout l'après-midi, la belle affaire ! Ce déferlement de félicitations entrecoupées de mises en garde l'a à la fois amusée et asticotée. Avoir une heure de gloire à son insu, c'est tout de même drôlement cocasse. S'entendre rappeler la nécessité de garder ses distances l'a en revanche pas mal lassée. Cela dit, passé le vertige devant le compteur à six chiffres sous la vidéo, c'était bon de revivre ce moment dans l'intimité de son appartement. Bien sûr, elle a eu du mal à s'approprier ce reflet décrépit, ces traits burinés, ce dos courbé, et l'ensemble de cette coquille qui a vieilli à contretemps de son cœur et de son esprit, mais là n'est pas l'essentiel. Ces images sont bien plus fortes que sa propre personne. Elles ne viennent pas souligner son déclin ou l'insouciance de Giulia, elles ancrent la puissance de la musique et sa capacité à réunir les hommes. Les notes et les mots, comme un pied de nez à une crise inédite, comme un chant d'espoir, un cri du cœur. Ces images figent une époque, la réaction d'une nation, sa nation italienne, paralysée mais debout. Sa fierté, son art de vivre, son inaltérable folklore. Dans les mémoires se gravent la violence des épreuves mais aussi la vertu des symboles. Alors, même si Lucia ne fuit pas les miroirs pour rien, même si c'est culotté de les avoir jetées aux yeux du monde sans qu'elles y aient consenti, elle a le sentiment d'appartenir à un mouvement et de le représenter. Ce n'est pas si désagréable. Et puis cette vidéo a eu le mérite de rappeler à une partie de son entourage qu'elle ne se laissait pas abattre par l'isolement. S'ils pouvaient juste avoir tous l'amabilité d'espacer les appels, elle apprécierait ; elle est éreintée.

Soudain apparaît enfin le cercle qui indique le début du concert. Elle clique dessus, comme Alessandra le lui a expliqué tout à l'heure. Sa fille l'a soigneusement renseignée au téléphone pour qu'elle puisse suivre l'événement sans difficulté. Giustina est là, sous son pseudonyme de star, Hayley Davis. Elle est belle avec son chapeau, derrière son piano. Ses yeux vert gris percent l'écran. Elle a toujours eu ce petit quelque chose qui lui confère une prestance particulière. Même lorsqu'elle n'était pas en représentation, elle avait, enfant déjà, le don de scintiller. À chaque réunion de famille, son aura naturelle faisait mouche et, contrairement à une simple voix, ça ne se travaille pas. Giustina est née artiste. Lucia l'admire, elle aurait été bien incapable de mettre la musique au premier plan, de l'incarner à sa juste valeur et de porter les couleurs de cette passion à travers le monde. Il faut beaucoup de courage pour embrasser une telle carrière.

Elle savoure une autre gorgée de liqueur et profite de ce divertissement qui, pour elle, est plus personnel que pour la majorité des gens connectés. Elle n'a pas vu sa petite-fille depuis l'été dernier. Giustina, comme Chiara et Odetta, vivent en Angleterre, là où Alessandra leur a donné naissance. Lucia s'est habituée à cette distance qui n'altère pas les liens. L'amour, le vrai, n'a pas besoin que tous les sens soient satisfaits. Il apprend à s'exprimer autrement. C'est une chance d'avoir les fils d'Aldo à proximité, c'en est une autre d'avoir ces ramifications par-delà la terre et la mer.

En piano voix, Giustina a choisi d'interpréter d'abord deux de ses grands succès. Malgré son assurance apparente, elle lui semble plus nerveuse qu'à son habitude. Il y a dans son langage corporel et dans son regard comme une ombre. Serait-ce le poids des circonstances qui l'écrase et la fragilise ? Elle paraissait pourtant inébranlable dans leurs derniers échanges ; un vrai roc pour ses filles et son mari. Lucia tente de se convaincre que le caractère immatériel du moment trouble sa perception et se laisse happer par les mots de Giustina :

« Ce soir, je voulais aussi vous parler de l'Italie, ma botte de cœur touchée de plein fouet depuis deux mois. Je pense à mon autre pays, et je lui dédie la prochaine chanson, ainsi qu'à ma famille là-bas, ma Nonna, mon oncle, sa femme et mes cousins. Ce titre, vous le connaissez, c'est celui qui raconte comment ma mère et mon père sont tombés amoureux, comment le Sud et le Nord ont fait corps, sous le soleil de Rome… »

Ce texte écrit en italien, Lucia le connaît par cœur. Elle était très émue le jour où elle l'a entendu pour la première fois. Un hommage, si juste et si beau, à ses racines, au sentiment amoureux et à la richesse du multiculturalisme. Il la renvoie à cet été-là, celui que Giustina s'est approprié mais que Lucia, elle, a vécu. Tendre souvenir. Alessandra était étudiante et travaillait au Colisée pour gagner un peu d'argent. Cameron avait quitté son Angleterre pour des vacances avec un ami. Leurs vies se sont télescopées par hasard et ils se sont accrochés l'un à l'autre. Ils disaient qu'ils s'étaient reconnus. Lucia, dont le cœur n'a jamais cédé à l'aridité, avait ressenti par procuration toute la force de cet amour naissant qui ne ressemblait en rien à ce qu'elle avait connu avec Giovanni. Et elle avait soutenu sa fille dans ce choix. Depuis, cette culture étrangère, qui s'est mêlée à sa lignée, a incontestablement enrichi son existence. Grâce à cette branche de son arbre de vie, elle a découvert des altérités, des sonorités, des paysages, des traditions. Elle a voyagé aussi. Et elle a apprivoisé partiellement une langue, par nécessité puis par goût. Loin d'en maîtriser tous les rouages, elle déchiffre aujourd'hui le principal.

Elle retire ses lunettes embuées, passe un coup de manche sur les verres et les chausse à nouveau. Sa petite-fille prend le temps de dire qu'elle les aime fort et qu'elle voulait qu'ils le sachent, avant de présenter la chanson suivante. Elle lui est venue pendant cette période d'enfermement, propice au retour sur soi, à l'introspection et aux grands questionnements. Elle l'a écrite pour prendre la parole qu'elle se devait, pour expulser le mal qu'elle a trop longtemps gardé enfoui, sous des couches de déni. Elle s'intitule « Ernesto ».

Lucia frémit. Que vient-elle donc de dire là ? Pourquoi prononce-t-elle ce prénom ?

Une main posée instinctivement sur la poitrine, elle pense à la nuit passée, à cet ours en peluche et à ce qu'elle a extirpé de ses entrailles. Ça ne peut pas être une coïncidence. Elle s'affaisse sur sa chaise, interdite, suspendue aux lèvres de sa petite-fille.

Les paroles s'égrènent en anglais et la saisissent d'effroi. Elle se fracture. Certains mots lui échappent, d'autres l'agrippent. Et les souvenirs se bousculent en elle comme les pièces d'un puzzle jetées en cascade. Elle veut les assembler, leur donner un sens, les faire parler, mais elle n'y arrive pas. C'est le trou noir. Et le refrain de Giustina s'abat sur elle, encore et encore.

Ernesto
I remember everything of your dirty hands
You were a monster disguised as a teddybear
Ernesto
I remember you smiling putting down my pants
You stole the innocence I didn't want to share
Ernesto
I remember everything of the silent shame
You falsified reality, made me guilty
Ernesto
I've fought hard to win back my power and my flame
My turn to smile, I pee on your grave, yes I pee

Le sublime de sa voix contraste avec la violence des mots. Des larmes de rage et de chagrin coulent sur le visage de Lucia ; son corps tremble. D'instinct, elle rajuste son gilet, mais le courant froid qui l'envahit n'a aucun lien avec la météo. Comment peut-on s'en prendre à une enfant ?

Lucia n'entend plus la musique. Le front posé contre ses paumes, elle est terrassée. Elle le revoit, à sa table, à leur table, malhabile et gras, jouant les clowns pour se donner une contenance. Il n'avait ni femme ni enfants, il était séparé de sa dernière copine depuis un moment, et il semblait se contenter d'une vie de travailleur solitaire, ponctuée d'activités routinières et de rencontres amicales ou familiales. Elle pensait qu'il avait raté sa vie, elle avait presque de la peine pour lui. Elle en vomirait, là tout de suite.

Le concert s'achève sans qu'elle s'en rende compte. Ce n'est qu'avec la sonnerie du téléphone, quelques minutes plus tard, qu'elle reprend contact avec la réalité.

Appuyer sur le bouton pour décrocher lui demande tant d'efforts qu'elle a soudain l'impression d'avoir deux cents ans.

— Oui, allô ?

— *Nonna, amore mia…*

— Oh Giustina…

— Si je vous en avais parlé avant, je n'aurais pas pu chanter, tu comprends ? Tu ne m'en veux pas ?

— C'est à moi que j'en veux. J'aurais dû te protéger, articule-t-elle difficilement.

Une autre voix retentit dans le combiné. Lucia écarte le portable de son oreille, incrédule, puis le repositionne. Elle demande à Alessandra si elle est chez Giustina, alors qu'elle connaît la réponse, c'est impossible. Elle n'a pas les idées claires, elle est égarée, sous le choc, abasourdie. Sa petite-fille explique qu'elle a fait un appel à plusieurs, pour leur parler en même temps. Son père, Cameron, est là aussi.

Lucia écoute les premières bribes de phrases, amorces d'une conversation saccadée qui peine à se lancer. Elle n'a pas la force d'intervenir. Comment trouver les mots justes quelques instants après une telle déflagration ? Comment reprendre ses esprits et être à la hauteur de ce que peut ressentir Giustina ?

Les silences dominent et chacun semble les respecter. Ils sont nécessaires. Lucia s'appuie sur eux et se ressaisit. Elle ne peut pas se débattre à l'intérieur, pas maintenant.

— Mon cœur, tu te sens capable de nous en parler ? Ça s'est passé quand ? Tu parles de tes douze ans dans la chanson..., murmure Alessandra.

— Oui, c'était le jour du concert de Björk. Il l'adorait comme moi et j'avais insisté pour l'accompagner, tu te rappelles ?

— *Damn it,* je m'en souviens très bien.

— Il avait fini par m'offrir ce voyage à Milan pour aller la voir avec lui et on a passé presque deux jours ensemble.

— Oui, Chiara et Odetta voulaient venir aussi, mais elles étaient trop jeunes, *mio Dio...*

— Voilà.

— J'aurais dû te l'interdire !

— Tu n'aurais pas pu, mamma.

Giustina s'interrompt, Alessandra se tait, Lucia entend leur émotion, Cameron ne parle toujours pas.

— Qu'est-ce qu'il t'a fait, ma fille ?

— C'était dans la chambre, le soir. Il m'a caressée et il m'a pénétrée avec ses doigts. Juste ses doigts. Il a dit que j'étais belle, qu'on avait une connexion particulière lui et moi, qu'il l'avait toujours sentie, reprend Giustina.

— *Figlio di puttana !* s'écrie Alessandra.

— J'ai essayé de le repousser, mais je n'ai pas pu. Le lendemain, il a dit que ce serait notre secret, qu'il n'en parlerait à personne. Il a tout inversé, il a fait mine de me protéger. Il a dit que j'étais trop provocante pour mon âge, qu'on allait me juger et que je n'étais pas assez mûre pour supporter cette réputation.

— Le salaud, intervient Lucia.

— Oui, il a réussi à me culpabiliser. J'ai quand même parlé à Odetta et Chiara en leur expliquant qu'il avait été méchant, qu'elles devaient rester le plus loin possible de lui, mais qu'il ne fallait pas le répéter…

— *Amore mia*, je suis désolée.

— Ce n'est pas votre faute. Et puis, il est mort maintenant et je suis sûre qu'il pourrit en enfer.

— Et tu pisses sur sa tombe ! dit Alessandra entre le sanglot et le rire nerveux, comme pour s'associer aux paroles de la chanson.

— J'ai trouvé l'ours en peluche dans les cartons, lâche Lucia.

— Oh, il est chez toi ? Je ne savais pas ce qu'il était devenu. Il avait disparu chez Nonno.

— Quel est le rapport, mamma ? demande Alessandra.

— Le rapport c'est que j'avais caché un papier dans son ventre…, répond Giustina. Tu l'as trouvé, Nonna ?

— Seulement cette nuit, oui. Ça m'a fait cogiter un moment, mais je n'aurais jamais imaginé… Je suis tellement désolée, ma petite-fille.

— Tu avais écrit quoi sur le papier ? s'enquiert Alessandra.

— Juste son prénom, Ernesto, barré dix fois.

— Mais pourquoi tu ne nous as rien dit, ma puce ? intervient Cameron. On aurait pu le faire moisir derrière les barreaux ! On aurait pu t'aider à surmonter ça… J'aurais pu le tuer de mes mains…

— Je ne sais pas, j'avais honte, mais on ne peut pas refaire l'histoire, papa. Il faut regarder vers l'avant, maintenant. Je vais produire cette chanson et je reverserai tous les bénéfices à une association qui aide les victimes d'attouchements et de viol. On ne peut plus le punir, mais on peut aider les autres.

— C'est bien, ma petite-fille, c'est bien, mais toi, qui t'aide ?

— Ma psy à l'époque, et puis aujourd'hui j'ai Jamie, mes filles, vous. Je vais bien, ne vous inquiétez pas. J'avais besoin de clore cet épisode de ma vie en l'assumant publiquement, c'est tout. C'était libérateur pour moi. Et la dernière étape, c'était de vous le dire.

— Tu es forte, je suis fière de toi, dit Lucia. Les fardeaux que l'on porte, on vit avec, mais ils ne nous définissent pas, tu as raison. Tu n'as pas laissé cette violence-là déterminer la suite de ta vie, bravo, c'est…

Lucia est soudain prise d'une quinte de toux au milieu de sa phrase.

— Nonna, tu es malade ?
— Mais non, je tousse tout le temps, tu sais bien.
— Tu as pris ta température, mamma ?
— Non, non, ce n'est rien. Je vais aller boire un verre d'eau et ça va passer.
— Il faut faire attention quand même avec ce virus, dit Giustina.
— Ne t'inquiète surtout pas pour moi. Pense à toi, ma petite-fille.
— Je pense à toi aussi, Nonna. Bon, je vais devoir vous abandonner, j'entends Willow et Milla qui grattent à la porte et je ne veux pas qu'elles comprennent tout ça, elles sont trop jeunes.
— D'accord. On t'aime, on sera toujours là, *amore*. Tu as beau être une femme accomplie et une grande chanteuse, tu resteras toujours notre bébé, tu le sais ?
— Oui, mamma.
— Je t'aime, ma chérie, clôture Cameron, juste avant l'interruption de la conversation.

Lucia est sonnée. Elle finit son verre, en apnée, d'une traite. Elle a puisé en elle l'énergie pour parler peu en essayant de dire beaucoup. Elle l'a fait pour Giustina, pour aller dans le sens de la vie, vers demain. C'était important d'encourager cet état d'esprit qu'elle ne peut que comprendre et soutenir.

À nouveau plongée dans le silence, elle accuse le coup, et elle laisse le flot de questions l'envahir. L'allusion à l'ours égaré chez Giovanni tourne en boucle dans sa tête. Et s'il avait su, lui ? Non, c'est impossible. Il était abîmé, dur, parfois violent, mais jamais il n'aurait toléré l'inceste. Elle le connaissait, quand même, elle a passé tant d'années sous le même toit. Mais pourquoi aurait-il dissimulé l'ours, volontairement ? Ça ne tient pas debout. Et comment faire parler les morts désormais ?

Pour en avoir le cœur net, elle retourne le fameux carton, à la recherche de quelque chose qui lui aurait échappé. Ciseaux à la main, elle découpe même entièrement la peluche, sans y trouver le moindre indice supplémentaire.

Lucia s'affale sur son fauteuil, impuissante. Il n'y a plus rien à faire. Enfin, si, une chose seulement. Elle se redresse, enfile un manteau, s'empare des deux cartons pleins des affaires de son mari, et sort de son appartement. Elle entre dans l'ascenseur et appuie sur le bouton qui mène au sous-sol. Dans le local à ordures, elle ouvre la première poubelle accessible et y balance le tout, avec un tel emportement qu'elle en perd l'équilibre. Elle s'accroche au mur, respire un instant plus profondément, et remonte chez elle.

De retour au dernier étage, elle bout. Le courant glacial de tout à l'heure a laissé place à de la lave incandescente. La fureur de l'Etna coule dans ses veines. Ce n'est pas le moment de s'approcher de son tensiomètre, la colère est délétère, elle l'a appris à ses dépens. Mais que peut-elle faire de tout ça, vingt-cinq ans plus tard ? Il est mort, ce salopard.

Dans la salle de bains, elle se passe de l'eau sur le visage. Giustina a la seule bonne réponse possible, elle le lui a dit et elle le sait. Ce sur quoi on n'a pas de prise, il faut l'accepter et s'en détourner. S'affranchir des démons, le faire en conscience, c'est rester maître de son destin.

Aujourd'hui, tout ce qui peut compter, c'est de panser ses blessures en aidant celles et ceux qui souffrent des mêmes maux. En transmettant. Les femmes ont à présent le droit à la parole, du moins dans certains pays comme les leurs, et c'est tant mieux. Le courage des unes en inspire d'autres et ce cercle vertueux participe à la vigilance surtout, à la justice parfois, et la guérison mutuelle.

Lucia est d'une autre époque, mais elle assiste depuis des décennies à cette révolution, à cette libération féminine loin d'être terminée. Elle a d'ailleurs l'impression d'y avoir maigrement pris part, en s'extrayant de l'étau que Giovanni avait placé autour d'elle.

Elle est fière d'avoir toutes ces petites femmes dans son sillage, et des hommes dignes de ce nom pour leur tenir la main. Elle est heureuse d'être encore en vie pour voir ça.

C'en est fini de l'exhumation des cartons. Demain, elle reprendra la broderie. Demain, elle priera pour Giustina. Demain, elle serrera Aldo dans ses bras. Demain, tout ira bien.

Expéditeur : anonymous2013@gmail.com

Destinataire : Judy Reynolds

Envoyé : à 12:29 (heure de Washington)

Il est encore temps. Pense à ton mari, à ton enfant.

Pense à cette opportunité que je t'offre de te repentir.

19.

Judy Reynolds, États-Unis

18 h GMT / 13 h à Washington DC

SOUS LES CLIQUETIS DES APPAREILS PHOTO, Judy rejoint d'un pas vif l'estrade de la James S. Brady Press Briefing Room et se place derrière le pupitre en bois. Dans son sillage, ses collaborateurs s'installent à sa droite, sur une rangée perpendiculaire à celles de l'auditoire. Devant elle, les correspondants de presse accrédités sont parsemés dans la salle, à distance les uns des autres pour respecter le protocole sanitaire. En arrière-plan, un mur bleu, deux colonnes et deux écrans, l'aigle national – le pygargue à tête blanche – et le drapeau américain. Le logo de la Maison-Blanche forme, lui, une toile de fond ovale derrière le visage de Judy.

Elle est au centre du décor et au centre de l'attention. C'est elle qui donne le départ et le ton. Discours sous les yeux, elle commence par évoquer le programme de secours qui vient en aide aux entreprises et aux hôpitaux. Si l'Amérique attend des solutions pour faire face à l'épidémie d'un point de vue médical, elle n'en espère pas moins quant aux mesures financières de soutien. Judy égrène les chiffres, les projets de loi et les actions, en les illustrant d'exemples concrets. Personnaliser les faits, mettre des noms et des visages sur les démarches présidentielles, est le meilleur moyen d'émouvoir, de rassurer et de convaincre. Elle vante son implication, son lien direct avec des citoyens dans le besoin, et met en scène la reconnaissance des personnes concernées, à l'aide de vidéos projetées.

Son regard brille autant que son fard à paupières, ses cheveux lissés et ses lèvres maquillées. Elle est heureuse de dire à quel point l'administration de 45 œuvre pour le peuple et ses difficultés économiques. Dans son rôle de porte-parole, l'expression scénique compte autant que l'exposé détaillé. Elle doit se montrer empathique, engagée et assurée du bien-fondé de chaque décision. Aucun choix de mot n'est laissé au hasard ; le virus s'appelle l'ennemi invisible et les travailleurs de la santé sont des héros.

Après un monologue de cinq minutes, Judy signale qu'elle va désormais prendre les questions des journalistes et désigne le premier à qui elle donne la parole.

— Bienvenue sur le podium pour la première fois !

— Merci !

— Je voudrais revenir sur les suppositions du Président hier, à propos des méthodes éventuelles pour lutter contre le virus… Depuis le début de l'année, les chiffres indiquent que les appels d'urgence concernant l'ingestion de gel hydroalcoolique et de produits désinfectants sont en hausse de vingt pour cent. N'est-ce pas mettre en danger la vie des Américains que de les inciter à se tourner vers de telles solutions ?

— Nous avons déjà répondu à toutes ces questions hier en expliquant qu'il s'agissait évidemment d'une hypothèse sarcastique et non d'une recommandation médicale.

— Oui, mais vous n'êtes pas sans savoir que ce matin, dans plusieurs États, on relevait des hospitalisations après que des citoyens ont bu un produit javélisé…

— Selon nos informations, les personnes concernées étaient visiblement suivies pour des troubles psychiatriques et nous ne pouvons être tenus responsables de leur interprétation des mots du Président. En revanche, l'attitude des médias – qui ont déformé et sorti des phrases de leur contexte – mérite peut-être un *mea culpa*, non ?

Elle quitte son interlocuteur des yeux et pointe du doigt le suivant, sans laisser plus d'espace à ce sujet-là. Elle l'attendait, elle était prête pour lui comme elle est prête pour les autres. Dans cette salle, le rapport de force lui est favorable, parce que chacun sait ce que peut coûter un impair ou un excès d'audace. Une accréditation, ça s'accorde et ça s'annule.

Question après question, telle une joueuse d'échecs qui évalue son coup en même temps qu'elle évalue son adversaire, Judy décrypte les journalistes en face d'elle. D'un côté, elle s'attarde sur la couleur de leurs cravates, les boutons de leurs chemises blanches ou bleues et leurs vestes noires ou grises. De l'autre, elle observe les pulls unis ou à motifs, les chemises à manches trois quarts ou à manches longues, le rouge, le beige, le violet ou encore le jaune. Qui sont-ils vraiment ? Les vêtements des hommes ne traduisent rien, parce qu'ils se ressemblent tous, contrairement aux choix des femmes, plus hétéroclites. C'est l'avantage et l'inconvénient du deuxième sexe : la pluralité de possibilités vestimentaires est intéressante mais plus propice aux déductions, pas toujours heureuses.

La caméra braquée sur elle et le bruit incessant des déclencheurs d'appareils photo ne la font pas sourciller. Au contraire, ils la galvanisent. Ils sont de l'huile dans son moteur. Elle a l'habitude d'évoluer sous les projecteurs et elle sait jouer avec pour en tirer profit. Les épaules droites, la raie sur le côté, les cheveux répartis de manière asymétrique, la voix posée mais l'intonation artificiellement rythmée, elle exhale un parfum de charme et d'autorité.

Après avoir eu un échange un peu musclé sur l'attitude de 45 envers la Chine et l'OMS, répondu aux interrogations quant à la recherche d'un vaccin et au travail général de la *task force*, elle continue à s'appuyer sur ses notes pour étayer la mise en place d'aides appropriées au chaos actuel. Et voilà qu'une journaliste met les pieds dans le plat en évoquant la barre franchie des 50 000 morts. Sans botter en touche, Judy reste factuelle et pragmatique : ils font tout ce qui peut être fait pour tenter de maîtriser l'épidémie inédite et de gérer la crise. De la décision de suspendre l'immigration, à la défense des travailleurs, en passant par le soutien du personnel soignant et des structures de santé, ils sont sur tous les fronts.

Elle balaie d'une main de maître les tentatives de déstabilisation et s'accroche à la stratégie de 45 : l'autocongratulation argumentée et illustrée.

À mesure que les minutes filent et que les thématiques ardues sont évacuées, la pression redescend d'un cran. Elle doit rester concentrée jusqu'au terme de l'exercice, mais elle aura bientôt passé haut la main son baptême du feu.

C'est au tour de la journaliste à la veste rouge de prendre la parole. Judy – à qui les lentilles confèrent des yeux de lynx – perçoit une minuscule ligne de transpiration au-dessus de ses lèvres.

— Ces dernières semaines, les chiffres des violences domestiques et d'agressions faites aux femmes flambent partout dans le monde et on n'y échappe pas aux États-Unis. Il semblerait que ces victimes soient les dommages collatéraux de la pandémie et du confinement mis en place pour la juguler. Quelles mesures pensez-vous prendre pour leur porter secours ?

— D'abord, je tiens à dire que je suis de tout cœur avec ces femmes. C'est inacceptable et inexcusable. Nous devons bien sûr les soutenir et leur fournir une aide alimentaire et un relogement. Le nerf de la guerre, c'est de s'assurer que les refuges et les permanences téléphoniques dédiées aux violences domestiques disposent des ressources flexibles dont ils ont besoin pendant l'épisode que nous traversons.

— Le problème c'est qu'ils n'ont pas les ressources suffisantes justement. Par ailleurs, comment réagissez-vous aux accusations d'agressions sexuelles envers le coéquipier de votre mari qui ont été rendues publiques aujourd'hui ?

— La justice fera, j'en suis certaine, bien son travail. Pour le moment, il faut se souvenir que la présomption d'innocence est un des principes fondateurs de notre Constitution.

— Mais vous, vous le connaissez ? Vous avez assisté à des comportements déplacés ?

— Je pense que ce n'est ni le propos d'une conférence de presse ici, ni le propos du jour tout court.

Judy n'en revient pas. Comment ose-t-elle la conduire sur un terrain personnel en de telles circonstances ? Elle rompt le contact oculaire et s'apprête à désigner son prochain interlocuteur quand, soudain, la journaliste insiste :

— Remettez-vous en doute la parole de la femme qui l'accuse comme vous avez remis en doute celle de la jeune Abby Carter qui étudiait à Harvard avec vous et qui s'est suicidée en 2013 après que son témoignage a été discrédité ?

Le passage d'une tornade lui aurait fait le même effet. Tout en elle s'entrechoque, vacille et menace de s'effondrer. En apparence, pourtant, elle reste parfaitement stoïque. Inébranlable. La veste rouge était donc un warning, ou peut-être même une provocation. Qu'il en soit ainsi, elle a les cornes qu'il faut pour devenir le taureau dans cette arène.

— C'est une affaire classée et la formulation de votre question frôle la diffamation. Nous allons en rester là pour l'instant, mais tout ceci aura des conséquences.

La journaliste se tait enfin. Le PIB américain qui devrait chuter de douze pour cent au deuxième trimestre, le sempiternel débat sur le port du masque, la plainte de l'État du Missouri contre la Chine pour dissimulation de la gravité de la maladie et responsabilité de la propagation du virus : Judy traite les sujets suivants avec la même rigueur et la même détermination, sans faillir, sans faire tomber sa *poker face.* Elle est impénétrable.

— Les premiers cas étaient connus par le gouvernement chinois peut-être dès mi-novembre et on ne peut nier qu'ils ont mis du temps à le signaler au reste du monde, y compris à l'Organisation mondiale de la santé, affirme-t-elle.

À la trente-cinquième minute sur le podium, elle ferme son classeur, indique les événements à venir et invite les journalistes à les suivre, puis prend congé de son auditoire, de façon péremptoire, ignorant les mains qui se lèvent encore.

Sans qu'aucun de ses collaborateurs n'ait le temps de l'intercepter, elle se rue vers le seul endroit où elle peut espérer avoir un moment d'intimité, les toilettes. Elle ferme la porte derrière elle, baisse la lunette et s'installe là. Le corbeau a donc contacté la presse. Mais qui cela peut-il bien être ? Qui aurait assez de poids et de légitimité pour qu'une journaliste risque sa place dans la salle de presse avec une question pareille ? Elle n'en a aucune idée et cette inconnue-là lui déplaît. Il est toujours plus facile de combattre un ennemi visible, la période actuelle ne peut qu'asseoir cette certitude.

Elle pince son ongle du pouce entre ses dents puis le plante dans la paume de son autre main. Elle répète ce geste avec une frénésie qu'elle ne cherche pas à contrôler. Dans cet espace clos, elle peut laisser éclater son ressentiment et sa fébrilité.

Abby Carter. Ce prénom et ce nom l'ont hantée pendant si longtemps, sans qu'elle n'en fasse mention à personne. Même ses parents ignorent tout des émotions qui l'ont silencieusement terrassée à l'époque. Ils connaissent le déroulé de l'histoire à travers la version de Judy, mais ils ne savent pas qu'elle avait accepté de coucher avec lui aussi. Ils ne savent pas non plus que son témoignage, s'il avait été en faveur de cette fille, aurait eu le pouvoir d'impacter la vie de ce professeur. Pour soulager sa conscience au fil des années, elle a accepté que quelque chose se fossilise en elle et elle s'est concentrée sur une réalité : les médicaments qui ont provoqué son décès, Abby les a pris toute seule. Pourtant, depuis bientôt quinze heures, tout ce qui a ravivé sa mémoire la heurte. C'est comme si les traces du passé sortaient de leur tombeau.

Cette année-là, elle avait passé plusieurs soirées à réviser avec Abby au milieu d'un groupe de camarades, elle l'avait écoutée se confier sur ses relations tortueuses avec sa mère, elle avait vu son chien en photo et croisé un jour sa sœur par hasard. Quand elle a appris sa mort, elle se souvenait de l'odeur de son parfum et de la couleur marron du manteau qu'elle portait souvent. Abby ne l'avait jamais marquée avant de disparaître, mais elle ne lui était pas inconnue. En parallèle, elle se souvenait du goût de sa bouche à lui, de ses gestes, de la relation brève qu'ils avaient eue et à laquelle elle avait consenti. S'abandonner à une danse, c'est acheter une tranquillité d'esprit, avait-elle pensé. Quand on dit oui, quand on se persuade qu'on en a envie, on ne subit rien. Elle n'a jamais considéré qu'il avait eu une réelle emprise sur elle. Elle avait décidé de céder à ses avances, c'est tout à fait différent.

Son téléphone ne cesse de clignoter. Ses parents, son mari, ses amis, ses collaborateurs cherchent à la joindre et lui envoient des messages qu'elle ne peut lire pour l'instant. Elle a besoin de se reprendre, de faire le vide, de trouver les réponses toutes faites qu'elle pourra brandir en bouclier. Cet état de porosité doit la quitter, et vite. Quand elle sortira des toilettes, elle aura retrouvé sa stature, elle sera prête pour le reste de la journée.

Pour le moment, la dissonance de ses ressentis la perturbe encore. D'un côté, la colère, envers cette journaliste, ce corbeau, cette fille qui sort de son abîme, ce professeur qu'elle avait enterré bien avant sa mort. De l'autre, une forme de culpabilité qu'elle ne peut réprimer alors qu'elle s'est toujours persuadée de son absurdité. Il faut faire pencher la balance et elle a le mental pour ça.

Soudain, elle se lève, pose les mains sur son ventre et prend de grandes respirations. Elle est vivante. Eux, ne sont plus. Rien de ce qu'elle pourra dire ou éprouver aujourd'hui ne changera ce qu'il s'est passé hier. Elle a vécu sept ans en fourrant cette histoire macabre dans un tiroir fermé, elle peut s'en accommoder une vie entière. Les preuves de son parti pris, si elles existaient, auraient déjà infusé les médias. La seule réaction qui vaille, c'est donc de crier à l'affabulation. Qui va-t-on croire entre une source qui se réveille des années plus tard et, elle, porte-parole de la Maison-Blanche ? Soyons sérieux. Quant à la journaliste, elle sera bannie de la salle de presse, sans appel et sans justifications. Puisqu'elle jouit de cette influence, elle ne s'en privera pas.

Elle tire la chasse symboliquement, sort de la cabine et entreprend de consulter ses messages par ordre de priorité quand en tombe un nouveau. Celui-ci vient du portable de 45 :

« *You're fired!* »

Elle a le souffle coupé. Qu'est-ce qu'il raconte ? C'est impossible. Il ne peut pas la virer pour ça ! Encore moins avec la célèbre punchline dont il usait pour virer les candidats de son émission de téléréalité, *The Apprentice* ! Pourquoi lui ferait-il un truc pareil ? Outre le fait qu'elle a tout donné pour le soutenir, il la respecte, elle le sait. Aurait-il reçu des informations d'autres journalistes ou de cet oiseau infernal ? Ou bien se serait-elle mépris sur la nature de leur relation de confiance ?

Elle repart en sens inverse et s'assoit à nouveau. Plus elle intègre l'information, plus elle lui est insupportable. Comment pourrait-elle se remettre d'un tel affront ? Il ne s'est jamais soucié des rumeurs et des frasques des journalistes, pourquoi commencerait-il maintenant ? Parce que c'était sa première conférence de presse et qu'il a largement hésité à déléguer cet exercice pour lequel il s'estime meilleur ?

Son téléphone lui signale qu'elle a un autre SMS de lui. Elle frémit, mais elle clique quand même.

« *I'm joking. Where are you?* »

Expéditeur : Hayley Davis

Destinataire : Lucia Rossi

Envoyé : à 20:00 (heure anglaise)

Nonna mia,

Je t'écris parce que je t'imagine seule dans ton appartement, avec cette information qui doit te sonner, je te connais. Tu n'y es pour rien, je vais bien maintenant et je veux que tu en sois certaine. Si j'ai pu écrire et chanter cette chanson, c'est justement parce que, tout ça, c'est derrière moi. Comme tu me l'as justement rappelé, ça ne me définit pas.

Ne te sens surtout pas coupable des vices des autres. Toi, Nonna, tu n'as pas eu une vie très facile, même si tu n'en parles qu'à demi-mot, et pourtant, tu nous as donné tant d'amour et tant de bonheur à Odetta, Chiara et moi ! Comment oublier toutes les fêtes et les vacances qu'on a passées ensemble ? J'en parle souvent à Willow et Milla, tu sais. Je leur ai encore raconté il y a deux jours cet été dans ta Sicile, à Taormina, après ta séparation avec Nonno. On était tellement bien là-bas, tu te souviens ? Tu râlais sur mamma quand elle essayait de faire les ravioles à ta place, parce qu'elle ne savait pas les cuire comme toi, tu nous régalais avec ta polenta et tous tes petits plats. Je me rappelle aussi les soirées à jouer aux jeux de société, avec la Rai en sourdine, et papa qui remarquait toujours quand tu trichais pour aller retrouver tes livres plus vite. Et puis le théâtre grec, les petites ruelles en lacets, les vêtements suspendus sur les fils tendus, les pierres de lave de l'Etna, l'odeur des citronniers, les *gelato* qui dégoulinent, les falaises dressées au-dessus de l'eau, la cathédrale de Saint-Nicolas, et tes commentaires sur tout. Tu m'as tellement appris. Tu es une inspiration pour moi.

Les filles s'endorment comme des bébés quand je leur décris ces images-là, et moi, j'adore penser à toi en leur donnant le goût de l'Italie qu'elles connaissent moins que nous.

Bref, j'espère de tout mon cœur que tu trouveras le sommeil ou que tu surferas pour faire des doigts d'honneur sur les réseaux sociaux si tu veux, mais, quoi qu'il en soit, ne sois pas triste.

Je t'aime et j'ai tellement hâte de te voir en famille quand cette saloperie de virus arrêtera de nous pourrir la vie. On aura bientôt quelqu'un à te présenter !

Giustina

20.

Numéro 9072, Chine

19 h GMT / 03 h à Chengdu

APRÈS LES DERNIERS KILOMÈTRES de route dans les montagnes, le camion vert arrive enfin à destination, à Chengdu, au centre ouest de la Chine. Tandis que le conducteur manœuvre pour se garer, à bord, l'équipe de *Moon Bear Hope* est épuisée. Voilà douze heures que ces femmes et ces hommes en noir se relaient pour veiller sur les ours, les nourrir, les rassurer ou les endormir.

Numéro 9072 ne s'est d'ailleurs pas encore réveillée.

La femme aux cheveux clairs descend la première. Sous l'éclairage de la lune, elle est chaleureusement accueillie par les applaudissements d'une dizaine de personnes émues. Le directeur hongkongais des lieux, paré de son sweat estampillé au nom de l'association, se tient au milieu de la troupe. Sur chaque visage, on peut lire les traces du combat qu'il a fallu mener pour assister à ce moment de grâce. Des frissons parcourent les corps qui se saluent, les yeux sont rougis par les larmes et la fatigue. Au cœur de ces embrassades, dans une effervescence contenue, s'allument les lampes et les caméras, pour figer ce sauvetage réussi. Ce qui se fête là, ce sont des années d'efforts et d'enquêtes, des mois de négociations, des semaines d'incertitude. Pour arracher ces ours à leur enfer, ils se sont tous battus sans relâche avec la seule arme dont ils disposent depuis toujours, leur détermination.

L'avancée du chariot élévateur dans la nuit interrompt la liesse. Il est désormais temps d'extraire les cages du camion et de vérifier, à nouveau, que tout le monde se porte le mieux possible.

Au terme de longues minutes, c'est au tour de numéro 9072 d'être déplacée. Elle reprend conscience progressivement, s'agite et balaie du regard l'ambiance cérémonieuse qui l'entoure. Derrière la machine, les humains et les autres cages, elle aperçoit, sans les identifier, les balises solaires qui illuminent les enclos de réhabilitation extérieurs et les zones de forêt de bambous. Elle, qui a vécu tant d'années dans l'ombre, est appelée par toute forme de lumière.

L'atmosphère humide souligne certaines senteurs et la rassure parce que, sans qu'elle le sache, elle lui rappelle ses premiers mois de vie. Ce qu'elle remarque aussi, ce sont les exhalaisons de ses congénères qui peuplent le domaine. Elle n'en a jamais senti autant dans son périmètre. Toutes ces odeurs sont saisissantes.

Alors que sa cage est toujours en mouvement, elle rejoint l'espace de quarantaine dans lequel tous les nouveaux arrivants sont placés ; les polytunnels. Ils sont aménagés pour faciliter leur récupération, sans les brusquer. À l'intérieur, des hommes drapés dans une sorte de robe couleur safran les attendent religieusement. Numéro 9072 ne le sait pas, mais ces moines ont parcouru deux mille kilomètres en trente heures pour venir les bénir, elle et les autres rescapés. Ils voulaient être là au moment où le camion passerait le porche du sanctuaire et les animaux la porte de leur nouvelle vie.

Lorsque le transfert s'achève et que tous les plantigrades sont installés dans la zone de convalescence, la femme aux cheveux clairs et le directeur se mettent à l'écart des hommes en jaune orangé, comme pour les laisser prendre leur place. Numéro 9072 les observe, en dodelinant instinctivement de la tête. Que font-ils donc, ceux-là, maintenant ? Après avoir étalé au sol des tapis en laine tissée, ils allument des bâtons d'encens, et se prosternent à terre, dans un balancement de prière. Elle n'aime ni les effluves de ces tiges qui brûlent ni le caractère répétitif de leurs mouvements, mais elle ne les craint pas vraiment. Leurs voix sont douces, ils ont l'air paisibles et, surtout, ils ne la touchent pas.

Certes, ils ont une attitude pour le moins inattendue, notamment quand ils se mettent à agiter un rameau de plante verte au-dessus d'un gobelet blanc. Dans une sorte de procession, ils marquent alors un arrêt devant chaque cage et prononcent en boucle les mêmes mots : miraculés, incroyables créatures, chanceux aujourd'hui. Elle ne comprend rien, mais elle voit que la femme aux cheveux clairs montre les dents, comme quand elle lui donnait à manger. Cette contraction des muscles du visage, elle commence à s'y habituer.

Les sons parlés se modulent petit à petit pour se muer en une vraie mélodie. Les hommes en jaune orangé fredonnent à présent en chœur des notes aux oreilles rondes qui les écoutent. Jamais, jusqu'alors, elle n'avait entendu des gens chanter. C'est à la fois intrigant et hypnotisant.

D'un coup, numéro 9072, qui se laissait bercer par la force des choses, sursaute : les voilà qui jettent, sur elle et sur les autres, un liquide froid. Le filet de gouttelettes lui chatouille la truffe et lui fait fermer les yeux. Quand elle comprend que ce qu'on lui envoie ne la blesse pas, elle finit par se lécher les babines. L'eau bénite, pour elle, n'est que de l'eau.

Après s'être intéressés également à tout le matériel et à tous les humains en noir, ces étranges personnages s'éloignent jusqu'à disparaître de la zone. Ils sont suivis par les membres de l'équipe encore présents, à l'exception de la femme aux cheveux clairs et du directeur. Tandis qu'il commence une distribution de vivres pour chaque ours, elle va individuellement leur souhaiter bonne nuit.

Lorsqu'elle arrive à son niveau, numéro 9072, d'un mouvement franc, sort une patte à travers les barreaux de la cage et parvient à atteindre son bras. Surprise, la femme se tend un instant, comme pour évaluer l'intention derrière cet élan surprenant. Puis, les yeux plantés dans les siens, elle attrape sa patte et l'ourse presse ses coussinets contre sa paume.

Passée une longue minute de contact entre leurs peaux, doucement, elle rompt l'étreinte et se met à lui parler :

— Merci pour ta confiance… Tu ne peux pas savoir le cadeau que tu me fais aujourd'hui, Xī Wàng. La première ourse qui a posé la patte sur mon épaule, c'était il y a presque trente ans et ça ne s'était jamais reproduit depuis. Ce jour-là, je visitais la ferme où elle vivait, j'étais passée trop près de sa cage et elle en avait profité pour m'appeler au secours. Elle a changé ma vie, tu sais, parce que c'est grâce à elle et à son geste que j'ai fondé *Moon Bear Hope.* Et toi, cette nuit, tu es là, au sanctuaire, déjà en sécurité après un long chemin, mais tu choisis de me toucher… Ça compte beaucoup. Je vais aller dormir maintenant, en sachant que tu as compris qu'il y avait des humains qui te voulaient du bien, et ça, ça n'a pas de prix pour moi. Merci, Xī Wàng, merci infiniment. Je te laisse avec Chan, c'est le directeur ici et, tu vas voir, il va prendre bien soin de toi et il va te raconter tout ce qui t'attend ? Hein, Chan ? Il faut que tu expliques à Xī Wàng ce qu'on va lui faire découvrir bientôt, OK ?

— D'accord, mais va dormir toi, maintenant, Jill.

— J'y vais. À demain Xī Wàng, repose-toi.

Chan s'affaire et numéro 9072 l'observe. Il remplit les tubes de nourriture et les gamelles d'eau déjà disposés dans l'habitat provisoire des plantigrades, puis glisse des feuilles de bananier que certains ours attrapent et d'autres laissent tomber. Il a les yeux bridés, comme les gens qui l'ont tenue prisonnière pendant onze ans, mais il ne leur ressemble pas. Sa gestuelle ne paraît pas machinale, son regard n'est pas fuyant. Et le voilà maintenant qui pousse la cage à roulettes de l'ourson aux oreilles trop hautes, celui qu'elle avait aperçu dans le camion. Il la rapproche, par étapes, d'une autre cage, tout en guettant les réactions de part et d'autre. L'ourse adulte s'agite, truffe à l'affût. Elle grogne, mais n'est pas menaçante. Le petit, lui, tourne sur lui-même et gratte les barreaux, par intermittence. Contrairement à Chan, numéro 9072 ne peut pas savoir qu'il s'agit là des premières mesures de réunification entre une mère et sa progéniture.

Ce n'est qu'après s'être occupé de tous les autres qu'il arrive enfin près d'elle pour la gratifier des mêmes attentions. Elle prend immédiatement quelques lampées et fait descendre les morceaux de tofu puant dans sa gueule, avant de se frotter contre les feuilles de bananier. Ces nouveaux éléments qui agrémentent son maigre territoire sont réconfortants.

— Tu peux faire ton nid avec le feuillage et la paille, si tu veux, lui dit l'homme aux yeux bridés. Moi, pendant ce temps, je vais faire mon lit à côté de toi, parce qu'il paraît qu'il faut que je te parle avant de dormir. Je t'avoue que je ne suis pas comme Jill... Je m'occupe de vous, mais je ne vous raconte pas ma vie ou la vôtre ! Je vais quand même faire une exception, parce qu'elle me l'a demandé et qu'elle a bien mérité que je ne la déçoive pas, après cette grande expédition pour vous rapatrier ici...

Il interrompt ce qui pour elle n'est qu'un grand charabia, certes apaisant, et dispose son matelas sur le sol, à bonne distance. Il plonge ensuite l'espace dans le noir et se remet à bavarder d'un ton berceur :

— Alors, qu'est-ce que je peux bien te dire de beau, même si tu ne pourras rien comprendre ? Ici, tu feras soit partie des ours qui sont sociables et qui créent un clan, soit de ceux qui profitent d'un espace isolé, adapté à leur caractère. Bon, vu ce dont j'ai été témoin tout à l'heure, il me semble clair que tu appartiens à la catégorie qui va se faire des amis ! Si tu as pu trouver en toi la force d'entrer en contact avec Jill, tu vas forcément avoir envie de communiquer avec tes congénères. Et tu en as plein à rencontrer, tu vas voir ! Mais ça, ce n'est qu'une partie du plaisir… Tu vas aussi apprendre à manger des carottes toute seule, à te refaire les dents sur du bambou, à te frotter et grimper aux arbres, à dormir à la belle étoile quand tu n'auras pas envie de rentrer dans ta tanière retrouver ton panier suspendu, à prendre des douches après avoir pu apprécier la caresse du soleil, à courir sur l'herbe, à te balancer à un pneu ou à te prélasser sur un tas de bois… ça en fait des choses, tu ne trouves pas ? Tu vas redécouvrir la musique de la nature, le chant des oiseaux, le craquement des branches, le souffle du vent. Tu auras aussi des moments de physiothérapie, des soins de vétérinaire et des friandises à gogo pour t'encourager : du lait concentré, de la confiture, des fruits, des légumes, des plantes, des milkshakes, la totale !

Numéro 9072 s'allonge sur le côté, les pattes avant croisées devant elle, les pattes arrière étendues, et elle ne butte sur rien. Elle ferme enfin les yeux, avec une forme de sérénité inespérée. Elle entend la voix qui résonne, elle accepte sa présence et elle s'abandonne.

— En gros, avant de te laisser faire tes choix, on doit d'abord te requinquer et ça peut prendre du temps donc il faut être patiente, c'est important. Mais, tu sais, j'en ai vu défiler des ours, à ta place, dans cette cage de récupération… Ils ont lutté pour se retaper, et ceux qui s'en sont sortis ont été mille fois récompensés pour leur combativité. C'est en quelque sorte le dernier coup de collier que tu dois donner. Après, tu pourras vraiment exprimer ta personnalité et marquer ton empreinte. Comme Jasper, Oliver et d'autres qu'on n'oubliera jamais. Je ne peux pas croire que je te parle autant ! Heureusement que tout le monde est parti, hein. Je ne m'attendais pas à ça quand j'ai décidé de dormir avec vous, je voulais juste vous apporter une présence pour la nuit. Ça faisait si longtemps qu'on n'avait pas réussi à sauver des ours de ferme ici, et on a bien cru que le confinement allait fiche en l'air tous nos plans. Au Vietnam, on a fait des pas de géant ces dernières années, mais en Chine, c'est bien plus lent. Votre arrivée, c'est un événement pour nous aussi. Ça nous redonne de l'espoir. Éduquer, informer, changer les mentalités, négocier et convaincre, c'est un travail de longue haleine, mais quand on a une telle victoire, on sait encore plus pourquoi on continue à se battre. Enfin, si j'en reviens à toi, tu n'es pas au bout de tes surprises, mais il faut t'accrocher. Ensuite, tous les matins, tu pourras commencer à vivre ta vie selon ton propre programme ! Tu joueras à la lutte, tu t'amuseras sur les balançoires, tu barboteras dans les points d'eau, tu feras ce que tu veux. En voilà des tas des raisons de te rétablir, non ? Allez, bonne nuit, Xī Wàng. Tu dois être en forme demain, pour ton premier jour vers la sortie du tunnel. Tu en auras au moins trente, peut-être quarante comme celui-là, et, enfin, la liberté sera à toi.

Expéditeur : Ida Hofman

Destinataire : Anke Gärtner

Envoyé : à 21:58 (heure allemande)

Anke,

Il recommence, j'entends des bruits de coups, de choses renversées, d'objets ou de meubles qui bougent. Il crie, mais je ne comprends pas ce qu'il dit, et je n'entends pas sa voix à elle.

Que faire ?

Elle ne m'appelle pas, elle ne vient pas à la fenêtre, elle ne sort pas de l'appartement, elle ne prend pas la main que je lui ai tendue cet après-midi.

Mon compagnon est maintenant prêt à aller sonner chez eux avec moi, mais si elle ne nous suit pas, est-ce que ça ne fera pas pire que mieux ?

Je suis démunie…

Expéditeur : Anke Gärtner

Destinataire : Ida Hofman

Envoyé : à 22:05 (heure allemande)

Ida, j'ai envie de commencer par te dire que je suis avec toi par la pensée, à chaque instant. Je te tutoie parce que la distance du vouvoiement me semble inappropriée à la situation, j'espère que ça ne t'ennuiera pas.

Rappelle la police, OK ? Ils sont là pour ça, bon sang. Les campagnes de prévention à la télévision et dans l'espace public servent à quoi si les forces de l'ordre ne font pas leur travail ? Il faut les contacter jusqu'à trouver l'interlocuteur qui écoutera ! Dis-leur qu'elle t'a parlé, qu'elle t'a dit que, oui, il lui faisait du mal. Dis-leur que c'est leur rôle d'assurer la sécurité et la protection des citoyens. Ils sont missionnés et payés pour ça ! Essaie de parler à une femme si les hommes ne prennent pas la mesure de l'enjeu...

Je garde mon téléphone tout près de moi et j'attends de tes nouvelles.

Je t'embrasse.

Expéditeur : Ida Hofman

Destinataire : Anke Gärtner

Envoyé : à 22:27 (heure allemande)

Je suis désespérée. J'ai eu un policier en ligne et il m'a dit, à nouveau, qu'il n'y avait aucune patrouille disponible et que c'était à la personne concernée de les joindre ou de se déplacer au commissariat si elle avait vraiment besoin d'aide. Il a ajouté que dans un espace privé, c'était de toute façon compliqué pour eux d'intervenir. Tu te rends compte ? J'ai tout expliqué, en détail, mais ça n'a rien changé. Quand j'ai demandé à parler à une femme flic comme tu me l'as suggéré, il a réagi froidement en disant que ce métier n'avait pas de sexe et que ma requête était déplacée.

C'est inadmissible de ne pas prendre le danger au sérieux ! Tu crois qu'on y va, nous ?

(Bien sûr qu'on peut se tutoyer.)

Expéditeur : Anke Gärtner

Destinataire : Ida Hofman

Envoyé : à 22:32 (heure allemande)

Putain, ce n'est pas possible ! Je vais faire un post sur notre compte Instagram et interpeller les autorités, les politiques et la police nationale publiquement !

Je ne sais pas quoi te dire… Je crois que le plus sage serait peut-être d'aller chercher des voisins ? Si vous êtes nombreux à la porte, vous aurez plus de poids contre lui et pour elle… Mais faut-il encore qu'ils ouvrent !

Tu entends encore le même raffut ?

Expéditeur : Ida Hofman

Destinataire : Anke Gärtner

Envoyé : à 22:38 (heure allemande)

Non, je n'entends plus rien, justement, ça s'est calmé. Mon copain dit que les voisins ne vont jamais sortir de chez eux, avec le confinement… Moi, je crois que si j'arrive à les traîner devant leur porte quand il y a des bruits de violence, ils vont nous aider, ce serait insensé de rester indifférent à ça. C'est horrible de se dire qu'il faut attendre qu'il recommence pour tenter à nouveau d'agir. Je n'ai pas envie d'espérer qu'il l'attaque, c'est tellement absurde.

Expéditeur : Anke Gärtner

Destinataire : Ida Hofman

Envoyé : à 22:41 (heure allemande)

Tu as raison, c'est absurde, c'est à vomir, mais c'est le monde dans lequel on vit. J'attends à distance avec toi, même si je n'espère pas plus que toi qu'il recommence. Il faut juste se dire que si c'est le cas, on essayera encore de réagir…

Je suis là <3

Expéditeur : Ida Hofman

Destinataire : Anke Gärtner

Envoyé : à 22:43 (heure allemande)

Merci <3

21.

Rafaella Ekele, Espagne

20 h GMT / 22 h à La Pobla de Vallbona

ORDINATEUR SUR LES CUISSES et dos calé contre la tête de son canapé-lit, Rafaella avale une bouchée de macaronis en écoutant sa famille parler. Sur l'écran divisé, il y a d'un côté son frère, de l'autre sa belle-sœur et sa petite-nièce. Ils sont tous les trois dans le même appartement, mais pas dans la même pièce. Depuis hier soir, son frère s'est isolé dans une chambre dont il ne sort plus ; elle l'apprend seulement maintenant. Au dîner, alors qu'il mangeait un riz cuit au four préparé par sa femme, il s'est rendu compte qu'il avait perdu le goût. Aujourd'hui il a de la fièvre et il a commencé à tousser. Parce qu'il n'a aucun essoufflement, il a été invité à rester chez lui, à se mettre à part et à prendre du paracétamol. Rafaella ne s'inquiète pas outre mesure et tente de rassurer sa belle-sœur. Il y a des cas qui ressemblent à une simple grippe et doivent être traités ainsi. C'est seulement au moindre signe de difficulté respiratoire qu'il faut agir vite. Son frère, peu angoissé lui aussi, et gêné d'être au centre de l'attention, fait dévier la conversation vers un autre sujet :

— Tu sais que j'ai vachement pensé à toi tout à l'heure. Tu as vu le replay de la conférence de presse de la Maison-Blanche ? Tout le monde en parle après la connerie de 45, hier. Je ne pensais pas qu'il allait laisser les clefs à sa porte-parole d'ailleurs...

— Oui, j'ai regardé ça en cuisinant, c'est effarant !

— Rester aussi hermétique aux sous-entendus d'une journaliste sur des affaires d'agressions sexuelles, c'est dingue. Ça m'a fait froid dans le dos. Tu la connaissais déjà, cette Judy Reynolds ?

— Oui, un peu, parce que je suis les frasques de 45 et de son administration, mais je ne l'avais jamais tellement écoutée. Pour moi, c'est juste un pion de plus qui sert une doctrine nauséabonde.

— Tu vas en parler, sur ton blog, de cette histoire ?

Rafaella lève les mains et les yeux au ciel en guise de première réponse.

— Je ne sais pas encore. On est surmenées avec les filles en ce moment ! On reçoit beaucoup d'appels à l'aide, on doit prioriser. Franchement, écouter des femmes en danger ou répondre à des signalements, ça me semble plus important que le cynisme de cette cruche. À ce stade, en plus, on n'a pas assez d'éléments. Elle a botté en touche et, depuis, rien n'est sorti dans la presse. Je suivrai ça de loin, il y a une affaire visiblement classée et une autre en cours d'investigation... C'est trop tôt pour porter un quelconque regard.

— Ouais, c'est sûr. En tout cas, je ne la sens pas, cette Reynolds.

— Tu as toujours eu un sixième sens avec les gens, toi, frérot. Et comment va ma petite puce ? Qu'est-ce que tu as fait de beau aujourd'hui ? demande Rafaella à sa nièce.

— De la poterie avec maman, des dessins animés et des coloriages.

— Bravo ! Tu as une super maman, dis donc !

— On fait ce qu'on peut, répond modestement sa belle-sœur. Et toi, ta journée à l'hôpital, comment ça s'est passé ?

— Ça va, écoute, mais je vous avoue que je suis épuisée, donc je ne vais pas tarder à raccrocher.

— Courage, sœurette, tu fais partie des héros et on est très fiers de toi !

— Merci ! Courage aussi et prenez bien soin de vous, même séparément. Vous me tenez au courant de l'évolution tous les jours, OK ?

— OK, tata.

— Promis ! Enfin, pour l'instant, ton frère n'a pris qu'un comprimé, tu sais.

— Tant que personne n'essaie de me soigner à la bile d'ours, ça ira bien.

— On n'est pas en Chine, frérot !

— Pas encore… Allez, repose-toi ! On se rappelle vite.

— Bisous !

À l'évocation de sa journée à l'hôpital, elle a préféré écourter la communication plutôt que d'atténuer toutes les émotions qui l'ont traversée dans l'exercice de son métier. Elle ne leur a pas non plus fait mention de la survivante qu'elle s'apprête à accueillir. C'est sa décision, et ça a quelque chose de personnel dans le contexte actuel. Et puis, ils sont déjà sous pression, elle ne veut pas les affoler.

Selon les dernières informations qu'elle a reçues, Gloria et Magali ne devraient plus tarder à arriver au point de rendez-vous ; il faut qu'elle s'agite. Malgré sa fatigue, les jambes allongées, la série télé et le moelleux du matelas devront attendre un peu.

En débarrassant son plateau-repas, elle écoute un instant le silence qui, chez elle, appelle toujours la musique. Elle lance donc la rediffusion du live d'Hayley Davis. Elle a commencé par celui de Judy Reynolds tout à l'heure pour finir par le meilleur. Tout les oppose, ces deux-là. L'une met son art oratoire au service d'un milliardaire dangereux tandis que l'autre donne de la voix pour des justes causes qui lui tiennent à cœur. Elles se sont d'ailleurs déjà attaquées publiquement pour leurs positions respectives sur l'avortement. Hayley Davis venait à l'époque en soutien de Lady G face à Reynolds sur les réseaux sociaux, et Rafaella avait apprécié sa verve. De plus, la chanteuse ne lui était pas étrangère depuis qu'elle avait découvert et aimé sa reprise de « Four Women » de Nina Simone, quelques années auparavant. Elle avait pensé qu'Hayley Davis avait en elle l'insolence, le talent et la fougue nécessaires pour rendre hommage à la grande prêtresse de la soul et aux messages qu'elle s'était évertuée à faire passer toute sa vie. Bien sûr, dans son interprétation magistrale, Rafaella n'avait pas retrouvé la colère noire, celle qui venait du fond des entrailles de Nina Simone. Cette colère qui l'a rongée de l'intérieur mais pour laquelle Rafaella a nourri une forme de fascination, parce qu'elle a laissé une empreinte dans le paysage, pour les générations futures dont elle fait partie. Une colère légitime mais dévastatrice. Une colère née dans une Caroline du Nord ségrégationniste et qui n'a eu de cesse d'être alimentée au cours de son existence. C'est en faisant un exposé sur elle au collège que Rafaella a commencé à s'intéresser à son parcours, à sa personnalité et à toutes les embûches qu'elle avait rencontrées. Petite prodige, Nina Simone rêvait d'être la première pianiste classique des États-Unis, mais s'est vu refuser la meilleure école du pays pour sa couleur de peau. Jeune artiste engagée, elle a eu le sentiment que ses concitoyens – qu'elle interpellait depuis la scène – n'étaient pas à la hauteur du combat à mener pour les droits civiques. Elle a vécu l'abolition de la ségrégation dans les textes, pas dans les faits. De rage, elle a quitté sa patrie pour finalement réaliser qu'ailleurs, pour les Blancs, elle serait encore et toujours un divertissement. Et, au fil du temps, la *Young, black and gifted* des années 1970 a été avalée par la violence de l'indifférence face à l'injustice et l'inégalité. Rafaella, elle, n'a pas choisi de faire corps avec sa colère au point d'en être indissociable, mais de la canaliser pour mieux l'utiliser, comme Hayley Davis à sa manière. Contrairement à son idole, elle est née à une époque qui a rendu ce choix possible. Ne se serait-elle pas radicalisée, elle aussi, si elle avait vécu au siècle dernier, si elle avait eu tant de génie, mais une considération cloisonnée à une image de chanteuse ? La mesure est un luxe que Nina Simone ne pouvait se permettre. Même si Rafaella ne polit pas son discours, elle a les moyens, aujourd'hui, de le rendre audible et d'agir sur le terrain grâce aux outils qui n'existaient pas hier. Alors, au lieu d'étouffer la colère, ça la libère.

La deuxième chanson du live d'Hayley Davis est interrompue par la sonnerie du téléphone. C'est Anke. Rafaella sort une main pleine de mousse de son évier et appuie sur l'écran pour décrocher :

— Allô ?

— Comment va ma *warrior* ?

— Longue journée et la soirée est loin d'être finie, si tu savais… Et toi ?

— Je t'entends de loin, tu fais quoi ?

— La vaisselle, j'ai mis le haut-parleur. J'ai des trucs à te raconter.

— OK, je monte le son.

— Figure-toi que je vais accueillir une survivante, ce soir.

— Comment ça, c'est qui ?

— Elle s'appelle Gloria, elle a réussi à fuir un réseau de prostitution en France la nuit dernière, elle est montée dans le camion d'une routière qui allait en Espagne, et elles arrivent dans quelques minutes *a priori*. Gloria ne savait pas où aller, elle m'a contactée *via* mon blog, je ne pouvais décemment pas la laisser dehors malgré les restrictions, donc j'ai dit que je l'hébergerais.

— Ah ouais, carrément. Bravo, camarade. Et ça ne va pas te poser de problème avec l'hôpital ?

— Je n'en sais rien, j'espère que non, on va faire attention. Ce qui m'inquiète surtout, c'est l'organisation.

Combien de temps je peux nourrir une autre bouche ? Où ira-t-elle lorsqu'on sera déconfinés ? Tout ça…

— C'est compliqué ! Si tu es juste en termes d'argent, on peut peut-être lancer une cagnotte en ligne, en restant vague, pour ne griller aucune de vous deux ?

— J'y ai pensé, mais tu sais que je n'aime pas qu'on sollicite les gens pour récupérer des sous.

— Oui, enfin là, c'est un cas très particulier, ça se justifie. On pourrait simplement dire que l'une d'entre nous a recueilli une femme isolée, sans-abri et victime de violence qui n'avait nulle part où aller ? Je suis sûre que notre communauté va réagir, et ça te permettra de l'aider sans te mettre toi dans de trop grandes difficultés.

— Tu as sûrement raison, oui.

— On sait qu'on ne peut pas changer le monde seule dans notre coin, mais qu'en s'unissant, tout est différent ! C'est la base de notre mission, hein, dit Anke, un sourire dans la voix.

— C'est vrai. Heureusement qu'on s'est trouvées toutes les trois. Ça me fait tellement de bien de vous avoir autour de moi, Poppy et toi ! Tu as des nouvelles d'Ida et de sa voisine, au fait ?

— C'est très chaud. La police refuse de se déplacer, comme d'habitude, et Ida est à deux doigts d'y aller elle-même avec son compagnon. Je lui ai conseillé de mobiliser d'autres voisins, mais comme il n'y avait plus de bruit, là, elle attend. C'est horrible, je te jure.

— J'en ai tellement ras le bol qu'on se sente impuissantes et que les flics ne bougent pas !

— Et moi donc, c'est révoltant.

— Tu lui enverras tout mon courage, OK ? Je vais devoir te laisser, j'ai entendu un bip, je pense qu'elles sont arrivées.

— D'ac, je suis trop fière de toi, sista ! Je te tiens au courant et tu fais pareil ? Force et honneur !

— Amour et câlin.

— Je prends, et je te les renvoie !

Après avoir répondu à Gloria qu'elle les rejoignait sur le parking, Rafaella enfile à la va-vite un gros sweat noir, une écharpe et des bottines. Comme une ombre dans la nuit, elle va se frayer un chemin jusqu'aux deux femmes. Avec son badge de l'hôpital, elle ne craint pas les contrôles, alors elle préfère les escorter plutôt que de leur indiquer l'itinéraire.

L'odeur des pins portée par l'air frais des montagnes a quelque chose d'apaisant dans la montée d'adrénaline du moment. Les rues sont plus propres que jamais, mais désertes. Le miaulement d'un chat, une porte qui claque, les cabrioles d'un rat dans les poubelles, la conversation d'une famille qui dîne fenêtre ouverte sur le trottoir, les battements d'ailes d'un oiseau dans un feuillage : tous les bruits qui se confondent d'ordinaire à une ambiance sonore dense et continue sont désormais identifiables. D'un pas certes décidé, elle essaie de se mouvoir avec légèreté. Plus elle sera aérienne, moins elle attirera l'attention.

Ça lui avait manqué de marcher sous la lune, et de marcher tout court. Depuis des semaines, elle piétine plus qu'elle n'avance, elle se déplace essentiellement en voiture, sauf pour les plus petites courses, et elle n'a plus d'activités sportives ou extérieures. Parfois, elle se surprend à envier sa mère et son beau-père qui ont un chien. C'est le prétexte parfait pour se promener en toute légalité.

Quand elle aperçoit le camion devant le supermarché fermé, elle entend, presque simultanément, résonner une sirène trop familière. Il ne s'agit ni de celle d'une ambulance ni de celle des pompiers.

C'est la police, elle est dans les parages, et elle se signale.

Sans réfléchir, elle se met à courir vers le large véhicule stationné. Des bouclettes s'échappent de leur carcan dans le mouvement, elle les sent. Elle repense à cet équipement – comme un étau – qu'elle a porté toute la journée : elle préfère être décoiffée par cette peur-là que par la sueur froide des couloirs de l'hôpital.

En arrivant à leur niveau, elle reconnaît Gloria et la routière, parce qu'elle les avait imaginées à peu près comme ça.

— Rafaella ? l'interroge Magali.

— Oui ! Bonsoir, bonsoir à toutes les deux, articule-t-elle en mettant un masque et en leur tendant ceux qu'elle a chapardés pour elles.

— Bonsoir, désolée, il est tard, commence par dire Gloria.

— Vous entendez ? La police ? Ils s'approchent ? demande Magali dans un anglais saccadé.

— Oui, je crois qu'ils ne sont pas loin, c'est pour ça que j'ai couru.

— Allez-y, sauvez-vous, je reste. J'ai les papiers, ça ira. Gloria, il faut la cacher. OK ?

— OK, mais si tu laisses le camion ici, tu peux venir avec nous, répond Rafaella.

— Non, c'est plus dangereux. Je préfère les occuper eux et, vous, vous rentrez.

— Tu es une vraie sœur, toi. Merci pour ce que tu as fait et merci pour ce que tu fais encore.

— Merci à toi aussi de la prendre chez toi. Elle le mérite.

— Écris-moi pour me dire quand tu as pu reprendre la route, d'accord ?

— D'accord. Partez maintenant.

Le sifflement infernal se rapproche inlassablement. D'un geste vif, Gloria prend Magali dans ses bras et la serre si fort qu'elle en perd l'équilibre.

— Je ne t'oublierai jamais. Rencontre Alix et sois heureuse, lui dit-elle en français.

— Moi non plus, je ne t'oublierai jamais. Bonne chance, et quand tu auras un téléphone, tu as mon numéro, tu me donnes des nouvelles.

— Je te le promets. Tiens, ton pull…

— Garde-le. Vas-y, file.

Rafaella prend la main de Gloria et l'entraîne, en petites foulées, dans les ruelles qu'elle connaît par cœur. Deux minutes plus tard, la sirène ne retentit plus, les deux femmes se regardent, la police a dû se garer à côté du camion et donc à côté de Magali.

Lorsqu'elle referme derrière elle la porte de son appartement, Rafaella prend une grande inspiration qui sent le gâteau au fromage à travers le textile sur son nez. Gloria reste plantée dans l'entrée, comme si elle attendait l'autorisation de se mouvoir. Elle la met à l'aise : désormais, c'est chez elle ici. Après s'être lavé les mains, elles font ensemble le tour des lieux, en commençant par le toit-terrasse, parce qu'elles sont toujours habillées et chaussées. Gloria, émerveillée, parle peu. Rafaella, gênée, parle beaucoup. Elle explique qu'elle avait prévu de proposer à Magali de dormir là pour la nuit, qu'elle avait fait des macaronis, un gâteau, et rempli une Thermos de tisane à la camomille. À la timidité propre aux rencontres se mêle la culpabilité d'avoir dû abandonner un membre de l'équipe derrière elles.

Un peu plus tard, alors que Gloria, sustentée et changée, est installée dans un duvet sur un matelas d'appoint, et que Rafaella s'est enfin allongée, la conversation se fluidifie. Elles ont reçu un message de Magali qui a pu repartir après un contrôle assez bref, grâce à l'ordre de mission de son patron. Elle a raconté aux policiers qu'elle s'était arrêtée parce qu'elle avait mal aux yeux et besoin d'une pause. Ils lui ont gentiment demandé de circuler, et elle s'est exécutée.

Rassurées, elles font connaissance plus sereinement. De l'évocation du Congo à celle du métier d'infirmière, elles dérivent sur le sujet de l'engagement, du droit des femmes et de la sororité. Gloria demande à Rafaella ce qui l'a conduite vers ce sacerdoce, en plus de sa vocation professionnelle déjà très exigeante en termes d'investissement.

— Tu connais le *fisha* ? l'interroge Rafaella.

— Non.

— En gros, ça consiste à diffuser des photos et des vidéos intimes volées, de façon à « afficher » des femmes et souvent des jeunes filles. On appelle ça aussi du « *slut shaming* » ou encore du « *revenge porn* », selon l'objectif. C'est une horrible mode aujourd'hui, largement facilitée par l'anonymat qu'on peut avoir sur les réseaux sociaux, et ça détruit des vies. Ça jette en pâture des corps dénudés, sans consentement, tout en révélant l'identité des victimes qui tremblent de honte alors qu'elles n'y sont pour rien. Avant que cette pratique devienne un terrible phénomène, ma meilleure amie en a été victime quand on était au lycée. C'est ça qui m'a donné envie de créer un blog pour dénoncer ce comportement très violent. Tout est parti de là. Et puis j'ai pris conscience qu'il y avait tant à dire et tant à faire.

— OK, je comprends. Tu es une battante ! Ta meilleure amie s'en est remise ?

— Oui, heureusement. Le fait qu'on dénonce publiquement le mec responsable, ça a aidé. Elle a repris confiance, petit à petit.

— C'est bien, tant mieux. Et tu as déjà accueilli des femmes ?

— Non, c'est la première fois.

— D'habitude, vous les aidez à distance, c'est ça ?

— Oui. On répond ou on envoie des messages, selon les cas. On fait comprendre qu'on est là, sans être intrusives ni jouer les savantes. On n'a aucune expertise, seulement de la volonté et une sorte d'expérience. On se serre les coudes. On a réfléchi pour toi d'ailleurs, je te raconterai tout ça demain.

— Merci, tu es un ange toi aussi, comme Magali, dit Gloria en bâillant.

— Repose-toi, répond Rafaella en enroulant ses cheveux dans son foulard vert et jaune.

Lumière éteinte, elle entend le clocher qui frappe onze coups. Elle aura sept heures de sommeil si elle s'endort vite. Elle ferme les yeux en souriant : voilà bien longtemps qu'elle ne s'était pas couchée dans la même pièce que quelqu'un. Ce n'est pas le charmant interne, Emilio Gómez, ce n'est ni romantique ni excitant, mais c'est chaleureux et réconfortant.

Expéditeur : david@management-hayleydavis.co.uk

Destinataire : Hayley Davis

Envoyé : à 22:02 (heure anglaise)

Tiens, regarde ce qu'on a reçu sur la boîte mail pour les fans. C'est quand même bouleversant...

Ton courage est inspirant.

D.

À l'attention d'Hayley <3

Ma chanteuse adorée,

Je ne sais pas si tu lis tous les messages que tu dois recevoir ici, mais j'ai besoin de t'envoyer celui-ci. Ce soir, j'ai regardé ton live et je ne m'attendais pas à ça. J'étais si heureuse de ce rendez-vous virtuel, je l'imaginais doux dans la solitude de ce printemps inédit. Mais, en écoutant ton nouveau titre, j'ai été choquée, secouée, émue... si triste pour toi et si reconnaissante que tu oses chanter cette douleur-là. Je te suis depuis tes débuts, je t'ai vue des dizaines de fois en concert (37, précisément), je me suis toujours sentie connectée à toi, mais je ne savais pas qu'on avait cette cicatrice en commun. Je ne l'ai jamais dit à personne, sauf à ma meilleure amie. C'était mon prof de piano, j'avais douze ans. Et, à l'époque, c'est ta musique qui m'a sauvée, quelque part. Plus je t'ai aimée, moins je me suis détestée, c'est étrange mais c'est beau aussi. Aujourd'hui, tu me sauves encore. Demain, j'irai au commissariat. Confinement ou pas, je vais raconter ce qu'il a fait et j'espère qu'une enquête sera menée. Ta chanson m'a donné envie de parler à mon tour.

Merci d'exister. Merci pour la force que tu m'as toujours transmise sans le savoir. J'ai hâte de te retrouver, moi dans l'obscurité d'une salle survoltée, toi dans la lumière d'une scène à la taille de ton talent.

Prends soin de toi et des tiens.

Luna

22.

Sahana Kumar, Inde

21 h GMT / 2 h 30 à New Delhi

DANS LE DORTOIR DES FILLES où les lits superposés côtoient les lits gigognes et les lits jumeaux, tout le monde dort, ou presque. Sahana ne trouve pas le sommeil. Elle a pourtant la chance de ne pas être allongée à même le sol, comme cinq de ses camarades. Cette nuit, elle a un vrai lit et elle est en hauteur, à sa place préférée. Elle a le ventre rempli, le corps satisfait, mais ses rêves, eux, se sont évaporés.

Plus tôt dans la soirée, lorsqu'elle a dû rejoindre les petites personnes du même sexe et se séparer de son ami, elle s'est isolée dans un coin pour lire la lettre que sa sœur lui avait envoyée. La lettre dont elle attendait les promesses et les plans, avec tous ses espoirs d'enfant. Si elle a apprivoisé la vie ici faute de choix, elle ne l'a jamais épousée. Alors, le retour de Pinky, elle l'a vécu comme un message des dieux, comme une prophétie enchantée.

Ces dernières semaines, sans l'école ni les activités, le quotidien au foyer a perdu sa seule forme de richesse et les perspectives qu'il pouvait lui offrir. Quand Ilango s'en ira, cette existence-là perdra absolument tout son intérêt. Voilà pourquoi elle avait besoin de croire que sa sœur et son oncle seraient ses sauveurs, sa porte vers ailleurs. Ça semblait bien parti, d'après ce que Pinky lui avait dit. Mais tout cela, c'était avant l'arrivée du virus, avant le confinement et avant la morsure de la misère qui s'est abattue. C'était avant cette lettre.

Ma sœur,

Je ne t'écris pas avec des bonnes nouvelles. J'aurais voulu venir te voir en personne, te regarder droit dans les yeux et te tenir la main, mais je ne peux que t'envoyer ce bout de papier. J'espère au moins que tu le recevras bien et que tu comprendras tout.
Les choses sont si compliquées depuis un mois. La boutique de notre oncle est fermée, comme tout le reste. Il a des réserves et de l'argent de côté, mais il commence à craindre la suite, si le gouvernement continue à imposer des mesures aussi sévères. Les politiques parlent de pandémie, mais de ce que j'entends, nous, en Inde, on a plus de chances de mourir de faim. D'ailleurs, au début, notre oncle et moi, on a servi de la soupe et du riz pour aider dans le quartier, avec d'autres commerçants un peu aisés. Malheureusement, on a dû arrêter, parce que les gens sont trop nombreux maintenant. Certains, les associations ou les plus riches, font encore des distributions de repas, à plus large échelle. Les nécessiteux attendent sur des cercles dessinés à la peinture sur le sol, à un mètre de distance les uns des autres, pour obtenir leur ration. Et il paraît que, là où on vivait, à Gandi basti, ils mangent des épinards sauvages, ceux qui poussent dans les égouts et qui servent normalement de nourriture pour les chèvres… C'est une véritable crise humanitaire, tu sais. J'ai une chance infinie de ne pas être dehors et toi aussi. Il y a des personnes allongées au bord de la route partout, New Delhi est devenu un dortoir à ciel ouvert.

Tous ceux qui n'ont plus de travail ne peuvent plus nourrir leur famille, et tous ceux qui n'ont pas pu partir au début vers les campagnes sont désormais coincés ici, sans rien. Ça crée de nouveaux pauvres, comme s'il n'y en avait pas assez déjà, et ce n'est pas fini. On dit que certains s'entretueraient pour un sac de farine.
À cause de tout ce qu'il voit autour, notre oncle a peur de perdre ce qu'il a si durement bâti et je le sens très tendu. Il est toujours bon avec moi, mais il n'est plus sûr de rien pour toi. Il m'a dit qu'on ne pouvait pas te recueillir dans ces conditions, que tu étais nourrie au foyer, que tu avais un toit sur la tête, et que pour l'instant ça devait suffire. Il ne faut pas perdre espoir, les choses s'arrangeront peut-être et je ne t'abandonnerai pas, mais il va falloir être plus patientes que prévu.
Je sais que ça va être difficile pour toi de lire ça, mais tu as ton ami, tu as la santé et tu es en sécurité. Ces dernières années, en travaillant pour le journal, j'ai vu tant de choses horribles, crois-moi, il y a bien pire que le foyer. Les trafics d'enfants, la drogue qui abîme les dents des jeunes, la faim qui les rend fous et prêts à tout...
Accroche-toi à l'idée que tu as des gens qui s'occupent de toi, que tu as pu aller à l'école et que tu pourras sûrement y retourner. De mon côté, j'espère que je ferai changer d'avis notre oncle plus tard, quand tout ira mieux. Sois sûre que je t'aime, ma sœur. Un jour, on se retrouvera. Et s'il faut que je devienne une journaliste importante pour pouvoir te prendre avec moi, je ferai tout pour ça.

Pinky

Après avoir parcouru maintes fois cette feuille noircie recto-verso, dont elle a compris presque tous les mots, Sahana a pensé qu'elle aurait préféré ne pas savoir lire. Attendre vainement des nouvelles chaque jour, s'imaginer des histoires, se coucher avec des possibilités, c'est plus facile que de détenir une information comme celle-là. Bien sûr, elle sent l'amour de sa sœur, mais elle n'est pas dupe non plus : l'influence qu'elle exercera sur leur oncle sera tout à fait relative. Une fille n'a aucun pouvoir sur un homme, elle le sait, elle l'a vu, et elle le voit même avec les garçons ici. Ilango avait sûrement raison, elle ne connaît pas ce monsieur, elle ne pouvait pas présager de ses réelles intentions. Elle ne saura jamais s'il l'aurait vraiment adoptée sans tous les problèmes que ce virus a créés. Ni même s'il l'adoptera quand sa bonne fortune reviendra.

Elle serre son ourson dans ses mains, elle voudrait qu'il absorbe son chagrin. Elle se souvient de la berceuse que sa mère lui chantait certains soirs quand elle était petite, pour la rassurer avant qu'elle s'endorme. *Lakdi Ki Kathi.* Tout bas, elle se met à la fredonner à sa peluche, posée contre son cou. Sans s'en rendre compte, les larmes sur les joues, elle chante de plus en plus fort, emportée par le rythme et les paroles qui racontent le périple de ce cheval à la queue haute. *Dauda dauda dauda ghoda dum utha ke dauda**. Elle aussi voudrait courir, loin, vite, fière, droite.

Du fond du dortoir, Anita Didi la rabroue d'un ton sec. Elle va finir par réveiller toutes les filles avec ses bêtises. Trop tard. Tara, la petite de six ans qui dort en contrebas de son matelas, se met à pleurer bruyamment. Contrainte de se lever pour venir les calmer, Anita Didi allume le faible néon qui grésille et s'approche d'elles en rouspétant.

— Qu'est-ce que vous avez, toutes les deux ?

— J'ai peur, dit Tara.

— De quoi ?

— D'être toute seule.

— Tu n'es pas toute seule, tu as quarante-deux enfants avec toi et deux Didi.

— J'ai peur de plus sortir d'ici.

— Moi aussi, dit Sahana.

— Bon, écoutez-moi. Dehors, ce n'est pas beau du tout, d'accord ? Vous, vous pensez peut-être que la vie continue

* A couru a couru a couru le cheval s'est levé et a couru.

et que, nous, on est enfermés, mais ce n'est pas la réalité. Tout le monde se bat, et on n'est pas les plus à plaindre.

— Ils ont quoi de moins que nous, les autres ? demande Tara.

— Déjà, ceux qui n'ont pas de maison ne peuvent pas se protéger, ni du virus ni de la police qui les chasse où qu'ils aillent. Les uniformes kaki font la loi dans la rue, ils donnent des coups de bâton dans les bidonvilles et dans tous les quartiers qui ne peuvent pas se confiner. Ils surgissent de partout, ils lèvent leurs bouts de bois, ils contrôlent les températures, ils empêchent les gens de se déplacer pour se laver ou faire leurs besoins, ils les empêchent aussi de s'installer quand ils n'ont nulle part où aller. Et ils imposent de porter un masque alors que la plupart, comme nous, n'ont pas les moyens de s'en procurer pour l'instant.

— Qui te raconte ça, à toi ? la questionne Tara.

— Des gens que je connais.

— C'est injuste, dit Sahana.

— Oui, depuis le début, c'est très dur. Modi, le Premier ministre, il n'a laissé que quatre heures aux habitants pour s'organiser avant de tout bloquer. Il y a des gens qui ont marché des centaines de kilomètres pour rejoindre les campagnes, parce que les trains étaient arrêtés, et ils ont dû revenir parce que les frontières entre les États étaient déjà fermées à leur arrivée.

— Les pauvres, commente Sahana.

— Nous, on n'a plus grand-chose à faire, mais on va pouvoir continuer à manger, on va être aidés, OK ? On a des lits qu'on partage. Et on ne se fait pas frapper par des policiers. On est bien, vous comprenez ?

Les deux enfants hochent la tête, en reniflant.

— Tara, ton prénom, il veut dire étoile. Et toi, Sahana, tu es la patience. Donc patience, l'étoile va briller. Et en attendant, il faut dormir et laisser les autres se reposer aussi.

Anita Didi somme toutes les filles dont les têtes se sont dressées de se recoucher, éteint le néon, puis retourne dans son lit. Tara se recroqueville dans la position fœtale qu'elle avait avant de se réveiller ; Sahana se tait mais ne ferme pas les yeux. Tous les malheurs que sa sœur et sa Didi lui racontent ne la réconfortent pas. Elle veut être forte, pour Ilango, pour son ours, pour sa mère qui n'est plus là, mais elle a mal au cœur. Ça fait plus de deux ans qu'on lui explique qu'elle est mieux lotie que d'autres, elle en a assez. Cette nuit, elle s'en fiche pas mal des opprimés. Elle voudrait une famille, un câlin et un chemin à l'horizon. Elle voudrait un modèle féminin et sa sœur en est un. Et puis, comment va-t-elle devenir cuisinière sans cuisiner ? Ici, les Didi ne laissent pas les enfants s'approcher des fourneaux, parce que c'est dangereux et que c'est la règle. Elle n'apprend que le nettoyage, mais elle ne veut pas être femme de ménage. Elle a vu comme ce travail a abîmé sa mère. Non, elle, elle veut couper des aliments, les mélanger dans des marmites ou des poêles, les goûter à la cuillère et les servir à des gens bien. Elle veut des odeurs d'épices, de légumes, de viande et de riz dans les narines du matin au soir, un tablier propre tous les jours et des assiettes à remplir.

En se retournant vers la seule minuscule fenêtre de la pièce, Sahana se concentre sur la lumière de la lune derrière le grillage. De la main qui ne tient pas sa peluche, elle touche les perles de son collier, et elle pense à son ami. Que va-t-elle lui dire quand le soleil se lèvera ? Elle déteste lui mentir, mais a-t-elle vraiment le choix ? Lui être loyale, c'est le préserver et lui permettre de suivre sa destinée. Il a été choisi et sa famille européenne ne va pas changer d'avis, elle va venir le chercher. La femme est importante, elle ne peut pas tout perdre ni manquer d'argent pour lui donner à manger. Les gens d'en haut s'en sortent toujours dans la vie, c'est sa mère qui lui a dit. Être adopté par eux, c'est un avenir inespéré pour un Dalit, né tout en bas de l'échelle et maudit pour ses yeux vairons. Sahana n'a jamais compris la peur que ça suscite chez certains, elle adore le bleu de l'un et le vert de l'autre ; ses deux couleurs préférées. Elle est si heureuse de savoir qu'elle n'est pas la seule à reconnaître leur beauté et celle de ses cheveux épais.

Prise d'une envie soudaine d'aller aux toilettes, elle se met à imaginer le périple nécessaire pour se soulager. Il faudrait escalader le lit pour en descendre sans faire de bruit et sans réveiller personne, passer devant le dortoir des garçons où Shobha Didi est installée avec Ilango et les autres, rejoindre les sanitaires et revenir sans être vue. Elle l'a déjà fait, mais cette nuit, elle manque de courage. Elle est affaiblie par les larmes versées et les émotions ressenties. Tant pis, elle se retiendra. À croire qu'elle n'est désormais bonne qu'à ça : réprimer ses envies, peser ses paroles, emprisonner ses rêves et attendre qu'un jour, toutes les cages s'ouvrent.

Quand il sera fort, grand et puissant, Ilango la retrouvera et ils pourront rattraper les années qui les auront séparés. Voilà ce qu'ils se répètent tous les jours depuis des mois, comme un mantra. Mais, tout au fond de son cœur, elle se demande si dans dix ans il se souviendra d'elle. Des filles plus blanches, plus jolies, plus drôles, plus instruites, plus douées, il va en rencontrer dans son nouveau pays. Elles seront des amies, des amoureuses, des sœurs. Et, au loin, l'Inde, le foyer, leur amitié se feront petits dans sa mémoire. Elle ne lui en veut même pas pour ça. Elle lui souhaite la plus belle vie du monde et ne nourrit pas la moindre jalousie à son égard. Même à l'ombre des regards, dans l'obscurité, là où elle pourrait tout s'avouer en silence, elle ne trouve pas trace de ce sentiment. Ilango a été son pilier, son frère, son meilleur ami, son allié alors qu'elle avait tout perdu. Elle sera donc, quoi qu'il lui en coûte, le souffle dans son dos quand il sera prêt à tout gagner.

Elle cale son ours sous des mèches de ses cheveux noirs, pour sentir son ventre mou contre sa joue. Elle doit apprendre à accepter sa situation pour mieux la supporter, comme on le lui a conseillé. Elle doit obéir aux Didi, continuer à travailler l'anglais avec les livres d'Ilango, prier les dieux devant l'autel, être bonne à l'école quand elle pourra y retourner et observer la cuisine, à défaut d'être autorisée à mettre les mains dedans. Si elle ne sort jamais grandie de tout cela, elle pourra au moins se dire que Pinky, Ilango et peut-être même ses frères ont réussi à s'échapper, à s'élever. En classe, elle avait entendu que quarante pour cent de la population indienne avaient moins de dix-huit ans. Alors, comment pourraient-ils tous devenir quelqu'un ? C'est impossible.

S'il le faut, fichu sur la tête et pioche à la main, elle reprendra le chemin de la grande décharge, la montagne immense, où quatre mille tonnes de détritus sont déversées chaque jour, et elle se battra à sa façon, comme sa mère s'est battue jusqu'au bout.

En attendant, demain, c'est décidé, elle ne dira rien. Elle espérera une lettre, à côté de lui qui espérera la sienne. Elle jouera la comédie, elle chantera, elle dansera et elle lui offrira son rire en écho. Elle inventera des paradis, comptera les roupies qu'ils n'ont pas et dont ils auront besoin pour réaliser tout leur programme.

Demain, elle fera pour lui ce que sa mère a fait pour elle : chasser les démons, sécher les larmes et sauver une vie.

Expéditeur : anonymous2013@gmail.com

Destinataire : Judy Reynolds

Envoyé : à 17:01 (heure de Washington)

Tu es fière de toi, là, au fond ? Tu ne te dégoûtes pas ? Être restée de marbre, tu crois que ça te rend forte, incassable ?

Tu m'as traitée de lâche, et je vais te prouver que tu t'es trompée. Je m'appelle Addison Carter, je suis la mère d'Abby. Le professeur Henry Moore a tout avoué à sa femme sur son lit de mort pour soulager sa conscience, et elle a fini par venir nous trouver, mon mari et moi, pour rétablir la vérité, réhabiliter Abby et s'excuser pour son mari. Elle était bouleversée de t'avoir crue et de l'avoir soutenu. D'avoir toujours été sa caution en société, d'avoir défendu un homme qui profitait de sa supériorité hiérarchique, de sa position, de son ascendant sur des étudiantes. Mais, toi qui as tué dans l'œuf la vérité alors que tu savais, toi qui as fait passer un prédateur pour un simple séducteur, tu dors tranquille et tu travailles pour le Président ? Tu continues à soutenir des hommes ouvertement misogynes, comme 45 et d'autres de son administration ? Tu continues à leur donner du crédit en profitant de ton impact de femme médiatique et politique ?

Combien il y en a eu, avant elle, avant toi, à ton avis ? Combien se sont tues de peur d'être décrédibilisées comme tu as décrédibilisé Abby ? Si tu n'avais rien dit, tout aurait été différent. Le silence, je l'aurais accepté, Abby aussi peut-être d'ailleurs, mais tu as choisi le mensonge et tu t'es vautrée dedans.

Jusqu'à la conférence de presse, je voulais bien te laisser le bénéfice du doute, mettre ça sur le compte de ta jeunesse, de ton ambition, de ta propension à être manipulée et je t'avais offert une porte de sortie. Désormais, je sais que tu es de glace et que tu n'as pas d'honneur. Je sais que tu n'es le pantin de personne, tu agis en ton nom, pour ton propre intérêt.

Abby était ta camarade, c'était une jeune fille brillante, comme toi, et tu la considères encore comme une simple affaire classée ? Tu fais encore passer la vérité pour de la diffamation, au lieu d'assumer ton erreur qui lui a coûté la vie ?

Le viol est un crime. Se laisser faire, par peur des conséquences sur son avenir, ne constitue en rien un consentement et tu le sais très bien. Aussi, protéger l'auteur d'un crime a fait de toi sa complice.

Je me suis rongé les sangs pendant des années en essayant de comprendre pourquoi Abby s'était suicidée alors qu'elle avait la vie devant elle. La veille de sa mort, elle m'avait confié qu'elle avait inventé cette histoire. Tu te rends compte ? Par honte, par dépit, elle était si anéantie qu'elle a préféré mentir à sa propre famille, l'absoudre lui avant de disparaître. Elle est morte en se pensant responsable.

Tu as peut-être été une victime toi aussi, même si cette ordure semblait penser jusqu'au bout que tu l'avais aimé. Mais on peut être victime de l'un et bourreau de l'autre.

Je ferai désormais tout ce qui est en mon pouvoir pour t'obliger à parler, et je le ferai en mémoire de ma fille, parce que je lui dois. Je ne peux plus lui rendre justice que comme ça.

Tu penses que 45 te protégera quand tout éclatera ? Tu crois que des femmes voteront pour toi ? Tu crois que ton fils et ton mari te regarderont de la même façon ?

On finit toujours par payer ses péchés, tu sais. Vivre dans le mensonge et fuir tout rappel de la réalité, c'est aussi laisser un terrain en jachère pour la maladie qui se nourrira de la culpabilité et colonisera l'espace. C'est ce qui s'est passé pour Henry Moore. Cette histoire te grignotera de l'intérieur… avant ou après que tout explose au grand jour.

Une journaliste m'a écoutée aujourd'hui, d'autres le feront après elle. Je ne lâcherai pas, je n'ai rien à perdre.

Addison Carter, mère d'Abby Carter, décédée le 2 juillet 2013.

23.

Hayley Davis, Angleterre

22 h GMT / 23 h à Brighton

DANS LE SILENCE DE SA CHAMBRE, Hayley est assise en tailleur sur le lit qu'elle n'a pas pris le temps de faire aujourd'hui. Autour d'elle, des feuilles volantes, des stylos et trois carnets parsèment les draps blancs et la housse de couette indigo. Alors que ses filles, fatiguées de leur journée, dorment à poings fermés, et que Jamie est parti promener Chad, elle profite de ce moment de solitude. Elle s'adonne à une activité qu'elle s'impose depuis des années : laisser trace à ses enfants des moments clefs de leur existence. Elle a eu l'idée pendant sa grossesse il y a huit ans, lorsqu'elle attendait Milla, et après sa naissance, elle a poursuivi cette entreprise, d'événement en événement. Ses premiers pas, ses premiers mots, ses premières vacances, la naissance de sa sœur, ses premiers jours d'école, ceux de Willow… Écrire à ses filles pour plus tard, c'est pouvoir leur parler avec des mots d'adulte. C'est leur donner l'opportunité de revivre ce qu'elles auront oublié, c'est figer le temps, les images, les émotions.

Souvent, elle part d'une occasion ou d'une situation particulière, et elle y ajoute des anecdotes, des détails, des phrases de l'une ou de l'autre. Ce soir, tandis qu'elle leur décrit cette étrange période qui marquera le monde, elle en profite pour inscrire la question que Milla lui a posée tout à l'heure. *Mamma, il arrive quand notre frère ?* Cette impatience dans la voix, cette façon de le nommer et de l'inclure à la famille, c'était bouleversant. Elle veut qu'un jour, lorsqu'ils seront tous grands, ils puissent se souvenir des moments qui ont précédé leur première rencontre.

Cet exercice d'écriture pour le futur, son aspect contemplatif, la concentration qu'il requiert, les liens qu'il tisse, apaisent Hayley après l'agitation du jour et les montagnes russes de la soirée. Le live, la conversation avec ses parents et sa grand-mère, les milliers de réactions sur les réseaux sociaux, la sensation de s'être mise à nu, et les prémices du combat qu'elle entend mener avec cette nouvelle chanson lui ont siphonné toute son énergie. Étrangement, depuis son plus jeune âge, le contact avec le papier et le stylo a toujours su la régénérer. C'est à la fois un exutoire, une nourriture et une reconnexion avec son être profond.

Lorsque Jamie passe la porte de la chambre avec Chad sur les talons, elle s'interrompt pour l'accueillir. En levant les yeux vers lui, elle perçoit tout de suite la vague d'émotions qui l'envahit.

— Qu'est-ce qu'il y a, *amore* ?

— C'était dans la boîte aux lettres…, lui dit-il en tendant une enveloppe déjà ouverte.

D'ordinaire, c'est Valentina, la nounou des filles, qui s'occupe de trier leur courrier et ils n'ont pas repris le réflexe d'aller vérifier son contenu régulièrement.

— On l'avait oubliée, celle-là ! C'est quoi ?

— Regarde ! C'était là depuis des jours…

Hayley lève les sourcils et porte la main à sa bouche. Entre ses mains, elle découvre un dessin qui vient de loin. Sur la feuille colorée, il y a, d'un côté, une maison sous le drapeau anglais. De l'autre, sous le drapeau indien, un garçon devant un taxi tient la main d'une petite fille, tenant elle-même un ours en peluche. Sous leurs pieds sont griffonnés quelques mots : *Amis pour la vie, Ilango et Sahana, future cuisinière en Angleterre ?*

— C'est tellement touchant, tu as vu… Quand je pense qu'il devrait déjà être avec nous depuis deux semaines et qu'à la place, il attend là-bas dans son foyer, sans école, sans rien, ça me tord le bide.

— Apparemment, il n'est pas sans rien, il a une amie qui s'appelle Sahana et il veut qu'on sache comme elle compte pour lui, répond Hayley.

— Tu crois qu'il y a un message derrière ?

— À neuf ans en Inde, je ne pense pas qu'il envoie un dessin gratuitement. C'est la première fois qu'il fait ça et il a écrit en anglais, en plus. Il voulait être sûr que l'on comprenne… Et ce point d'interrogation veut tout dire.

— Tu as raison.

Le visage de Jamie change d'expression. Il s'assombrit.

— Ça te renvoie à des choses, toi, hein ? dit Hayley en se collant à lui.

— Oui, forcément. J'en ai eu des potes en foyer, je sais ce que c'est de se raccrocher les uns aux autres, d'être dans la même galère, de prendre les coups ensemble et de devenir frères, même si je ne peux pas oser comparer les foyers anglais et les maisons d'enfants indiennes.

— La solitude, au fond, c'est la même, je pense. Et les relations qui se créent aussi.

— Ouais, peut-être.

Dans le lit, leurs corps se rapprochent instinctivement. Hayley aimerait tant pouvoir absorber la tristesse qui vit en lui et dont il ne s'est jamais vraiment départi. Grandir dans ce système, c'est bâtir sur des ruines, se forger face aux vents contraires, se battre contre la peur de l'abandon, être marqué au fer rouge. Elle caresse sa barbe de la paume de la main, l'embrasse au creux du cou et elle attend. Elle sait qu'il a besoin de dire quelque chose, elle le connaît.

— J'avais un copain, moi aussi. Liam, il s'appelait. On n'avait plus l'âge d'être adoptés, mais on pouvait espérer une famille d'accueil pour avoir au moins une chambre à nous, un semblant de stabilité et peut-être même des adultes sympas qui nous aideraient à ne pas vriller. Lui, il a fini par trouver ça. Et on s'était promis que ça ne changerait rien. Mais ça a tout cassé. On n'avait plus la même vie ni le même quotidien. On s'est perdus. J'ai eu l'impression qu'il me trahissait, c'était tellement con.

— C'est surtout tellement humain. Il est devenu quoi ? Tu as su ?

— Non, il a déménagé avec sa famille et rideau noir.

— Tu aimerais le retrouver ?

— Maintenant ?

— Oui…

— C'est trop tard.

— Tu te souviens de son nom de famille ?

— Celui de l'époque, oui.

— Alors il n'est jamais trop tard.

— On va faire quoi à propos de cette petite Sahana ?

— Je ne sais pas.

Willow se met soudain à crier et à appeler Hayley depuis sa chambre. Elle n'a pas le temps de se lever que sa fille court vers elle, dans le lit.

— Mamma…

— Oui, *amore*, qu'est-ce qui se passe ?

— J'ai fait un cauchemar. C'était horrible.

— Viens, là, c'est fini.

— Il le tuait dans sa cage.

— Qui ?

— L'ours !

— Oh, c'est à cause de la photo de ce matin…

— Non, c'est à cause des gens méchants qui font du mal aux animaux.

— C'est vrai, tu as raison, je me suis mal exprimée. Tu veux que je te raconte quelque chose de beau ?

— Oui, quoi ?

— Je ne te l'ai pas encore dit mais, tout à l'heure, j'ai reçu des nouvelles de l'association qu'on a décidé de soutenir. Ils ont sauvé une vingtaine d'ours en Chine aujourd'hui. À l'heure qu'il est, ils sont sûrement arrivés dans leur sanctuaire et ils vont pouvoir vivre mieux, avec de gentilles personnes qui vont bien s'occuper d'eux.

— Ah, je suis contente, dit Willow en reniflant et en passant les doigts sur ses yeux rouges d'avoir pleuré.

— Moi aussi ! N'aie plus peur pour l'ours, mon petit chat, d'accord ?

Milla déboule dans la chambre et saute sur la couette à son tour.

— Bah, tu ne dors pas, toi non plus ? lui demande Jamie dans les bras duquel elle se blottit.

— Non, j'ai entendu Willow crier, ça m'a réveillée.

— C'est câlin général alors, dit Hayley.

— Ouiii ! C'est quoi ça ? demande Milla en prenant le dessin et l'enveloppe au pied du lit.

— Ça vient d'Ilango…, répond Jamie.

— Oh, c'est beau ! s'exclame Willow. C'est qui la fille ?

— Sa meilleure amie, on dirait. Elle s'appelle Sahana, il a écrit son prénom en dessous. Apparemment, elle veut devenir cuisinière comme toi ! lui dit Milla.

— C'est vrai ? On va la rencontrer, mamma ?

— Je ne sais pas, mon cœur, mais pour le moment, il faut retourner se coucher…

— Oh non ! On peut faire un dessin pour lui nous aussi ?

— Oui, demain, promis.
— Je peux dormir avec Milla ?
— Si elle est d'accord, bien sûr.
— Oui, mais tu ne prends pas toute la place, OK ?
— OK !

Tandis qu'Hayley attrape la main de l'une et de l'autre pour les accompagner dans la chambre de Milla, elle ne peut s'empêcher de penser à la violence du monde et à l'impact qu'elle a sur ses filles. Peut-être n'aurait-elle pas dû leur montrer la photo de l'ours ce matin ? Comment toujours savoir où il faut positionner les œillères ? La balance entre la volonté de les préserver et la nécessité de les intéresser aux justes causes est si difficile à équilibrer. Parfois, elle se demande si elle ne leur en dit pas trop, si elle ne perturbe pas leur état d'enfant, comme quand elle leur raconte la réalité de ceux qui ne sont pas nés sous la même étoile qu'elles. Mais c'est aussi parce que Jamie et elle les éduquent comme ça qu'elles ont si bien accueilli la nouvelle de l'adoption d'Ilango. Quel est le bon chemin, alors ? Laisser aller les rêves et les cauchemars, accepter les deux, les entourer dans un cas comme dans l'autre ? Sûrement.

— Mamma, tu peux nous chanter un truc avant d'éteindre la lumière ? demande Willow.
— D'accord, mais vous fermez les yeux d'abord.

Chacune pose sa tête contre une extrémité de l'oreiller, face à face. Hayley adore être le témoin de cette sororité. Elle lui rappelle tant de souvenirs avec Odetta et Chiara. C'est une bénédiction de pouvoir partager ses jeunes années avec des semblables quand l'amour est là. Tout est très différent pour Ilango, elle le sait. On lui a parlé des guerres que se menaient les enfants là-bas. Ils ne se font aucun cadeau. Ils se brutalisent, entraînés par l'effet de groupe. Comme dans les cours d'école, mais avec un moteur aggravant que les privilégiés ne connaissent pas : la détermination à survivre.

Tout en leur fredonnant la chanson de De Nasheer que les petites aiment tant, elle les regarde s'endormir en se demandant quels sont les cauchemars d'Ilango et de son amie, Sahana. Messagers de l'inconscient, ils sont relatifs aux angoisses de chacun et il n'est pas évident de les décoder, même lorsqu'on est adulte. Et, contrairement à Willow et Milla, Ilango et Sahana ont une anxiété double : il y a les problèmes d'aujourd'hui et les souffrances d'hier. Hayley aimerait tellement pouvoir se téléporter et chanter pour eux aussi, là tout de suite.

Devant le rythme apaisé de respiration de ses filles, elle éteint la veilleuse en forme de chat et retourne près de Jamie.

— Elles dorment ?
— Oui, c'est bon.
— T'es une cheffe !
— Oh, tu sais très bien les bercer toi aussi…
— Mais pas en chantant !
— Non, ça, il ne vaut mieux pas.
— Comme il ne vaut mieux pas que tu dessines !

Elle rit.

— Blague à part, qu'est-ce qu'on va faire ? Tout est suspendu, on n'a pas de date, on ne sait même pas quand on va pouvoir venir le chercher… Et on lui dit quoi pour Sahana ?
— Je n'ai pas plus de réponse que toi, *amore.*
— Déjà, il faut que les filles nous dessinent tous les quatre, pour lui montrer qu'il aura deux sœurs ici aussi.
— Oui… Et je pense qu'on peut lui écrire qu'on les embrasse tous les deux pour lui prouver qu'on a pris en considération son message. Et puis je vais envoyer un mail à Sanrakshit Bachpan pour avoir des informations sur elle, dit Hayley en prenant son téléphone.
— Maintenant ?
— Oui, je ne pourrai pas dormir avant de l'avoir fait.
— C'est bien toi, ça, tiens.

Ce soir, ils n'ont pas la tête à faire l'amour comme ils se l'étaient promis dans la douche ce matin et ce n'est pas grave. Elle a besoin d'écrire, il a besoin de penser. Tandis qu'elle tape sur son écran, il se met à croquer sur son cahier à dessins. Dans leur bulle, il y a toujours eu de l'espace pour les impératifs de l'un et de l'autre. C'est pour cela qu'ils forment une si belle équipe et qu'ils ne craignent ni la proximité de ce confinement ni la distance que leur imposent souvent leurs métiers respectifs. Ils sont soudés, même dans leurs désirs indépendants. Ils se laissent de l'espace, même lorsqu'ils sont dans la même pièce.

Alors qu'elle pose des questions sur le parcours de cette petite fille, Hayley, en silence, se souvient de tous les obstacles rencontrés depuis un peu moins de trois ans. Jamais elle n'aurait pu imaginer, avant de le vivre, à quel point une procédure d'adoption internationale pouvait être complexe. Encore plus dans un pays où les règles du jeu ne sont pas les mêmes. Au départ, elle a tenu à être traitée comme tout le monde, sans faire valoir sa notoriété, sans envisager de payer qui que ce soit pour accélérer le processus. En parallèle, elle a simplement voulu faire des donations pour améliorer la vie des enfants et leur offrir plus de confort, parce qu'elle en avait les moyens. Au fil des mois, elle a compris que rien ne se passerait comme elle le souhaitait. Ce qu'elle avait envoyé avait été détourné, et ce qu'elle avait tenté de faire dans les clous s'était avéré inefficace. La corruption était partout et il fallait l'accepter pour parvenir à recueillir un enfant. Elle a alors dû graisser les pattes d'intermédiaires. Elle a suivi le parcours du combattant, mais s'est ainsi donné l'opportunité de voir la ligne d'arrivée. Elle ne regrette rien. Jamie et elle ont beaucoup appris de cette aventure et ils apprennent encore. Tant que l'intégrité des mômes est respectée, tant qu'ils sont préservés d'autres industries aux trafics monstrueux, qu'importe si certains hommes et certaines femmes entreprennent de gagner leur croûte sur le dos des futurs parents étrangers. Après tout, si c'est la manière qu'ils ont trouvée pour survivre eux aussi, qui serait-elle pour les juger ? Ce qui a été plus pénible à admettre, en revanche, c'est qu'elle ne pouvait rien faire parvenir aux enfants, à moins de leur apporter en personne.

— Tu as fini ton mail ?
— Presque !
— On se couche après ?
— Non, je vais écrire à Ilango, dans son carnet, tu sais. J'ai envie de commencer ce soir, ça a du sens je trouve.
— OK. Si seulement tu pouvais lui rédiger tes lettres en hindi, il serait impressionné à dix-huit ans !
— Déconne pas ! Ça fait un an qu'on trime à raison de trois séances par semaine pour essayer de le parler, mais réapprendre à écrire, on n'y arrivera pas.
— Willow et Milla peut-être, on absorbe plus vite à cet âge-là.
— Oui, mais nous, non !
— Écris bien, alors, dit Jamie après avoir posé un baiser sur ses lèvres.
— Merci, bonne nuit, *amore.*

Si Jamie n'avait pas eu envie de dormir tout de suite, Hayley aurait bien discuté avec lui une partie de la nuit. Il y a un sujet qui l'obsède et qu'elle aimerait mettre sur la table : que feront-ils après ? Reprendront-ils le rythme fou ? Les avions, les vans, les bus, les hôtels, les répétitions, les concerts pour l'une, les salons pour l'autre ? Ces dernières semaines, elle a l'impression d'aspirer à autre chose, de vouloir ajuster la vie à l'aune de ce dont elle est certaine aujourd'hui : ce qu'elle aime le plus au monde, ce sont finalement les plaisirs simples qu'ils partagent à quatre et partageront bientôt à cinq. Lorsqu'ils seront enfin réunis, elle tient d'ailleurs à organiser un voyage en Italie, avec toute la famille, pour leur présenter Ilango, pour serrer sa nonna et tous les autres dans ses bras, et pour montrer à son fils adoptif la richesse de la mixité culturelle à laquelle il ajoutera une nouvelle branche.

En attendant ce moment béni, elle reprend son stylo et met la mine en contact avec le papier. Peu importe si cette lettre est adressée à celui qu'il sera dans neuf ans, elle a le trac comme jamais, mais elle ne se couchera pas avant d'avoir trouvé les mots pour lui parler de ce qu'elle ressent.

Expéditeur : Alix Bouvet

Destinataire : Magali Dubois

Envoyé : à 00:35 (heure française)

Je n'arrive pas à dormir et je pense à toi. J'imagine que si je n'ai pas de tes nouvelles, c'est que tu n'as pas encore eu la possibilité de m'écrire, mais je t'avoue que j'attends avec impatience de savoir comment tu vas et comment va Gloria. Je ne trouverai pas le sommeil avant ça.

Je vais regarder une série pour m'occuper, en espérant un mot de toi.

Je t'embrasse fort.

PS : c'est fou comme cette journée t'a rapprochée de mon cœur.

Expéditeur : Magali Dubois

Destinataire : Alix Bouvet

Envoyé : à 01:30 (heure espagnole)

Je suis désolée, ma belle, je n'ai pas pu m'arrêter avant pour te répondre. J'espère que tu dors maintenant…

Pour te faire un court résumé, au moment où Rafaella venait vers le camion pour nous retrouver avec Gloria, on a entendu une sirène de police, je leur ai dit de filer toutes les deux et, moi, je me suis débrouillée pour passer le contrôle, grâce aux papiers de mon patron. Ils m'ont laissé circuler (heureusement, quel stress !) et depuis je me suis mis en tête de passer à tout prix la frontière française avant de faire une pause pour dormir. Là, je viens juste de trouver une place sur une aire d'autoroute et de reprendre mon téléphone pour t'écrire, mais je repars direct après.

En tout cas, ton message me fait très plaisir. Ta présence à distance m'a beaucoup aidée aujourd'hui, tu sais. Tu m'as donné un courage fou !

Je crois que ce que je retiendrai de cette journée, c'est qu'il faut savoir prendre des risques pour la bonne cause. Alors, si tu es d'accord, j'aimerais bien qu'on prenne le risque de nous rencontrer sans attendre qu'on nous y autorise… Je suis sûre qu'on peut trouver un moyen.

Je t'embrasse fort aussi.

Expéditeur : Alix Bouvet

Destinataire : Magali Dubois

Envoyé : à 01:35 (heure française)

Je m'étais endormie mais j'avais laissé mon téléphone sur sonnerie pour me réveiller dès que tu m'écrirais :)

Je suis très contente de vous savoir l'une et l'autre en sécurité.

Et je suis d'accord avec toi, j'ai très envie de te voir aussi.

Expéditeur : Magali Dubois

Destinataire : Alix Bouvet

Envoyé : à 01:39 (heure espagnole)

Tu es trop mignonne d'avoir fait ça.

Je vais d'abord rentrer m'occuper de mon chat qui va me faire un boudin du diable, et ensuite, on organisera notre moment, quitte à nous voir pour une promenade dehors si c'est le plus simple. Je pourrai même mettre un harnais à mon poilu et le prendre pour alibi, ah ah ! Je ne vois pas pourquoi il n'y aurait que les chiens que l'on pourrait balader après tout...

Expéditeur : Alix Bouvet

Destinataire : Magali Dubois

Envoyé : à 01:43 (heure française)

Tu me fais rire ! J'imagine bien la scène... Tu sais qu'il y a des gens qui louent des chiens pour pouvoir sortir ? On vit vraiment une période dingo.

J'ai hâte en tout cas !

En attendant, je t'envoie toute ma force pour les heures qui te restent à conduire, et mille baisers pour ta « nuit ». Prends bien le temps de te reposer pour être en forme pour remonter chez toi...

Expéditeur : Magali Dubois

Destinataire : Alix Bouvet

Envoyé : à 04:45 (heure espagnole)

Merci pour tout ça, j'aime imaginer ton sourire derrière l'écran :)

À tout à l'heure, je t'enverrai un message avant de me coucher et un autre avant de reprendre la route. Mille baisers en retour.

24.

Kirsten Keller, Ida Hofman, Allemagne

23 h GMT / 01 h à Berlin

Assise sur le canapé, à côté de Roddrick, Kirsten s'enivre. Avec deux bières déjà dans le corps, elle accompagne désormais son mari à la vodka. Il a acheté la bouteille *exprès pour elle* parce qu'elle n'aime pas le whisky.

Un peu plus tôt dans la soirée, il s'est encore énervé. Il l'a accusée d'être toujours triste, de devenir une vraie loque humaine et de plomber l'ambiance. Puis il l'a secouée et il a crié pour qu'elle réagisse. Il a même fait voler un verre vide qui s'est éclaté contre la porte d'entrée. Pour l'apaiser et se préserver d'un autre jet d'objet, elle s'est excusée et lui a proposé de se détendre en buvant un coup tous les deux devant la télévision. Ça lui a plu et ça a fonctionné.

Soudain, il fait très chaud dans l'appartement. Elle aimerait retirer son pull, mais elle n'a pas mis de tee-shirt en dessous, alors elle supporte. Chaque geste étant interprété, elle les mesure avec précaution.

— J'aime bien quand on passe des moments comme ça, quand on peut parler et boire normalement, tu vois ? dit Roddrick.

— Oui.

— Il est beau ton sac, hein ? Tu ne m'as même pas dit s'il te plaisait.

— Oui, il est joli, merci.

— Tu pourras le mettre dès que la vie reprendra ! Je t'emmènerai au restaurant la première semaine de réouverture, sur mon jour de repos s'il le faut ! Ça je te le garantis ! Ça va te redonner de la joie de vivre, tu verras.

L'alcool aidant, elle n'a même pas besoin de se forcer à sourire. C'est agréable. Elle reprend une grande lampée.

— Vas-y doucement, quand même. Tu n'as pas l'habitude, je ne voudrais pas que tu t'écroules après...

— T'inquiète pas.

— Bah si, il faut rester en forme, chérie. J'ai encore envie, moi. C'était tellement bon tout à l'heure.

Cette évocation lui donne la nausée. Elle ne peut ni se taire ni lui répondre ; elle change de sujet.

— Je voulais te parler d'un truc, au fait.

— Je t'écoute, dit-il en posant la main sur sa cuisse, sans la serrer pour une fois.

— Je réfléchissais à l'après, justement, et je me disais que j'aimerais bien travailler maintenant.

— Oh, on en a déjà discuté, on ne va pas recommencer ?

— C'était il y a longtemps...

— Et rien n'a changé depuis ! Je gagne assez pour nous deux et, toi, tu n'as pas de métier de toute façon. Ton job, tu le fais super bien à la maison. Ça me suffit, je n'ai pas envie que tu ailles vadrouiller dehors pour rapporter trois sous. Et puis, tu ferais quoi ?

— J'aimerais bien suivre une formation d'abord, pour travailler dans une crèche ensuite.

Il retire vivement sa main et se tourne vers elle pour lui faire face.

— Tu plaisantes ? Tu crois que tu as besoin de ça ?
— Oui.
— Sûrement pas ! Ça va te rendre encore plus folle !
— Mais non, au contraire, je pense que ça me ferait du bien d'être au contact des enfants.
— Comme ça te fait du bien de rester assise par terre dans la chambre de Levin pendant des heures ? N'importe quoi !
— Mais…
— On est tranquilles, on a bien mangé, on profite du moment et toi tu pars en vrille, c'est dingue ça !
— Pourquoi tu t'énerves ? Je te dis simplement que…
— Arrête ! Tu serais incapable de t'occuper des petits, tu le sais très bien. Tu crois qu'à Berlin ils vont engager une femme qui a perdu son bébé, et une femme moitié arabe en plus ? Toi, ce que t'as dans le sang, c'est la cuisine.
— Je ne veux pas être chef !
— Qui te parle d'être chef, tu délires ou quoi ? Tu fais à bouffer pour nous, c'est parfait comme ça. Fin de la discussion, je vais pisser.

Il part en trombe et elle reste interdite. Elle pensait pourtant que toutes les conditions étaient enfin réunies pour aborder ce sujet. Elle s'est encore trompée.

Elle profite de le savoir dans les toilettes pour se ruer dans la chambre, attraper un vêtement moins chaud et filer dans la salle de bains. Après s'être changée à la va-vite, elle entend la chasse d'eau. Elle saisit malgré tout le tube de crème pour bébé, baisse son pantalon, puis sa culotte, et s'applique une noisette tout aussi rapidement.

— Tu es passée où ? gueule-t-il depuis le salon.
— J'arrive.
— Tu n'es pas partie te coucher, hein ?
— Non.

— Putain, tu fais vraiment chier, tu m'as niqué mon désir avec tes conneries.

En retournant vers lui sur la pointe des pieds, elle ferme la porte de la chambre de Levin, sans faire de bruit, au cas où.

— Tu t'es changée ?
— Oui, j'avais chaud.
— C'est l'alcool ça, tu es bourrée.
— Non, ça va.
— Vas-y, marche en ligne droite, puis arrête-toi, et passe ton bras sous ta cuisse pour toucher ton nez sans bouger.
— Je n'en ai pas besoin, je t'assure, tout va bien.
— C'est une manie de me contredire toute la journée ?

Il se lève, la saisit à la gorge et plante son regard noir dans le sien pour l'inciter à répondre.

— Je déteste quand tu fais ta pute comme ça, ajoute-t-il.

Roddrick utilise cette insulte pour tout et rien. Quand elle avait encore la possibilité d'aller chez l'esthéticienne, pour être propre comme il dit, et qu'elle avait le malheur de faire une manucure, c'était une pute. Quand elle met une robe, c'est une pute. Quand elle revient en sueur d'un jogging, c'est une pute. Quand elle parle gentiment à quelqu'un qui livre un colis, c'est une pute. Quand elle refuse de faire une activité ou une autre, c'est une pute. Quand elle s'allonge sur le canapé et qu'il arrive pour s'y installer, c'est une pute.

— Bon allez, rassieds-toi et calme-toi un peu.
— Je suis calme.

Elle regrette ces trois mots instantanément. Cet aplomb que lui procure l'alcool va finir par lui coûter cher. Elle est bien plus saoule qu'elle ne veut lui avouer.

— Tu me cherches ?
— Non, répond-elle après avoir repris une gorgée.

Il finit son verre d'une traite et lui attrape le bras.

— Je crois que si. T'es insupportable.

D'un geste vif, le poing de Roddrick vient s'écraser entre ses seins et lui coupe la respiration. Elle tombe à la renverse au bout du canapé, la tête contre le sol.

De l'autre côté de la cloison, Ida et son compagnon, Heinrich, sont dans leur lit, mais ils ne dorment pas. Le chahut qui perce soudain le silence dans lequel ils étaient plongés – lui devant son livre, elle dans ses pensées – les fait se dresser d'un coup. Elle savait que ça arriverait, elle attendait. Il espérait que ça n'arrive pas.

— Il recommence ! Tu entends ?
— Oui…
— On y va !
— Maintenant ? Mais il est plus d'une heure du matin.
— Et alors ?
— Ils ne vont jamais nous ouvrir !
— On fait comme on a dit, on va chercher des voisins et on insiste !
— Ma puce, je comprends, et ça me rend malade aussi, mais je crois qu'il faut plutôt essayer de rappeler la police.
— Appelle-les, toi, et, pendant ce temps, je vais sonner aux portes !
— OK.

Ida ne s'était pas déshabillée, elle n'avait pas enfilé de pyjama. Elle voulait être prête à se lever et à agir. Il lui était impossible de s'endormir ce soir en ignorant l'escalade de la violence à laquelle elle a assisté ces vingt-quatre dernières heures. Dans son corps de femme, elle le sent, il va finir par la tuer si personne ne bouge pour l'arrêter.

Le visage boursouflé de Mme Keller la hante depuis qu'elle l'a vue cet après-midi. Elle n'avait jamais été confrontée à une telle brutalité, à de tels sévices. Bien sûr, elle savait que ça existait, mais en être témoin, c'est autre chose. Ça empoigne, ça révolte et ça creuse une fissure à l'intérieur. Mille questions ont défilé dans sa tête aujourd'hui. Comment peut-on infliger cela à sa partenaire ou à sa femme ? Comment peut-on survivre à un tel acharnement de la part d'un homme qu'on a dû aimer un jour ?

Toute la journée, Ida a lu des articles, écouté des témoignages et regardé des vidéos sur le sujet. Elle avait besoin d'entendre la voix des survivantes, des familles des victimes, mais aussi de ces hommes-là, lorsqu'ils sont passés par la case incarcération et qu'il y a des traces de leurs discours, de leurs soi-disant regrets ou de leurs prétextes, selon les cas. Elle a compris que derrière cette violence, souvent, se cachait une obsession, difficile à endiguer parce que le système est encore bien trop souple avec les prédateurs qu'ils sont.

Depuis plus de huit heures, aussi, elle s'est demandé pourquoi Mme Keller ne l'appelait pas. Pourquoi elle n'utilisait pas la liste de numéros pour tenter de s'échapper ? Elle a fini par admettre que l'emprise et l'entreprise de dénigrement avaient sûrement eu raison de toute aspiration à s'en sortir. Comment voir le filet de lumière au loin quand on est asphyxiée par des couches de noirceur en permanence ? Dans un des reportages qu'elle a visionnés, certaines racontaient qu'elles n'allaient même plus à l'hôpital pour se faire soigner de leur commotion cérébrale, de leurs plaies ouvertes ou de leurs fractures, de peur des représailles si elles venaient à expliquer au corps médical comment elles s'étaient retrouvées dans un état pareil. Ida a compris qu'il y avait, dans cette épreuve insoutenable infligée par l'autre, une forme de négation de soi.

Ainsi soit-il, elle, elle ne niera pas la souffrance de cette voisine. La détermination chevillée au cœur, elle fera tout ce qui est en son pouvoir pour la sortir de là ce soir, avant qu'il soit trop tard.

— Tu les as déjà eus en ligne ? demande-t-elle à Heinrich en laçant ses chaussures.
— Oui !
— Ils ont dit quoi ?
— Qu'ils enverront la patrouille dès qu'elle sera disponible.
— C'est vrai ? Ils ont dit qu'ils viendraient ?
— Oui, parce qu'ils ont bien noté qu'on avait beaucoup appelé.
— C'était une femme ?
— Non, un homme.
— Eh ben, ce n'est pas trop tôt ! Pourvu qu'ils se dépêchent...
— On reste là et on les attend du coup, non ? Ils sont équipés, eux, tu sais.
— Mais enfin, pourquoi tu recules comme ça ?
— Parce que si ça tourne mal, c'est moi qui vais devoir m'occuper de lui, tu comprends.

Ida baisse les yeux. Le malaise que cette phrase vient de jeter est multiple. D'un côté, elle se sent comme un chef de troupe incapable d'assumer elle-même les conséquences de son initiative et, de l'autre, elle aimerait qu'Heinrich fasse preuve de plus d'héroïsme dans de telles circonstances. Mais lui jeter la pierre serait un peu facile, concède-t-elle pour elle-même.

— Oui, je comprends. Je vais déjà voir si des voisins veulent bien nous aider et je reviens, d'accord ?
— OK. Je m'habille.

Chez les Keller, Kirsten a la bouche qui mord le parquet. Elle ne bouge plus. Elle a pris les coups de pied sans se défendre. À quoi bon se débattre à ce stade ? Les crises sont de plus en plus rapprochées, son corps n'a plus le temps de se remettre de l'une que la suivante est déjà là. Manger, regarder la télé, jouir, boire, frapper, dormir, recommencer. Voilà la nouvelle routine de Roddrick. Et, au milieu de cet inexorable enchaînement, un cadeau, une promesse, des excuses, des larmes parfois.

Ce soir, quand il a reculé, il n'a pas pleuré. Il s'est contenté de se radoucir et d'essayer de la relever, en disant qu'elle l'avait encore mis dans tous ses états. Elle l'a ignoré. Elle continue de l'ignorer depuis de longues minutes, alors qu'il est assis plus loin, la tête entre les mains. Il marmonne, elle ne comprend rien. Ses mots n'ont de toute façon plus la moindre importance pour elle.

— Bon, je vais aller me doucher, finit-il par articuler en la contournant. Je suis en sueur, putain. J'espère que pendant ce temps, tu vas réfléchir un peu et comprendre que ce n'est pas ma faute si tu m'obliges à te recadrer comme ça. On en a déjà parlé, tu me pousses trop loin. Mais si tu revoyais ton attitude, je te jure que tout serait différent…

Dans les couloirs de ce sixième étage d'immeuble, Ida a frappé à toutes les portes. La façon dont les gens répondent à une sollicitation non désirée à leur domicile a toujours été une école de la vie. Il y a les grincheux, les avenants, les peureux, les serviables et les indifférents. Elle a écouté certains regarder par le judas sans ouvrir, elle s'est fait claquer une porte au nez par une femme qu'elle avait réveillée, plusieurs se sont excusés en disant qu'ils ne préféraient pas sortir à cause du virus, d'autres n'ont pas répondu et trois ont accepté de la suivre en disant qu'ils avaient eux aussi entendu des cris aujourd'hui. Parmi eux, deux hommes et une jeune femme. Elle revient chez Heinrich avec eux. À cinq, ils sont peut-être assez.

Kirsten se relève avec peine tandis que Roddrick s'est évanoui dans la douche. Pliée en deux, elle marche jusqu'à la chambre de Levin. Elle rouvre la porte qu'elle a fermée tout à l'heure, se dirige vers la commode et en extirpe une layette. Elle la place devant son visage et la respire. Elle ne sent rien. Elle essaie encore. Rien de plus. Pire, elle constate qu'elle vient de mettre du sang sur le vêtement bleu et blanc. La vision lui est insupportable. Tout est souillé. Tout est mort.

Le groupe de voisins est maintenant à l'entrée de l'appartement des Keller. Ils discutent en chuchotant pour tenter de se mettre d'accord. Ida remarque qu'au sol, à la lisière du tapis, il y a des éclats de verre. Elle les voit parce qu'ils réfléchissent la lumière du couloir. Elle les montre aux autres, qui débattent de la meilleure manière de procéder. La jeune femme veut sonner, Heinrich aimerait qu'ils attendent encore cinq minutes pour voir si la police arrive, l'un des hommes – champion de judo – est confiant pour se mettre devant, le dernier dit qu'il est d'accord avec Heinrich. Ida trépigne de rage et d'impatience.

De l'autre côté, tandis que l'eau continue à couler dans la salle de bains, Kirsten a remis son pull parce qu'elle avait froid, gardé la layette tachée en main et elle avance vers le salon. Le vide qu'elle ressent jure avec le flux de pensées en pagaille. Ce soir, Levin n'est pas dans cet appartement. Elle n'a plus de maman, plus d'amis et plus de contact avec son père depuis que Roddrick a changé sa puce de téléphone. Elle ne pourra jamais travailler, ni avec les enfants ni avec personne. Elle devait avoir un chien pour Noël, puis pour son anniversaire, mais il n'est jamais venu.

Dans une démarche robotisée, elle continue à avancer pieds nus sur le parquet. Lorsqu'elle arrive devant la fenêtre, elle l'ouvre de la main qui ne tient pas la layette. Elle prend le temps de regarder vers le ciel, puis en bas, vers la rue déserte. Elle passe doucement la rambarde de sécurité, place le vêtement contre son cœur, et lâche la prise qui la retenait encore. Dans la première seconde de sa chute, elle a juste le temps d'entendre la sonnette.

Les cinq voisins restent interdits devant l'entrée, pendant quelques trop longues minutes. Personne ne répond. L'un d'entre eux finit par abandonner, les autres se rapatrient chez Heinrich. Traversée par l'intuition qu'elle pourrait peut-être essayer de communiquer avec elle là où elles se sont parlé cet après-midi, Ida décide d'aller à la fenêtre de la chambre, juste pour voir. Le judoka dit qu'il peut essayer d'escalader, pour apercevoir ce qui se passe chez eux, et il la suit. Lorsqu'ils l'ouvrent ensemble, afin d'évaluer les possibilités, la sirène de police retentit enfin dans la ville à l'arrêt. Attirés par le bruit, ils baissent les yeux. Ida pousse un cri d'horreur. Un corps de femme gît sur le goudron.

ÉPILOGUE

Brighton, 24 avril 2020, à 23 h 59

Cher Ilango,

C'est la première lettre que je t'écris et je suis morte de trouille. J'ai l'habitude de prendre le stylo pour mes filles, afin de leur laisser des souvenirs pour plus tard, mais, toi, mon fils que je n'ai rencontré que deux fois, je suis encore pétrifiée de trac à l'idée de m'adresser à toi. Pourtant, je sens que je dois commencer aujourd'hui...
Tu seras le premier à avoir dix-huit ans dans notre famille, le premier à qui je donnerai son carnet noirci, et il manquera plus de neuf ans dedans. Neuf ans qui n'existeront que dans ta mémoire. Neuf ans qui seront alors la moitié de ta vie, avant celle que tu auras vécue avec nous. J'espère que tu ne m'en voudras pas de ne pas pouvoir revisiter avec toi ces années-là, de ne pas en connaître les joies et les peines, sauf celles que tu m'auras confiées, de ne pas pouvoir combler les trous.
En attendant, je vais te raconter l'histoire là où elle a commencé pour nous, et d'ailleurs, quand j'y pense, c'était il y a deux ans et demi déjà. J'étais en Inde pour chanter parce que c'est mon métier, et en visitant une partie de New Delhi, je suis passée par hasard devant ta

maison d'enfants. J'ai été interpellée par vous tous qui étiez dans la cour à ce moment-là, répartis par âge et par sexe. J'y ai pensé toute la journée ensuite, et j'ai fini par demander à mes guides sur place de pouvoir vous rendre visite. La mère en moi était curieuse de vous, il me fallait absolument savoir de quoi était fait votre quotidien et de quoi vous auriez besoin. C'est un peu idiot ce réflexe de croire que l'on a quoi que ce soit à apporter lorsqu'on est étranger à une culture et une réalité, mais il faut peut-être en passer par là pour apprendre que les bons sentiments ne sauvent personne.

C'est lors de cette visite que je t'ai vu. Ton regard m'a happée tout de suite. Du bleu d'un côté, du vert de l'autre. Ces couleurs dans tes yeux racontaient quelque chose. On dit qu'il y a des gens que l'on reconnaît, et je ne sais pas si tu y crois, mais c'est ce que j'ai ressenti. Je n'ai pas pu communiquer avec toi, parce que nous n'avions aucune langue en commun, mais j'ai touché tes cheveux noirs, tu as mis ta main sur mon bras, et j'ai su. Quelle chance infinie j'ai eue que Jamie, pour qui il était essentiel d'adopter un enfant un jour, fasse confiance à mon instinct depuis notre maison où il gardait tes sœurs à l'époque.

Je pourrais te relater en détail les trente mois de procédure qui ont suivi, mais je sais que quand tu liras cette lettre, tu sauras déjà tout. Je préfère te parler de ce que je ressens maintenant, avec le premier dessin que l'on vient de recevoir de toi, parce que l'émotion est intacte à cet instant.

J'ai envie de te dire comme Jamie est bouleversé ce soir. Pendant que je t'écris cette lettre, il est dos à moi dans notre lit, la lumière est éteinte de son côté, mais je suis certaine qu'il ne dort pas. Il doit revisiter ses années de foyer à lui, se souvenir de l'attente et imaginer la tienne, en déplorant que le monde se soit mis à l'arrêt à l'aube de ton adoption, de notre réunion. Je connais la colère qui l'habite et qu'il essaie de me taire. Ce sentiment d'injustice qui le pousserait facilement à la révolte si elle

était accessible ces temps-ci. Malheureusement, même avec notre meilleure volonté, les ponts entre ton pays et le nôtre sont intégralement fermés.
Et voilà que toi, tu trouves le moyen de nous contacter alors qu'on nous a demandé de ne pas le faire, pour ne pas créer de frustration chez toi ni de jalousie chez les autres enfants. Voilà que tu nous rappelles, avec la magie dont seuls les petits sont capables, que peu c'est déjà beaucoup. Voilà que tu nous passes un message et qu'il nous transperce le cœur. Nous, nous t'attendons, pleins d'espoir et d'amour pour la famille que l'on va former ensemble ; toi, tu as visiblement construit un clan de ton côté, avec cette petite fille que tu nous as dessinée. Sahana.
Je te disais plus haut que Jamie était bouleversé, et sache que moi aussi. Je ne connais de toi que tout ce que l'on m'a expliqué, dans des documents qui retracent des bribes de ton passé. À ce jour, je ne peux donc pas prétendre savoir qui tu es, qui tu aimes, qui tu voudrais devenir. Pourtant, sur cette feuille que j'ai posée à côté de moi, j'ai l'impression que tu as placé des signes, pour que je puisse te décoder un peu. Tu as pris le temps de dessiner, à neuf ans, ce qui ne doit plus être ton activité préférée. Ça me parle de ta volonté à faire et à dire, par tous les moyens. Tu nous as mis sur le même papier, mais tu as séparé l'espace en deux ; tu te sens étranger à nous et c'est normal. Tu connais bien les deux drapeaux, donc tu as une bonne mémoire, parce que je sais que tu n'as plus accès aux ordinateurs ni aux livres d'école. Enfin, tu as décidé de te représenter devant un taxi, la main dans celle de Sahana et de nous préciser ce qu'elle aimerait faire plus tard. Je ne peux pas imaginer que tu aies fait ça au hasard et c'est ce qui m'émeut et me secoue à la fois. J'en déduis que tu ne supportes pas l'idée d'être séparé d'elle, mais tu n'as jamais eu l'opportunité de le dire. Te laisserait-on même nous l'écrire ? Alors, tu le formules innocemment, sous les traits de deux silhouettes qui n'inquiéteront personne. Tu sais pourquoi je l'ai compris

à la seconde où j'ai posé mes yeux sur ta représentation de vous ? Parce que j'ai toujours utilisé la musique pour dire ce qu'il m'était impossible de formuler autrement.
Mon enfant, quand je l'espère tu liras cette lettre, tu seras grand et je t'aimerai depuis longtemps, mais sache que je t'aime déjà. Je ne sais pas si d'ici là, j'aurai réussi à créer un pont entre Sahana et toi, Sahana et nous... Je ne peux rien te promettre aujourd'hui, mais je voulais te laisser une trace ce soir, qui te prouvera que j'ai compris et que je vais réfléchir, me renseigner, trouver un moyen de lui venir en aide et d'entretenir ce lien précieux pour vous deux.
Ce serait mentir de te dire que nous allons l'adopter elle aussi. Serions-nous préparés pour cette double aventure ? Serions-nous même autorisés, en tant qu'étrangers, à entamer une deuxième procédure, si incertaine et semée d'embûches ? Je n'ai pas de réponse, mais je t'ai entendu. Je ne veux t'arracher à rien ni personne. Je veux juste que tu sois heureux, que tu puisses t'épanouir, être en sécurité, avoir un toit et un repère, avoir la liberté de retourner en Inde dès que tu le voudras avec nous, et avoir, à l'horizon, le champ des possibles.
Je te laisse, je vais me coucher, neuf ans plus tôt, et j'espère que neuf ans plus tard, j'aurai été à la hauteur de cette grande émotion que tu m'as fait ressentir ce soir.

Avec tout mon amour.

Giustina

REMERCIEMENTS

Ce roman, les couleurs et les états par lesquels il m'a fait passer, les heures de doute, les émotions fortes, les voyages virtuels que j'ai dû organiser, les tempêtes intérieures que j'ai essuyées, je n'en serais jamais venue à bout sans vous. Nos entretiens, nos conversations et votre soutien m'ont été très précieux.

Merci...

À mon éditrice, Danaé Tourrand-Viciana, d'avoir passé un week-end à penser à ce qui n'était alors qu'une idée et d'avoir eu envie que je lui donne naissance à tes côtés.

À Patrick Guérinet, sans qui cette entreprise littéraire m'aurait engloutie. Tu as été le vent dans mes ailes, la main sur mon épaule, la voix à mon oreille, la force tranquille face à mes angoisses, mais aussi le meilleur complice de ping-pong d'idées. Ce livre sera pour toujours notre premier lien et la trace du début de notre histoire.

À ma grand-mère, à qui j'ai emprunté quelques souvenirs pour rendre hommage à sa grande force de caractère et à son courage. Je t'aime, ma bouclette.

À toutes celles et tous ceux qui de l'Espagne à la Chine, en passant par l'Inde et les États-Unis, m'ont aidée à trouver les bons interlocuteurs ou ont répondu à mes questions. Je pense notamment à ma chère Davina Lukenga et son ami Chris, à Michèle Jung, à Catherine Tixier, à Philippe

Azoulay, à Valérie Racineux, à Violaine Belouard, à Kirsten Rivers, à Sarai Jorge Montaner, à Rahul et à Pascal Fautrat.

Un merci plus particulier…

À Catherine Tixier et à tous les membres de la Fondation Animal Asia, créée par Jill Robinson, qui œuvrent depuis plus de vingt ans pour mettre fin à la cruauté envers les animaux et notamment aux atroces fermes de bile d'ours. Grâce à vous, Catherine, et à ceux qui ont accepté de me parler, j'ai plongé plus profondément dans une horreur qu'il me semblait essentielle de raconter. Ces ours Lune méritent que l'on connaisse leur histoire et que l'on influence leur destin.

À Pascal Fautrat et Rahul, vous qui m'avez permis, avec patience et bienveillance, de comprendre quel pourrait être le quotidien de Sahana et d'Ilango. En ces temps où le voyage était proscrit, vous avez réussi la prouesse de me faire visiter des lieux à la seule force de vos mots.

À Sarai Jorge Montaner dont le témoignage m'a infiniment touchée. Vous, toute jeune infirmière propulsée dans le chaos, vous avez été une vraie source d'inspiration. J'espère que ce roman existera en espagnol pour que vous puissiez rencontrer la Rafaella que Davina et vous m'avez inspirée.

Merci aussi…

Aux amis qui se sont, une fois encore, prêtés au jeu de la lecture au fil de l'eau : Véronique Duplan, Lilia Hassaine, Caroline Michel, Sophie Jomain et Benoît de Labouret. Merci d'être vous et d'être là.

À toute l'équipe de Charleston pour leur enthousiasme. Un merci particulier à Stefania Zuin, Caroline Obringer et Alice Bercker. Merci aussi à Camille Dumat pour le travail que l'on a pu faire ensemble.

À Maxime Gillio, dont le talentueux regard passe sur tous mes romans depuis le cinquième.

À Gilles Paris et Jules Quitté, pour votre investissement, votre gentillesse et la force que vous donnez désormais à mes romans.

Retrouvez l'auteure sur les réseaux sociaux :

@lauratrompette

Laura Trompette

@lauratrompette

Certifié PEFC

Ce produit est issu de forêts gérées durablement et de sources contrôlées.

PEFC
10-31-3068

pefc-france.org

Cet ouvrage est composé de matériaux issus de forêts gérées durablement certifiées PEFC™. Le Programme de reconnaissance des certifications forestières (PEFC™) est le plus grand organisme mondial indépendant de contrôle pour une gestion durable des forêts. Pour en savoir plus, consultez le site www.pefc-france.org

Achevé d'imprimer en février 2022
par CPI Bussière
À Saint-Amand-Montrond (18)
Dépôt légal : mars 2022
N° d'impression : 2062100
Imprimé en France